U0134324

37

林行止作品集粹

當年2018

林行止 著

天地
www.cosmosbooks.com.hk

書　　名　當年2018
作　　者　林行止
編　　校　駱友梅
封面設計　郭志民
出　　版　天地圖書有限公司
香港黃竹坑道46號
新興工業大廈11樓（總寫字樓）
電話：2528 3671　傳真：2865 2609
香港灣仔莊士敦道30號地庫／1樓（門市部）
電話：2865 0708　傳真：2861 1541
印　　刷　亨泰印刷有限公司
柴灣利眾街德景工業大廈10字樓
電話：2896 3687　傳真：2558 1902
發　　行　香港聯合書刊物流有限公司
香港新界大埔汀麗路36號中華商務印刷大廈3字樓
電話：2150 2100　傳真：2407 3062
出版日期　2020年4月／初版

ISBN：978-988-8548-55-2

目錄

當年2018

蠍子善泳學飛
香港從此無法

一、

港官林鄭月娥認為京官言談對政改議決有「一錘定音」的效力，京官李飛強調人大常委就「一地兩檢」（全票通過後指令香港執行）的決定是「一言九鼎」，亦即人大具有一言而為香港法之力。雖然此間反對之聲響亮、法理充份，不僅大律師公會嚴斥此舉「閹割《基本法》第十八條」（有指公會嚴詞反對目的在爭取會員認同、以提高現任主席連任的機會，果如是，豈非說明其大部份會員對北京的香港管治相當不滿?!）。

大律師公會前主席石永泰說，「人大講咗就係弊過（人大）釋法」，顯見此次人大常委為香港「立法」為害深遠。不過，正如《基本法》委員會成員陳弘毅所指，「權威機構享最終解釋權」，而「權威機構」當然不是指香港最高法院而是人大常委，反映這位身兼港大法學院教授的「法學權威」，追隨李飛的說法，點出大律師公會及其前主席的「法言」，在「權威機構」之前，等同「廢話」。陳弘毅的話，看似「法外」之言，不過，如今奧斯汀「實在法」強權出真理的陰魂正在北京城晃蕩，陳教授看的通透，才得出不理會《基本法》條文（其十八條規定：「全國性法律除列於本法附件三者外，不在香港特區實施。」）、不問「一國兩制」是否因此走樣變形的結論！

看法律界專家隔空過招，正反雙方，都是依法力爭而「法理」紛呈，讓人眼界大開之餘，作為門外漢和旁觀者，還是免不了心裏嘀咕，法理原來可以這樣扭捏搓揉的。過去常聽人説律師為付得起錢的人「伸張公義、討回公道」，看當前香港法律界各有「陳詞」，彰顯了政治信念不同的律師會發出互異的「正義之聲」。經過連串法律人士捲入其中的政治事件之後，作為一個行業，律師業的公信力，在一般市民尤其在北京當權者心目中，肯定較前大有不如！香港人對律師投以懷疑的眼光、北京則會把他們玩弄於股掌之上。

二、

北京要全面地、牢牢地管好香港，類似為「一地兩檢」作決定的事，陸續有來；「去英化」將會成為香港市政府的施政主軸，因為若干年後和內地合體的香港，必須是一個徹頭徹尾的「中國城市」，那才不會發生洋化香港地影響內地具有社會主義特色的社會風貌。和當年新加坡獨立後沒有「後台」不得不力求「留英保殖」以吸引外人外資大不同，如今中國這個大市場已有足夠誘因令萬商來朝，不必依靠香港保持英殖格局以招徠國際客商。顯而易見，蠍子已經善泳正在學飛，一不高興便會螫那背牠過河的烏龜！

不過，對於正積極在國際經貿扮演吃重角色的中國，香港這個華洋混雜的國際都會，尚有一點可以利用的「剩餘價值」（因此千萬別把烏龜螫死）！尤其是中國全力拓展「一帶一路」及特朗普政府極可能對中國打「經濟牌」，即不惜兩敗俱傷發動「經貿戰」的現在！香港過氣高官在美被控以至香港註冊油輪被「懷疑」（美政府表示不同意這種説法）在公海「轉移石油產品給北韓」，雖然官方早早已經與這些事件撇清關係，然而，大家心中有數，香港對中國的確仍有可効微勞之處。

三、

為了防衛香港不被西方社會「孤立」，為了不讓美國反華政客有機會通過支持「雨傘運動」的《香港人權與民主法案》（HK Human Rights and Democracy Act），在北京的操控下，香港仍有這樣那樣的自由，昨天順利「上街」的「守護香港元旦大遊行」以至重開公民廣場准許市民「限時集會」、政治團體的活動仍未受禁、立法會依樣是可以放言高論的場合，而傳媒尚有言論自由的空間等，令國際社會不能説港人已失自由！當然，這些自由（包括集會自由）都受法例限制，然而，這便如道路要設交通燈、斑馬線一樣，你的自由才不會影響他的自由！

「言出不遜」的議員被DQ，就事論事的議員被禁在議會盡情發揮，這類霸道的舉措，可能會撩撥起市民心中更大的怨氣和怒火，令泛民在各級議會選舉中佔了一點優勢；為阻遏這趨勢，預料北京將陸續推出便利港人赴內地謀生發展的措施，更重要的是，港府會加速把「埃及妖后的嫁妝」變為「免費午餐」派發給市民，以「雞髀政策」打動選民……不過，對香港市府的手段，精明聰穎的港人莫不洞若觀火，大灑金錢尤其是英殖留下的盈餘能否引導選民的投票意向，筆者實在不敢小覷港人的智慧。然而，泛民不易在競選中「穩操勝券」，以一來冠上「泛」字，意味是一盤散沙；一來難保沒有「無間道」在各政團搞破壞……香港政治不是一般人可駕馭的遊戲。

在當前這場政治遊戲中，把政治大權上繳中央的林鄭市長，必會受京官垂青，給予讚美、鼓勵、獎賞，種種皇上的恩典，必會產生強力效應。為蒙「聖眷」，權位中人及試圖躋身權位圈者都會以林鄭為榜樣，找尋一切機會向北京表示効忠！

2018年1月2日

朝鮮半島暫保平安
商戰近中美鬧離婚

一、

《信報》金融版昨天的頭條標題是〈中美貿易戰隨時一觸即發〉，點出新年面對的世界頭等大事！「特朗普失耐性」是事實，因為他期盼中國以言文說服及以經濟手段制裁北韓令其放棄發展核武，已經落空。已自稱「核武大國」的北韓，不會對北京言聽計從，而北京亦不想迫人太甚，令北韓掉轉核子彈頭，因此才有「公海送油」，被美國衛星「影得真確」的一幕……。

特朗普政府的對華政策，與奧巴馬政府視中國為友善的競爭對手，南轅北轍，一如特朗普去月18日發表第一份「國安戰略」（NSS）指陳，中國正在試嘗取代美國在印太地區的地位，那將嚴重影響美國在區內的政經利益。特朗普說得如此露骨，等如把奧巴馬苦心經營的「中美利加」關係丟進垃圾桶！事實上，特朗普對中國不懷好意，早於去年他的「隆重版國事訪問」中國後，甫登上回程專機便已展現，筆者據他當時的言論，作

〈中美利加陰霾密佈……〉一文（11月17日），看法與當時外國傳媒的主流觀點背馳（內地媒體當然是更加全面看好中美關係了），以受特朗普訪華時與習近平主席「老友重逢相談甚歡」及雙方簽署了約合二萬億港元的「商業協議」這類好消息的感染，主流傳媒看好中美關係，不足為奇。然而，事實絕非如此。

朝鮮半島局勢高危，路人皆見，不過，基於美國不願見南北韓統一的底線（統一的韓國肯定不會走宿敵世仇日本投靠美國老路，而會與中國結盟，等於美國失去一個圍堵中國的重要橋頭堡）！筆者因此相信戰火不易點燃；證諸金正恩的「元旦賀詞軟硬兼施向韓國伸出橄欖枝」，其將派遣運動員參加2月舉行的平昌冬奧，令南韓總統文在寅馬上提出下週二（1月9日——整整一個月後平昌奧冬揭幕）於板門店舉行兩國高官會議的提議。以金正恩的善變，沒人知道南北韓會否直接對話及能否談出結果，但就憑金正恩這句話：「我們是血脈相連的民族，對於同胞舉辦的活動給予幫助，是應份之事。」平昌冬奧令朝鮮半島短期內無戰爭，幾可肯定。

二、

不打熱戰搞貿戰，是當前的美國國策（亦是「前國師」班農堅定不移的主張）。特朗普的「國安戰略」，「心水清」的論者指出提及中國最少二十三次，倍於奧巴馬發表於2015年2月的報告。當然，特朗普對中國茲茲在念，在細數中國於政經以至軍事上如何處心積慮成為「美國優先」的障礙！尋根問柢，中國企業（國企和無法不受當局影響即不可能不配合國家政策從事商業活動的民企）的「政治基因淩駕經濟誘因」，那意味中國企業為了政治理由可能犧牲經濟利益，而這令在商言商只往錢眼鑽的美企失去公平競爭的市場環境。

這種認清中國企業本質的看法，讓美國從寬容開明的自由主義（Liberalism）搖身變成注重實際效益的現實主義者（Realism）。兩者的最大差異是，後者堅信國與國的關係是「你贏我輸」的「零和遊戲」。傳統上，美國行自由主義政策（實行自由貿易及維護人權），但在特朗普治下，已走上現實主義之路；深具諷刺的是，專制國家如向來不重視貿易自由（開放前完全不自由）、不尊重人權和缺乏環保意識的中國，自從去年二十國杭州峰會，卻大步走上自由主義之路並宣稱要引領世界堅守這條路……。我們這一代人，深受自由主義有雙贏效果思想的影響，而事實亦證實這種想法正確無誤，如今舉世譴責特朗普傾向保護主義的經濟政策其來有自，不難理解。不過，那些諸如保護主義引起的貿易戰損人不利己之類的説詞，是識字分子特別是特朗普經濟顧問團隊熟知，且認為已不利於美國而棄如敝屣的陳腔濫調，再説多遍亦不可能收效。要解除當前已迫近眉睫的經濟風暴，必須從保證「國企私有化」即一切經貿活動須接受市場（無形之手）指引，但達致這種標的甚難，簡直無法達致！

特朗普傾向保護主義的經貿政策，不僅輿論交相指責，不少要靠美國軍事政治援奧以抗衡中國崛起的國家，會被迫不得不在經貿上與中國「結盟」，進而難免在政治上疏離美國，因為「各取所需各有所得」（Positive Sum Game）的經貿政策令彼此受惠，加上「一帶一路」的商機有待開發，利之所在，在貿易上「遠美親中」勢所不免。長此下去，美國豈非會被孤立⋯⋯。美國如何克服這個難關，在世上敏感地區點燃戰火是次佳之選，因為一旦爆發熱戰，擔心有所失的國家便會向軍事強權靠攏！

2018年1月3日

僭建——社會隱患？政治病變！

一、

行政長官林鄭月娥尚未履新，便知道律政司司長的職位將要填補，袁國強司長只是徇其要求延後半年呈辭，換句話說，林鄭女士上任約半年後，袁氏才成為前司長。現屆政府組織問責政治班子時，找人出任的「艱辛」，已是街知巷聞，若干被招攬的人選不肯「出山」，在諸多婉拒的理由中，除因「亂世功名不可求」而不願走進熱廚房坐上「三煞位」之外，就是害怕顧全不了個人私隱；而私隱當中，聞說難以言宣的要害之一，竟是「家有僭建」！

香港寸土尺金是不爭的事實（最近一次談此問題竟在昨天），在爭取容人棲身的蝸居或豪宅上，可謂官民「齊心」。官有官搶地建民居，民有民力求一個自己與家人居住寬敞一點的空間，於是挖空心思的僭建工程，層出不窮，既有不見天日的「深挖坑」，復有堂而皇之的高建層樓。

違例僭建，如果不致影響樓宇安全性，不算是大罪。然而，僭建便是僭建。事實上，僭建所以為法律所不容，皆因其既可能損害建築結構成為危樓，又可能妨礙公共觀瞻、破壞環境。總而言之，違反政府規例就是違法，而依法辦事，一切大懲小戒，按章修正，自不能免。

前政務司司長唐英年曾經問鼎行政長官之位，可是陰溝翻船，其所以功敗垂成，皆因遭人揭發其九龍塘大宅僭建——違章建築——當年此事被處心積慮的「無心者」大肆宣揚，傳媒「吊機陣」守候半空拍攝唐宅的場景，可以「壯觀、墟冚」形容，連國際傳媒亦紛紛報道，轟動一時。唐氏本來獲北京某派系的支持，勝券在握，經此一役，「後台」只有「棄將」，唐氏不但好夢成空，而且惹來纏訟經年的擔驚受怕。他的「政敵」梁振英成了程咬金，雖然在競逐期間梁氏的山頂大宅亦同樣被人揭發有多處包括「玻璃屋」及地庫等的僭建物，可是，他以僭建部份在購入大宅前已存在等藉口過關，沒受當時掌發展局的林鄭月娥局長的窮追猛打。如今同樣位高權重的人物，發生雷同的僭建事件，負責處理的最高問責官員，正是今日的行政長官林鄭女士！

二、

林鄭月娥當上行政長官已不止半年，好不容易才「抓住」鄭若驊，委任她出掌律政署，豈料公佈任命的第一天，便遭人揭發居所僭建，更離奇的是其隔鄰住客兼業主，是她在就職記招會中才透露身份的「我的先生」——已結婚一年多的第二任丈夫潘樂陶，和潘太的第一個專業資格一樣，潘先生亦是工程師，且曾經任工程師學會會長。潘氏伉儷對樓宇建築條例的認識，肯定比常人深刻。

積非不能成是，僭建不該以疏忽、走眼為由淡化牴觸官府規例的罪責。在政治性的僭建風波中，不是擦身而過而是在風眼中呼風喚雨的林鄭女士，她面對前後幾位因僭建而面對輿論壓力的當事人，其處理方式是否與深入港人認知的「法律面前、人人平等」大有差距甚至沒了譜!?如今香港因僭建所掀起的波瀾，已不止於當事人的誠信，而是引起公眾對特區政府及其領導人是否公正行事的疑慮！

香港樓宇僭建的普遍性及嚴重性，早已成為影響深遠、帶有政治敏感度的社會問題，盡快把那些不構成結構危險、不影響他人起居且不「污染」環境的僭建物「合法化」，是特區政府當務之急。那些足以形成危樓的僭建，非拆除還原不可；但處理非危險性僭建，也許可用「經濟方法」，比如對僭建物作懲罰性罰款及加收地租差餉等等。

三、

香港樓價比天高，大家實在不必諱言僭建者不是知法犯法之輩，在「價值不菲」的吸引下，不惜違法獲取非分空間的「誘因」，令業主普遍心存僥倖，希望避過執法者耳目。可是，一經檢舉，還詐傻扮懵，以一時失慎和不知情或大意疏忽為由，顯然很難令人信服。然而，林鄭市長卻以時序資料，強調傳媒對潘樂陶伉儷相連大宅僭建的查詢和屋宇署的調查通知，均於1月5日下午發出，即是中央批准鄭若驊出任司長後發生，而潘太亦在1月5日下午向她報告有關僭建的事，所以不存在隱瞞或知情不報……林鄭市長亦接受潘太說她自己警覺性不高和政治敏感性不足的解釋，因此說潘太誠信沒問題。

屋宇署和鄭若驊委任的認可人士，已聯袂視察過涉嫌僭建的屋宇，公佈的僭建面積是原來圖則的七、八成（僭建比例相當高）！如此「大意」的人，卻得到林鄭市長力撐，仍然認為她是律政司司長的「理想人選」。香港人願意相信潘太具備當律政司司長的能力，可是，對自家可說非常嚴重的僭建問題有視而不見的選擇性失明失覺，並且說出一些難以令人置信的砌詞，卻仍獲香港最高領導人的認許、推薦，香港人能不想到那種由梁振英政府開拓的語言偽術，其陰魂再現禮賓府。對這樣的政府，香港人只有恐懼且缺乏信心。對自己家裏僭建視而不見的過失，從昨晚潘太見傳媒時的表白，幾乎說成是公爾忘私所致，港人聞之，怎能不驚惶失措！

由於需要北京認可（批准）的司部級官員任免，

加上香港正承受着中共十八、十九大以還那套貫徹「落實中央全面管治權」的衝擊，特區政府承擔「兩制」運轉的壓力，尤其是在用人方面的牽制，真是荊棘滿途，絕非「易辦事」。香港人對政府的為難處，並非無動於衷，只是憎厭虛情假意謊話作狀，這種種不見於「前朝」的陋習，令港人焦慮社會不能誠實面對現實，同時失去切實解決辦法的討論空間。在僭建問題上，認為鄭若驊司長應該辭職大有道理；可是，真的要換人，港人心裏莫不有一蟹不如一蟹的憂思！

2018年1月11日

特准權宜不宜
才難之嘆長嘆

一、

1月5日，國務院宣佈決定任命鄭若驊女士為香港特區的律政司司長，翌日生效；從宣誓就任的1月6日開始，過去十天以來，環繞鄭司長的是非，真是連綿不絕，接二連三，一樁比一樁嚴重；最早被揭露的私邸僭建，反而顯得只是小菜一碟，比起林鄭市長在司長上任後才匆匆宣佈的「三特准」——准許潘太可以繼續處理未了結的六宗個人仲裁案、准許她繼續上課教學和准許她短期留任私人公司的董事和履行大股東職務。何者茲事體大？豈不了然！

行政長官不循舊貫，容許律政司司長短期「兼職」，不惜授人以角色衝突的話柄，當中反映了甚麼問題？前司長袁國強的離職時間，早於半年前公開、全港皆知（北京當然更清楚），那等於說有超過六個月時間讓當局部署人事填補，時間上可說絕不匆促，何以到頭來仍然上演一齣「狼狽登場」的大戲？那是甚麼地方出了紕漏？

對於「三特准」，行政長官辦公室的解釋是「基於實際及極特殊情況而作出合情合理的安排」，又透露「任命過程緊湊，只有極短時間作上任前準備」。典型敷衍市民的官樣文章，對人人（關心此事）想知道的「極特殊」究竟是甚麼內容，竟無隻字片言的交代；而所謂「過程緊湊」至行政長官不得不使用「特（准）權（力）」，除欲憑「官威」為新司長護航開脱，對中央是否漠視港府的處境即未能急特區政府之所急而拖延批准（背書）？還是行政長官急於用人、沒有預設人事更替的轉圜餘地和空間？又或是新司長公爾忘私（像身為專業人士業務太忙而對私宅僭建懵然無知一樣），急「公」好權而壞事？到底從提名推薦到任命決定的前後，有沒有經過正常正當的例行審查？在公佈任命與就任之間又有沒有容許新人卸下纏身私務才出任當官的適當空間？

二、

欠缺按部就班的處事「章法」，行政長官在忙亂間行使「特准權」，雖然表面上不像她的前任上司梁振英處理女兒行李事件時迫使機場管理當局要以「特事特辦」過關那麼難看，但實際上，林鄭市長這回對律政司司長的「三特准」，於損害政府領導威信而言，負面影響更為深遠。林鄭月娥「權」而不「宜」，「變」而

「不通」的用權，是令人憂慮的。前人有言：「計日用之權宜，忘經世之遠略」，那是苟且政事的表徵，令人擔心官規淪喪，播下人治作風的種子。香港想維持前朝那種制度化的吏治官常，便難以實現；正因為行事處事乖離港英時期的「常規」，特區政府的工作表現和效率才大不如前。

行政長官任用司局長（政治問責官員），並沒有百分之百的取捨權，因為必須得到國務院的批准，才能作實；對於在港拉攏、招聘人才「埋班」的歷屆行政長官，那是一重無形而牽引力無可抗拒的牽制；那是《基本法》彰顯「一國」統屬的其中一項規定，香港必須服從。但是，北京「知機」的話，為顧全行政長官招募「英才」的感召力，便該盡少干預干涉，若能信任其委出的行政長官有知人善任之能，照單全收最佳；但看北京對港事的事事「關心」，尤其是十九大之後要全面地牢牢地掌控香港之後，京官的作風，肯定大增行政長官在人事任命上的困難！

三、

仍在候任期間的林鄭月娥，去年春夏籌組政府新班子時，露出窘態，向稱「好打得」的林太，過去在公務員隊伍中，做事盡心賣力，組起班來，卻完全沒有一呼百應的領袖魅力。當時流傳的一種説法是林太自律甚嚴，對同事下層的要求同樣嚴格，缺乏體恤「同工」因長期工作而心力交瘁的壓力。簡單點説，林太的表現，應了一句老話：「人至察則無徒」。上述是傳媒上的傳聞，是否實情，非筆者所敢妄斷；不過，「人至察則無徒」的上句是更多人琅琅上口的「水至清則無魚」！由於政治任命官員不是職業公務員，而是來自不同行業和背景的香港人，他們的「身家清白」與公僕的一套，不能毫無二致，特區政府是否要有一份指引給考慮加入政府問責班子的賢達（？）參考，讓他（她）們知道怎樣因應進退？如果立法會議員的言論開放、可以享有包括免遭逮捕的豁免權，獲提名推薦或有意問津司局長之位的人，他們能有甚麼免於問政便會遍體鱗傷的防護？那是不易拿捏的工作。可是，不做此至難之事，香港管治的才難之嘆，只會與時並進，愈來愈嚴重。

鄭若驊的任命，令人看到林鄭月娥行使特權的「急就章」和騎虎難下的尷尬。無論如何，中央政府和行政長官看來還是要繼續扮「撐飯蓋的死雞」，要是真的撐不下去，鄭若驊求去的話，遞補人選也許只能從律政司署「內部提升」，因為以常理度之，眼下很難有「賢才」樂於進入「熱廚房」，那等於説律政司司長的任命，不可能有令人耳目一新的景象。看傳媒的「窮追猛打」、「扒糞」熱情高漲，潘太的形勢大大不妙，日前揭發她的住宅在做銀行按揭時漏報地窖部份，可能觸犯刑法，即使避過此劫，以她與有暗門相通的鄰居「我的先生」的關係，兩人在工程界和法律界的角色重疊和利益衝突雖有流言卻未受傳媒關注。一件不是十惡不赦的僭建「小事」竟然變成翻天覆地的「大事」，可知處事大意、輕忽以至可能抱有「有恃無恐」心態，下場極可能比及早辭官更為難堪！

2018年1月16日

直接稅低稅收大增
優惠小民削間接稅

一、

處此股市樓市狂旺之世，明知這個題材沒甚麼讀者感興趣，但以事態嚴重，仍不得不「逆民意」再寫一文。

全球性的「量化寬鬆」，令各「經濟體」安然度過2008年的金融危機，可是，人人知道向市場注入大量鈔票，只有治標之用而無治本之功且有消極後遺之害，現在的情況正如是，「海嘯」已逝惟其造成的破壞雖被直升機撒下的鈔票掩蓋，卻遠離修復之途，播下了引發另一次危機的種子……。2007年，經濟發達國家的總負債佔國民毛產值72%，到2016年已達106%，現在恐怕已近120%！

政府負債纍纍，是採納凱恩斯財政政策的必然後果（但不行此策，很多政府早已被選民推翻），以各國央行被賦予控制經濟的「工具」日多、其左右經濟去從能力日強，以當前的形勢看，債務問題仍不致釀成大禍，然而，於向市場大量注資的同時實行緊縮開支之策，雖然令金融危機烈燄不會重燃，卻令「低端（低入息）人口」苦上加苦及貧富兩極深化。寬鬆銀根促致動產和不動產市價上揚，從中獲益的只有「高端（資產階級）人口」！換句話說，過去十年西方國家「救市」算得上成功，但埋下社會分化的惡果，彰彰明甚。資產階級是最大受惠群體，無產（受薪）階級仍居末流——有一個時期，認為財富會下流即通過有錢人的花費令百業興旺進而使「低端人口」得益的「滴漏效應」（Trickle-down Effect），成為資產階級辯護士的「利器」，但這種表面看來大有道理亦合邏輯的說法，經不起實證調查。2014年8月下旬筆者在「理財要有新思維」系列（收《只聽京曲》）已指出「滴漏理論失效　貧富兩極深化」，這三兩年來，未見有甚麼論述能推翻上述的「假設」！

二、

香港社會財富分配不均的情況，相信高出世界平均水平，那從本地物業價格高企，連續八年成為「全球樓價最難負擔地區」可見。據《信報》昨天頭條新聞，一項國際性調查顯示，去年「港人需要『餐風飲露』十九年四個月（十九點四倍）才可負擔得起一個住宅單位，而2016年的數字是十八年一個月」，這種情況足以顯示樓價升勢漲幅遠遠超逾一般人收入增幅。不必諱言，市民因此難有安居之所，是一項令社會躁動不安不可忽視的因素。

怎樣做才能解決這種「樓價貴得一般受薪階級很難（簡直無法）負擔的宿疾」？大家討論了這麼多年，答案可說無人不知，那當然是作為最大地主的政府應設法把更多土地推出市場，惟此構想知易做極難，因為任何不按牌理（定期以某種形式賣官地）出牌，都會損害既得利益者的利益，反對的壓力令政府不知所措。筆者曾在這裏論及收回部份粉嶺高爾夫球場土地（民意支持）以至在貨櫃碼頭上建「半空之城」（多方專業人士主催），應有增加短期內可興建大量住宅的具體成效，但威權不足、肩膀乏力的有關當局，連當一回事作公開諮詢都不願做！

香港物業供不應求的問題，關鍵不在土地供應不足，而在過去數十年樓價「升完可以再升」，令置業成為「賺住賺價」的天下第一營生；置業如此「着數」，全民為置業着迷，不足為奇。居者有其樓固是樓荒的成因，惟樓價天天上升令業主賬面財富天天增加大大刺激市民置業意欲才是主因。中大莊太量教授要港人「不要期望樓價下跌」（昨天《信報》），因為樓價下跌不等於市民購買力提升，加上可能會引起令人人損失的信貸危機……莊教授的「規勸」不可不聽。在這種情形下，當局應怎樣做才能稍紓「民困」。

除了繼續在增闢及改變土地用途上動腦筋，筆者認為在行將公佈的新年度《財政預算案》，財政司司長應考慮在稅務上作出適度調整。筆者的簡單想法歸納為兩點——

甲、累積及現年度的財政盈餘甚豐，意味在現行稅制下百業（尤其是炒業）興隆財源廣進，如此庫房才稅收溢滿。工商金融地產旅遊業生意滔滔，說明現行稅制對它們有相當吸引力，因此，那種一見有盈餘便要政府削直接稅率如公司溢利稅率的「會計師之言」，可以置諸不理——在經濟萎縮稅收下降時才考慮不遲。

乙、政府無力（也許有心）壓低樓價，但政府應考慮以其他方法紓解「低端人口」的怨氣及實質上改善他們的物質生活，財政司司長應慎重地考慮全面降低間接稅（香港的間接稅項少得可憐，應該說「直接影響日常生活的稅項」），這是人人了解的「大道理」，財主抽煙、搭公共交通工具以至離境及作其他消費，所付間接稅率與領取最低工資者無異，這種不公道不公平的稅制，在利得稅薪俸稅均企於偏低水平（具國際競爭力）的條件下，財政當局應設法改變之。事實上，與其對全民「派糖」，何如做點對受薪階級更有實際意義的事！

在樓價根據需求情況升降的環境下，通過減費減間接稅減低升斗市民的經濟負擔，未始不是一項紓民困解民怨的辦法！

2018年1月24日

自由化所向披靡
靠槍炮不靠說理

一、

1971年開始一年一度於瑞士山城達沃斯舉行的世界經濟論壇（WEF）第四十八屆年會，已於週二揭幕，「論壇」的主題「在撕裂的世界創造共同命運」；出席這次會議的人數三千多名，包括香港市長林鄭月娥，這是繼2012年行政長官曾蔭權後第二次香港高官與會。普通與會者（俱為工商金融科技界巨子及「名人」）的入場費五萬五千美元，比出席特朗普上台一週年紀念晚會的十萬美元（要與主賓拍照留念則為二十五萬美元；當晚收入一半撥為特朗普競選連任基金，一半實共和黨庫房）雖有不如，但「論壇」門票亦不便宜，所以如此高價的其中一個原因是與會者受四千多瑞士軍隊及千餘警察的「全天候」保護，還有達沃斯城上空劃為禁飛區，主辦者因此要向提供特別服務的瑞士當局支付「一筆巨款」。由於高度警戒，高舉「我們不歡迎薛浩楷」橫額的示威者不准上山，令與會者遂有安全感的從容。

上述種種，與前屆「論壇」無異，今屆的創舉是「論壇」七場「討論會」的主持人，均為女性（比如國基會主席拉加德和挪威首相索爾貝格），彰顯了在世界經濟事務上女性愈來愈重要的地位。「論壇」的主題説的沒錯，當前的世界的確已被「碎片化」，僅僅在數天前，樂施會的年報便指出財富分配不均現象兩極深化，在2017年，世界82%財富落入「高端」1%人口的口袋，「低端」的三十六億人一窮二白、一無所有。財富大集中是「量化寬鬆」的後果，那是加深社會撕裂的要素。可是，在這種情況下，《信報》昨天的報道，一項對與會者的「民調」顯示全球商界領袖對來年世界經濟前景的信心，六年來最高。巨賈們真的不以為不均嚴重化的世界不會出現問題及貿易戰只有煙幕沒有火花!?

二、

今年「論壇」最矚目的講者，非美國總統特朗普莫屬，在白宮宣佈此一消息之後，他簽署行政命令，對中國的太陽能電池板及南韓的洗衣機，分別課以30%及50%的關税；這種安排，似為特朗普將發表以鼓吹「美國優先」的演説造勢——造美國為保障本土工業和工人利益不惜掀起一場貿易戰之勢！看情形，在「論壇」演説後，美國會「再接再厲」，對鋼鐵及鋁材等徵收關税。不必諱言，美國如此橫蠻，不管貿易對手國的反應，都會令世界進一步分裂。

岔開一筆。

本來說會陪乃夫「遊瑞士」的特朗普夫人，昨天突然通過新聞秘書說取消此行，她雖有缺席外訪（如越南和菲律賓）的「往績」，惟今次變卦，不免令人聯想到是與特朗普剛被揭發於2006年與脫星有染且付約百萬港元「掩口費」有關。本週一為他們結婚十三週年，那是說特朗普在二人新婚期間便「出軌」。特太不公開示以顏色才怪！

最近和美國「行埋」的印度，總理莫迪在「論壇」的開幕詞中，雖有抨擊正在抬頭的保護主義令「全球化」較前遜色，卻也信心滿滿地指出，印度進入高增長期，經濟規模在未來七年可以「翻一番」——這是否暗示保護主義對印度經濟發展毫無影響？

三、

去年此際，國家主席習近平在「論壇」發表主題演說，向世界宣示中國會成為貿易環球化的領軍國；今年出席「論壇」的是中央財經領導小組辦公室主任、政治局成員、傳將出任國務院負責經濟事務副總理的劉鶴；劉氏就中國全力推廣貿易自由化和擴大金融業及製造業對外開放的講話，相信本文見報時傳媒已有詳細報道。

劉鶴是中國經濟改革的骨幹人物，據說江澤民、胡錦濤以至習近平的、有關經濟政策的講話均出自其手；習近平推出的「供給側結構改革」（削過剩的產能及讓市場發揮更大作用）亦為他所主導。顯而易見，中國要取代美國成為環球化大旗手的策略，必定是他的主張。劉氏曾在美國Seton Hall及哈佛就學，對西方經濟學說有深刻認識，「高眉」網誌Quartz 24日有短文說他於2016年罕見地化名對《人民日報》記者指出，「量化寬鬆」下的經濟增長必有後患（引發另一場金融危機），是一針見血、一矢中的的論斷！

自從杭州二十國峰會開始，中國致力打造平等互惠營商環境的環球自由化貿易政策，便為世人所知，對此，只有極少數經濟學者不認同。可是，筆者對此一直「潑冷水」，因為以美國為首的西方國家的私企，很難、簡直不可能和內地的國企進行公平競爭（昨天《信報》網站有這項消息：「知情人士透露，中國傳要求央企今年必須盈利」），中央可以下這樣的命令，難保日後不會作出不符市場規律而會損害外國私企的指令……另一方面，西方「帝國主義」都是在本身工業化成熟後為了輸出成品購進其所無的原料，才實施自由貿易；而她們開拓海外市場，不是以「自由放任」理論打動人心，而是堅船利炮，逼滿清開埠通商，逼日本解除鎖國令亦然（鴉片戰爭後十餘年的1853年美國「黑船」艦隊「炮指」橫濱港）。換句話說，除非中國已是軍事強國，不然，不管經濟精英劉鶴如何滔滔雄辯，說一番西方主流經濟學家莫不擊節稱賞的話，亦無法改變有武力為後盾的保護主義的興起！

2018年1月25日

代價不菲激情降溫
不講國語京官有責

一、

3月11日立法會議員補選提名期已於週一截止，代表民主派出戰的「泛民四將」之一、香港眾志常委周庭的參選資格，被東區民政事務專員、選舉主任鄧如欣否決（DQ）（見附錄）。此事引起二千多市民（警方數字）集會抗議，於遍見紙媒網媒的報道和評論中，筆者以為《信報》「香港脈搏」的週一「解讀」最有見地，在〈DQ會否殃及其他自決派議員？〉一文，余錦賢這樣寫道：「冷眼旁觀昨日的反DQ集會，人數雖有幾千之譜，但到場的以中年人為主，50歲以上的屬多數，都是民主派多年鐵桿支持者。問題是，今次被DQ的是以年輕人為骨幹的香港眾志，願意出來抗議的學生，甚至二十多歲的年輕人卻極少。黃之鋒口中『被DQ的一代』到底怎樣想，還要再觀察。」

這是看到核心問題的觀察，是當局鐵石心腸、要反建制派特別是以北京標準衡量違反《基本法》及「一國兩制」的人，付出沉重政治代價後的必然現象。説起來雖然很窩囊，但香港畢竟是個市儈之城，當人們尤其是年輕一代意識到做出北京不願見、不准做的事要付一定「機會成本」時，熱血澎湃走上街前便會三思……。這也許正是反DQ的遊行隊伍中「二十多歲的年輕人卻極少」的根本原因。

細心的讀者應該記得「佔中」結束後，筆者建議內地應有包容之心，讓那些「反中」的小夥子赴內地多加觀摩和學習，這種類似再教育的旅程，也許會令部份青年感於內地繁榮興盛社會秩序井然而回心轉意，令香港社會慢慢趨於和諧。事實證明筆者的設想過於「賴依芙」，因為北京視「黃傘分子」為敵人，「殺無赦」。這種做法，固然令負責香港事務官員手中的「尚方寶劍」有見血封喉的威力，亦有令熱血青年血溫下降的功能。不難想像，北京嚴詞申斥，包括林鄭市長在內的港官都是唯唯諾諾（這是殖民者留下的「文化遺產」），便會以霹靂手段打壓，令港人知道不聽話便要付出大多數人不願付的代價；加上政府積極利用財政盈餘收買民心（即時向醫管局增撥五億元應付流感，是眼見的例子），當然可令受惠階層「支持政府施政」，相對地令香港反建制之勢日漸消沉。不過，由於京官並非以理服人，怕有所失而不出面不上街做「室內司徒華」（這是七八十年代的説法，現在當然要「換人」），這些人中有人會以其他方式及手段和建制對着幹。長此下去，香港必起質變，那意味香港對內地的「有用性」會逐日萎縮。昨天就「DQ事件」發聲的已有歐盟及英國的民間組織「香港觀察」（HK Watch），相信相關的反對之聲陸續有來。特區和北京政府當然會「一怒置之」，林鄭市長甚且反斥這些國際團體未完全掌握香港實際情況；她說了幾句當權者應説卻沒有説服力的話，即使還有外交部「例牌」的「香港事務屬中國內政外人不應説三道四」的官式反應，支持香港民主運動的「外來勢力」，只會愈來愈多，它們肯定會在國際舞台上做出更多令中國尷尬的事！

以香港人不認同的法理、以強橫的手法撲殺手無寸鐵用和平手段爭取本身政治權利的香港民主運動，長期而言，北京亦要為此付出沉重政經代價。

不過，自我感覺極之良好的北京，在現階段不會把香港的抗爭行動及國際上反對的聲音聽進耳裏（遑論放在眼內），為了未來與內地政經制度的「融合」，香港議會人大化、政協化，勢不可擋；而各級決策官員的選舉或遴選內地挑選主教化（京官挑選梵蒂岡當橡皮圖章），亦勢所必然。總而言之，一切都得按京意辦事、聞京樂起舞……作為一種志業，非北京欽點的從政者在香港的前途有限！

「DQ參選人資格事件」還有一消極後遺症，此為進一步令香港人認識到向被視為社會精英、正義與公義捍衛者的法律界人士的「善辯」，已達沒原則境界；他們會為出得起錢的「客戶」滔滔雄辯，亦會望風承旨為討好政治主子而理不直氣壯地強詞奪理！

二、

《信報》網站消息，捲入浸會大學「普通話豁免試風波」、在該校語文中心向老師們「爆粗」而被校方處以暫時停學懲戒的劉子頎（學生會會長）及陳樂行（中醫學系學生），昨早親身到肇事地點，以其言行違反《學生守則規條》而向數名教職員道歉……；看來被「停學」的涉事學生恢復上學權利之期不遠。

有關此事的評論，真是排山倒海，方方面面的觀點都被論及，而且不少極有見地；不過，筆者認為最關鍵的問題是，何以香港學生不想學習「國語」？

和愈來愈多年輕人不認同中國人身份一樣，這類問題惟駐港京官才能作答。京官「暗中」治港的手法令港人反感，是問題之所在；京官若能體恤港情、盡量少做視民為敵的事，認同中國人身份及學習普通話的人數必然直線上升。香港大學生不想學普通話、大部份青少年不認同中國人身份。難道掌控港事的京官不應反省自責!?

昨午《信報》網站引述中聯辦主任王志民在《紫荊》發表的文章，除要深入領會和把握十九大精神，還要設法「使廣大香港同胞尤其是年輕人在『堅守一國之本、善用兩制之利』中有更多參與感」。王主任說的完全正確，但願此中滲進了一點港人認同的香港價值元素！

2018年1月31日

附錄：

周庭被裁定提名無效的理由（重點）

- 香港眾志網頁資料顯示，香港眾志採用「民主自決」為最高綱領，一篇刊登於2016年6月27日《明報》的報道，詳述「民主自決」中關於推動「主權在民」的原則，文中提到：「『五十年不變』後的前途問題應以香港人的意願為最終依歸。所以香港眾志主張透過具憲制效力的前途公投，由香港人共同認受香港主權和憲制。即使香港眾志並不提倡港獨，但為着體現『主權在民』的理念，我們同意公投應該包括獨立和地方自治等選項，而不管未來的主權狀態和憲政框架如何改變，大前提必然是要給予港人實踐民主自治。」
- 考慮了法律意見，我（選舉主任鄧如欣）信納香港眾志所推動以及上述文章所詳述的綱領，與《基本法》中實施的「一國兩制」的原則相違背。
- 從周庭沒有與香港眾志解除聯繫及由創黨起一直擔任香港眾志的關鍵代表角色可見，她一直認同（民主自決）這一主張。因為周庭與「香港眾志」的聯繫，從表面看來，周庭並不擁護《基本法》或効忠香港特別行政區。
- 最近的新聞資料並無顯示周庭已改變她的意向或放棄她對該主張的認同。這些資料正面地確認周庭與香港眾志的聯繫以及顯示周庭繼續代表香港眾志行事，包括代表該組織參加是次立法會補選。……由於周庭代表香港眾志以及她認同「民主自決」主張，我信納她不擁護（亦沒有意圖擁護）《基本法》及不効忠（亦沒有意圖効忠）香港特別行政區。
- 在2016年立法會換屆選舉，另一位香港眾志創黨成員羅冠聰的提名被裁定有效。但每宗提名個案都必須獨立處理，決定時亦須考慮提名期當時情況。在評定周庭的提名過程中，我考慮了2016年立法會換屆選舉後的發展，包括人大常委會關於《基本法》第一〇四條的解釋。

資料來源：選舉主任鄧如欣發出之通知書

「經制」不是萬靈
「三子」有望獲獎

美國國會十二名（共和黨八名、民主黨四名）議員，去週聯署致函諾貝爾和平獎委員會，提名2014年9月至12月香港「佔中運動」的中堅分子黃之鋒、羅冠聰及周永康，以及整個「佔中行動」競逐今年和平獎。本來以為這事沒有甚麼大不了，哪知卻惹來上自北京下至特區政府的強力反對。外交部和《環球時報》發表措詞嚴厲的言文，高叫「外來勢力」停止干預中國內政，以「雙學三子」積極參與「佔中」，被判刑入獄是罪有應得；眾所周知，香港是中國一部份，對港事指手畫腳，已觸犯中國底線，如今甚至要在國際上給中國以難堪，北京不「火滾」才是怪事。北京盛怒，此間的親中政客如林鄭市長、張副市長，以至一眾爭取見報率向北京表忠的政客，便紛紛亂彈舊調，對「雙學三子」及「十二美人」以至「美帝」，口誅筆伐！

以共和黨「反中健者」魯（盧）比奧（M. Rubio）為首的美國政客這樣做，目的在以具體行為支持香港

「民運」。不過，一般港人的感覺是三子等獲獎機會甚微，理由有二。第一是他們「不夠斤両」，全面投入甚至主催策動一場不足八十日的街頭「和平」活動便得此大獎，世上有此資格者豈非多如中環炒家？第二是，中國和挪威的外交關係剛剛從「劉曉波事件」中復元（2016年12月兩國簽署文件重歸於好〔Friends again〕），挪威國會痛定思痛，怎會重蹈覆轍？這些看似大有道理的簡單分析，人人知曉，因此，這些人得出美議員所以明知不可為而為，仍然提出，不過做一場「政治秀」而已。

然而，稍一思索，筆者認為「雙學三子」未必沒有機會，看法分述如下。

一、

在中國政府強烈反對下，劉曉波（已於去年病故）於2010年獲頒和平獎，中、挪兩國因而鬧翻，北京為此劉氏得獎「懲罰」挪威的手法是拒絕進口挪威著名的三文魚，不兩年前還是九成挪威三文魚輸往中國，2017年已降至10%，那對該國漁業的打擊十分沉重，不言而喻；去年三四月間，挪威首相索爾貝格（E. Solberg）女士率龐大商團訪華，漁業部長（Per Sandberg）同行，可見該國對全面恢復三文魚對華輸出的「誠意」。如果認為被中國經濟制裁之後，挪威這次便不敢「再犯」，那對這個熱愛和平和視爭取人權為天職的小國，則未免看得太市儈了，何況當年任保守黨主席的索爾貝格，是全力公開支持頒獎予劉曉波最力的政客（她於2014年當選首相，與此多少有關）！

二、

挪威是小國寡民，卻因有豐富油藏收入激增，且投資有道、賬目公開絕無官員上下其手，令國家財富穩步大幅增長，其主權（退休）基金去年9月已累計至一萬億（美元．下同），對這個人口不足五百三十萬的北歐國家來說，這可是一筆比天文數字還大的資產（國民人均十九萬多，比那些嬰兒一出世便負巨債如美國的人民幸運得多），其國民人均毛產值在七八萬元水平，列世界前茅。換句話說，挪威政府當然要為業界出力，爭取土產外銷的機會，但在財力上不會為賣魚賺外匯而犧牲原則，特別是涉及價值觀的原則。

事實上，如果價值觀與中國有別的西方國家在中國的銀彈攻勢下「投降」，試想像到了2035年中國真的成為世界第一富國之後，豈非世界大小事務都得聞京樂起舞？你道西方國家會這樣做嗎？即使有政客想走這條路，人民亦會起而反抗！

三、

諾貝爾獎是瑞典的獎項，何以和平獎得主由挪威國會的五人小組遴選、確定？這是諾貝爾遺囑所指定，惟他並未説明原委，後人的推測是挪威與瑞典歷史關係深遠之外，諾貝爾是挪威文豪比昂松（Bjornstjerne Bjornson，1903年諾貝爾文學獎得主）的「忠實粉絲」，而挪威國會在第一次世界大戰後率先簽署「世界和平運動」協議，是鼓吹支持世界和平的先行者。諾貝爾視挪威為第二祖國因而賦予此榮譽性工作，不難理解。

挪威會否頒諾和獎給「雙學三子」，現在誰都説不準（因為不知還有甚麼提名），不過，若以經濟理由揣測挪威會在北京盛怒下「跪低」，只是出於小人之心而已。值得注意的是，中國已啟動「北冰洋一帶一路」的拓展，此事成功與否，和能否獲北歐諸小國「充份合作」有關，而挪威正是主導北歐事務的「北歐理事會」（Nordic Council）的中堅分子（還有，中國的北極科學考察站「黃河站」設於挪威境內），審度目前的情勢，坐以待「經制」並非唯一選項，挪威是有力「反制」的。那等於説如果挪威頒諾和獎給「雙學三子」，中國有意再對挪威實行「經濟制裁」，在把言文落實為政策前，要作全盤慎思，不然可能帶來廣泛的負面效果。

無論如何，除非未來加入競逐者對和平對人權有令人眼前一亮的貢獻，不然，僅憑已知獲提名的名單，「雙學三子」得獎的機會不低！

2018年2月6日

減稅利增加薪通脹猛
加息急跌斬倉未見熊

一、

以美股為首的環球證券市場，這幾天走勢如拋物線般急挫，雖然點數跌掉以千點計，以跌幅比較，仍不算嚴重；很多人仍記得，1987年10月19日道瓊斯指數一天之內跌去23.6%，本週一跌幅是4.7%，可謂小兒科之至；當然，以點數計，週一跌一千一百七十五點二一，是歷史新「高」，惟「基數」在二萬五千點水平，跌幅便不那麼驚人。

股市有買有賣，股價有升有跌是常態；股價如果牛牛皮皮、徘徊呆滯，意味入市者相當理性，人人做貝利登的笨驢，這樣的市況雖稱「平穩」，可就無法吸引聰明「財」智之士入市，因為不夠刺激，無法滿足「尖子」賺快錢的慾望，結果成交稀少，股市起不了讓全民有發財機會的功能，亦做不成作為企業「眾籌」的平台……近來股市從長升後突然「插水」，又有不少「為你好」的大人先生出來細說股市的風險。其實，由於求財之心不死、貪婪天性未泯（那究竟是人的優點還是缺點，永遠說不清），股市大升大降，便不應視為不正常！

不過，是甚麼原因令美股帶動環球股市突然偏離連升一百零五個月、以標普五百計連股息增幅達368%的「上升軌」，答案可能令那些以為經濟增長帶動股市上升者感到不可思議。綜合「事後孔明」的看法，觸動這次跌市的原因，竟然是去週五美國勞工部公佈去年美國受薪階級平均加薪達2.9%，此幅度為2009年以來最高；這種現象，展示了生意興旺公司不得不加薪給員工，本是一大好事，可是，「大幅」加薪消息一出，最敏感的債券投資者便預感加息潮快將啟動，遂拋債券以免吃上聯儲局為抑制加薪所牽動的通脹而加息的虧。

去年的「大幅」加薪，是特朗普總統在「推特」自誇他上台後經濟如何顯著上升的必然後果，以其「美國優先」政策，加上國際情勢日趨緊張，的確吸引不少美資回流及外資湧進美國，令經濟又趨活躍充滿活力，除了受網購打擊及工作被機械人取代的生意，其他各業都得增聘人手，令失業率重回「全民就業水平」。遠的不說，特朗普上台前美失業率企於4.7%水平，至今年1月已跌至4.1%。「傳統」經濟學家認為失業率企於5%以下，加薪有上升壓力，通貨膨脹便隱然浮現，如今低至4%水平，擔心通脹這頭猛獸出洞肆虐的人，數不在少，聯儲局因而有「加息嚴打通脹」的壓力。

對於香港股市，這三兩天的跌幅亦相當嚴峻，那自然是受美股的牽連，然而，內地經濟如此繁盛、如日中天國企民企如此多金，加上香港股市應是北京要「成就」的市場之一（剩餘價值尚高也），因此，香港股市由此進入熊市，看來成數不是那麼高！

二、

去年11月已有今年加息三次（筆者估將達四次）的消息，現在加上「老鴿」耶倫女士退休、「病鴿」（Less Dovish）亦即傾向加息的鮑威爾上台，對減稅引發新一輪加薪潮令通脹愈甚，加深加息的理性預期。根據「經濟學原理」，「高」利率會削減百業產量，而「減產」意味企業未來盈利不及現在，股價不能看好。當然，上述是「事後孔明們」的依書直說，投資者大都是預見市場有異動便採取果斷行動的，顯而易見，出入股市的決策與學術理論無關——讀通甚至撰寫與市場有關的財經理論的蛋頭學者，很少在投資市場大有斬獲。其理在此。

銀行加息是遏抑通脹率令經濟正常運行的必要手段，但是為了「顧全大局」（為挽救「大得不能倒」的銀行），貝南奇和耶倫任內，聯儲局傾向「無休量寬」（QE Infinity）而貨幣供應大增，利率近零或零（短時期尚出現過負利率），比似有若無的通脹率還低，不少投資者貸借入市，連那些根本不具投資資格的人，經不起「簽個名」便可借得款項的誘惑（看本地的廣告，還以為借錢可以不必歸還）！紛紛舉債消費或「入市」，前者有眼前「享受」，後者在升市中當然與「債主」雙贏、皆大歡喜，但逢當前的跌市，恐怕早被斬倉，這也許正是大市跌起來如瀑布下瀉的原因之一。在這種市況下輸錢，應了經濟學利率低於通脹率會造成經濟資源大浪費的論斷。

如今利率看升而且真有可能很快上升，形成另一問題的浮現，據2月2日《金融時報》引述倫敦財經顧問公司「遠觀經濟學」（Longview Economics）爬梳美企財務報表後的結論，美國年利率一旦達三厘，12%的美企便成「喪屍（Zombie）企業」，意味盈利無法抵消利息支出（它們目前的邊際利潤低於3%），這類「借得太盡」的公司最忌「加息」，但加息看來卻勢不可免！

現在是一方面經濟面臨加息壓力，一方面是特朗普會在國內基建及擴軍上大灑金錢，在減稅及貿易戰如「枕戈待發」的背景下，美國經濟和股市何去何從？煞費思量……筆者不以為美股牛市會在加息陰影下壽終正寢，在淘汰那些因為利率低過通脹率而過度擴充的企業後，經濟仍有力上升而股市亦會隨每股盈利的增長重拾上升軌。美國畢竟仍是世上形形色色「遊資」的「安全島」，當世界局勢因貿易戰或熱戰大亂以致陷入險境時，各地的「熱錢」便會不問情由投奔美國，它們既會作直接投資亦會撐起美國股市。這是管理投資組合者不可不考慮的問題。

2018年2月7日

集資套匯香港所長
牢牢掌控勿招誤判

一、

全國人大委員長張德江去週在主題為「國家所需香港所長」的「共拓一帶一路策略機遇論壇」上致詞，細說習近平主席倡議共建「一帶一路」（下稱「帶路」）五年來的成績。依張氏的說法，倡議得到國際社會愈來愈多的關注和響應，「並被納入聯合國大會等國際組織的相關決議」。這些年來，我國已同八十六個國家和國際組織簽署了一百零一份共建「帶路」合作文件，與三十多個國家開展機制化的產能合作……；說到骨節眼，張委員長指出香港所「長」的細節，比如是內地最大外來直接投資來源地，是人民幣國際化等國家擴大對外開放政策先行先試首選地，是內地企業走出去的最佳跳板，也是內地學習借鑑城市規劃、社會管理、公共服務經驗的重要課堂。有這麼多「長」處，香港遂具備「在國家構建全面開放新格局的今天，香港仍將繼續發揮難以替代的重要作用」。張氏強調「國家發展始終需要香港」，然而，他雖然沒有說出，但肯定他認為香港仍有不足處，不然國家不會「必將不斷成就香港」。

習主席主催「帶路」，是圓「中華民族偉大復興的中國夢」的重要一環，無論大計目的在於配合內地經濟或拓展海外市場以至擴大影響力上，都無懈可擊；雖然這些年來外媒（外來勢力？）傳出不少「壞消息」，但內地真是「信心飽滿，全國各族人民意氣風發地為實現中共十九大所描繪的宏偉藍圖而團結奮鬥」；在「建構人類命運共同體」上，「帶路」建設正進入「全面推進階段」！未來令人心振奮的有關消息將陸續傳來，不難預期。以內地的政治結構，最高領導人拍板、黨大會附和的決定，哪有不能達標（超標才是常態）之理，那便如國務院定下GDP的增長目標，永遠不會有落差遑論落空一樣；亦正是這點原因，對北京的片面之言，「外媒」很少照單全收且很多時有令北京怒目相視、怒言斥之的「另類看法」！

二、

北京怎樣「成就」香港？有待相關政策出籠才有分曉。不過，筆者認為最有互惠互利功能的「成就」，是保全英國人留下的制度，令法治和自由不致受治港高官胡來而變形走樣；那對國家發展可以發揮積極作用的金融市場，更要用心保持原來風貌，因為無論在外匯交易或證券買賣尤其是企業上市集資上，上海和深圳，在可見的將來，看來都無法取代香港仍然「有規有矩」有法必依的地位。香港有內地所無的優勢，除了廣納人才，根本原因在切實地貫徹非黨治非人治的法治！

要保持香港對中國有可用之處（「香港所長」），北京便要責成派來全面掌控香港的官員，處事必須以不會惹怒或令「外來勢力」誤判為指針。對殖民者調教出來的官兒，大部份會對權力來源唯唯諾諾，要把他們玩弄於股掌間，難度不大（應該說根本沒有難度），但海外政客官員都有自己的堅持……這兩三年來，特區政府在處理一些和平抗爭的街頭活動上，特別在打壓那些爭取民主的大好青少年上，所用手法可說無所不用其極，本地有心人真的是愛莫能助，但不少外國政治人物看得血脈賁張、義憤填膺，「雙學三子」獲提名競逐諾和獎之外，如果當局繼續以橫蠻、高壓手段打壓，直接或間接褫奪涉事人的人權（包括選舉和被選舉權），恐怕醞釀多時、對香港維持現狀大大不利的《香港民主法案》，會獲美國國會通過。有中國撐腰，香港當然不怕這些「外來勢力」的「小動作」，但香港對內地有利之所長，肯定會因此而漸次萎縮以致消失！

三、

「香港所長」，除了法治和自由，在務實具體層次，是各種受過良好培訓的專業，當中開拓「帶路」用得着的，有法律、工程、建築、會計甚至醫療人員；這類人才特別是工程師及建築師，內地不缺（那從內地基建的成績可見），但香港專業人才的國際視野卻是內地人所難及的。在筆者的揣想中，隨着「帶路」的拓展進入成熟期，許多「技術」問題都要借助香港專業人才協助解決，那意味這些專業人才的工作隨中國的「朋友圈愈來愈大」而趨忙碌。但願北京尊重他們的專業操守而不要審查他們的政治取向……。

香港股市對中國的「用處」最大，因此必然是香港「被成就」的行業，不難想像，在「同股不同權」的新規條下，來港「眾籌」的內地企業（管它是國營是民企）必然排隊而來，當中肯定有若干是「帶路概念股」，對此香港投資者不可漠然視之，因為這類公司多半有前景有盈利——若非如此，怎能彰顯此一出自最高領導人的理念的成功！

內地「帶路概念股」港人可擇肥而噬，但直接在「帶路」沿途國家投資，則要四思而行（即使是OPM，亦要避免被投資者遺棄）；商人的觸覺（對金錢的嗅覺）最靈敏，這些年來，他們看不到有商機的地方，必然困阻重重不易牟利，因此，即使有內企牽動，亦應謹慎行之。要知道，一如筆者去年7月6日在專欄指陳，大搞「帶路」基建，對中國特別是習主席來說，除顯國力之外，還有流芳萬世的崇高意念，以千百年後，即使這些基建已成廢墟，屆時的人還會望着一堆堆頹垣敗瓦（便如對埃及金字塔羅馬鬥獸場和我國的長城），讚嘆習主席的偉大構想和中國人的智慧。「廢墟價值理論」早就指出宏偉建築有這種「歷史價值」，而那是港商無法享受的虛榮。

2018年2月8日

身負重任怎能犯法？量刑指引愛心洋溢！

一、

春節假期某日深宵，無綫電視的新聞報道透露，律政司決定不起訴前行政長官梁振英涉嫌收取澳洲公司UGL五千萬港元的「離職費」「懸案」；於2016年初開始調查此事的廉署，亦已結束調查。翌日律政司回應有關消息時，強調上述報道「並不正確」，以律政司司長尚未就此事作出決定；赴廉署舉報此事的民主黨立法會議員林卓廷則表示「仍未收到廉署結束調查的通知」。又說此事若真的就此落幕，他「會感到詫異、震驚及失望」！

對於此未成案事件的內情，筆者所知不比讀者多，因此無話可說。筆者所知的是，全國政協副主席、前行政長官梁振英擔任主席的「『一帶一路』國際合作香港中心及大灣區香港中心」（下稱「香港中心」）的香港辦公室，剛於2月中旬正式成立並舉行煞有介事的開幕儀式，現時「正在積極招兵買馬」，為展開一系列有關活動作好準備；「香港中心」所幹何事？從梁主席於網誌指出，該中心為協助柬埔寨消除白內障而「訂製的兩台流動手術車」已快完工「付運在望」可見。非常明顯，「香港中心」現階段的任務之一是實現「一帶一路」揭示（與沿途國家）的「共商、共建、共享」理念中的「共享」！

香港有的是財才兼具的愛國人士，「香港中心」的工作會很忙而貢獻肯定不小，在這種大環境下，你以為負責其事的梁振英會「出事」嗎？在北京全力拓展「一帶一路」，尤其是為圓「中國夢」而倡議、主導此事的習近平主席權勢如日中天的現在（習思想快將「入憲」且其國家主席之職、在「不意味成為終身制」之下、將因憲法廢除國家主席期限而永遠在位），有誰膽敢做出妨礙推動國策的事？筆者的答案是沒有人有膽量這樣做！

根據著作一度被「冷落」近年又有成顯學之勢的英國法學權威約翰·奧斯汀一針見血、直刺肌理的解釋，法律是為統治者服其勞的專業（沒有強權為後盾法學不可能彰顯），在政黨輪替的民主國家，法律界可以保持「中立」，不偏袒任何黨派，因為政黨「輪流做莊」，司法界不必偏幫任何一方；事實上，在這種政制下，惟不偏不倚的人和事才能存活。然而，香港法律界面對的是憲法寫明一黨專政的中國，中共（和如果成功修憲的習近平）永遠執政，法律界為求存為保持「尊嚴」，當然不會做出在「政黨輪替」環境下才會發生的事！

走筆至此，又想和讀者「賭三元」。筆者「買」梁振英不會UGL被起訴！至於能幹善辯的司長鄭若驊女士何處覓下台階，大家不妨翹首以待。

二、

「雙學三子」黃之鋒、羅冠聰和周永康，衝擊政府總部東翼空地（非官式的「公民廣場」）被控非法集結罪，原審被分判社會服務及短期監禁，當局認為刑期太輕，不足「以儆效尤」，上訴要求覆核（加刑）；上訴庭去年8月改判「三子」即時入獄，他們不服上訴，月初獲終審庭裁定維持初審原判……在判決書中，終審庭法官強調上訴庭「基於近年愈來愈大規模（的）群眾示威事件，就涉及暴力的非法集結訂立更具阻嚇力的量刑指引」。不過，新指引不具追溯力，即此「指引」不適用於「雙學三子」……由於包括戴耀廷、陳健民及朱耀明的佔中三子等案，均發生於上訴庭頒佈更具阻嚇力量刑的「指引」之前，等於稍後法庭對「佔中三子案」的量刑，亦會從寬而非從嚴！

從連日來坊間的反應看，上訴庭這項指示，顯然哥情嫂意雙失。恨不得把「非法集結」者置諸死地者，雖然暗喜今後有嚴刑峻法對付他們，卻因放過了眼中釘「六子」而跳腳；而若干可能被環境迫成「終身抗爭者」，則大表不滿，因為長此以往，他們日後會吃更大的苦頭。政治觸覺鋭敏口舌便給的黃之鋒説的沒錯，終審庭「量刑指引」是「以糖衣包裝」的嚴厲判決！

可是，退一步看，在當前北京壓頂之勢已成常態的政治氣氛下，「量刑指引」毋寧説是終審庭法官衡量輕重後基於仁愛之心發出變相的「哀的美敦書」（Ultimatum），對有意衝擊建制而進行公民抗命者發出最後「通牒」，如果日後再有類似「六子」的街頭抗爭活動，一旦釀成社會騷動且被定性有「暴力」成分，當事人便要付出此前不敢想像的沉重代價！香港目前仍有某種程度的言論自由，從多角度尤其是法理觀點上批評「量刑指引」的言文，鏗鏘有力，然而，由於形勢比人強，目的在捍衛建制維護社會安寧而非拆建制牆腳的司法界，即使認為這些批評不無道理，亦不會與建制站在對立面為「量刑指引」降溫。

從特區政府和「西環」處理「雨傘運動」的手段看，任何關心時局的人，都意識到香港街頭抗爭活動的參與者，已從不必付出代價（甚且有揚名立萬的無形得益）進入肯定有損耗的年代！這種逆變，以當前的政治環境，筆者看不出有扭轉的可能。在這種情勢下，每個參與街頭抗爭的人，都要背熟「量刑指引」的內容，同時審度本身的「機會成本」，從而決定應該進行甚麼形式的抗爭活動！

終審庭法官是出於一片善意撰寫「量刑指引」的。

2018年2月27日

中國修憲干卿底事？貿戰熱戰擺好架勢！

一、

中共有意修憲，中共中央委員會建議刪除憲法中「國家主席及副主席任期不得連續超過兩屆」的規定，同時建議將「習近平新時代中國特色社會主義思想」入憲。所有種種，據《環球時報》題為〈堅定支持中央修憲建議，這是理性也是信仰〉的社評，目的在期待這種改變「為整個中華民族帶來福祉」；而這種改變，是與時並進的必要做法，這已是中央第五次修憲，每次修憲都是「適應不同歷史階段和歷史任務的需要……」今次修憲，也是為實現中國繼續前進作出「關鍵性憲法保障」。准此，修憲的理由無懈可擊（此間「支持者」的理論水平太低，不說也罷），針對此事的一眾人等，包括「職業反共者」以至西方「中國問題專家」等的負面評論，都是胡說八道、說三道四，因為，據外交部發言人陸慷的說法，「修憲是中國人民自己的事情」，不容外人置喙。這點看法，美國竟有同感，在被問及此問題時，白宮發言人桑德斯認為此為中國的內部事務，雖然做法與美國迥異，但她「相信中國會作出對自己最有利的決定」！

無論如何，以中國在世界舞台上強勢崛起，中共修憲，是包括中國在內的世界頭等大事，Xianfǎ Xiūgǎi（憲法修改）也許會入「牛典」。

中共要修憲，當然理據十足，此舉有利增進人民福祉，亦毋庸置疑；至於這樣做會否令習近平成為「終身獨裁者」（美加州大學聖地牙哥校區環球政策與戰略學院教授謝淑麗〔S. Shirk〕之言），或如孔傑榮（紐約大學法學院教授、著名的中國法律及人權專家）所說因為「忘記了毛澤東長年暴政……現在又陷入另一個長期且嚴峻的獨裁之中……」現在沒人說得準，一切有待時間的考驗。

從有數千年封建基因的國人角度看，以中共的政體，有個長期在位的「仁慈獨裁者」，不是問題不大，而且根本上不是問題；不過，向來視獨裁者十之九九會成為暴君的西方人，尤其是已擺明與北京對着幹的特朗普政府，肯定會強化對中國的提防。眾所周知，民主國家的決策過程「費時失事」，專制國家則領導人說了算數，行政效率超高，如果當權者沒有任滿必須落台的近憂及遠慮，做起事來肯定更為決斷，令其對手國愈加防不勝防，因而必會作出更多的防範措施以至反擊部署，令局勢特別已聞火藥味的亞太地區事務，趨向高危！

二、

因為英譯拙作《香港前途問題的設想與事實》出版，翻閱與此書有關的資料，見故出版家沈登恩編彙的《行止行止》（1997年初版、2002年增訂版），收《蘋果日報》2000年8月30日的頭條新聞〈北京封殺《信報》林行止著作〉（按：此事《信報》似未報道!?），才記起此十多年的舊事；同書又收邱依依所寫的〈林行止專寫可信不可愛之文〉（刊2000年9月21日《今周刊》），其中提及令北京要封殺「林行止著作」的原因是對台言論；邱文這樣寫道，林行止認為：「中國一日不放棄必要時武力攻台的國策，中台便處於敵對狀態。」「北京要說服台胞歸順，要他們奉上『主』權換取所謂『高度自治』的治權，這樣的『一國兩制』不易令其動心。」邱文指「他說出真相卻刺痛中共，是林行止不受中方歡迎的原因」。

拙作不准在「國際圖書博覽會」展出的理由，是否如邱文所寫，筆者從未深究，只是，對於中台問題的看法，至今未變。一句話，筆者認為北京未能把回歸後的香港「雍齒化」（《史記．留侯世家》雍齒封侯的事，曾多次説之，不贅），是一大失策；香港成為雍齒，表示北京做事公允、不計舊怨（如此，前朝遺臣才會為特區賣命），「雍齒尚為侯，我屬無患矣」。台灣人看在眼裏，獨立意氣必不若今之旺——即使民進黨在台，在野盡是反台獨之聲，如此會大大提高在「同胞不會打自己的同胞」（1990年時任國家主席楊尚昆語）的前提下，和平統一台灣的希望。可惜，即使有「五十年不變」的承諾，由於「犬惡酒酸」（此事明天細說），看看今日的香港，雍齒早被打落十八層地獄，台灣看在眼裏，又焉會不愈走愈遠，且在朝在野皆台獨，在這種形勢下，難怪「武力攻台」之聲響徹雲霄！

三、

自從習近平於2013年上台後，統一台灣之説便甚囂塵上，有説這是習主席獻給百歲中共的最佳禮物，有說收回台灣習主席立下大功才能與毛澤東平起平坐……不論甚麼理由，北京領導人要回收台灣、完成祖國統一大業，大有為領袖所應為。如今「修憲」在望，習主席登上統治梯階頂層已無懸念，以近月來解放軍在台海展示的軍力和擺出的陣勢，武力攻台看來已指日可待！

在經貿線上，中美關係並不樂觀，繼主管外交、僑務及台港澳事務的楊潔篪於本月上旬訪美據説無功而返後，有習近平「經濟大腦」之稱、盛傳將出任國務院副總理兼央行行長的中央財辦主任劉鶴，已於昨天啟程訪美，目的據説是「給最近持續升溫的中美貿易摩擦『滅火』」。劉氏此行，大有必要，以原任「白宮國家貿易委員會」主席、貿易保護主義鼓吹者、「仇中派」健將（見去年1月24日作者專欄的分析）的納瓦路

（P. Navarro），剛於數天前（23日）被擢升為「總統助理」（assistant to the president，與總統朝夕碰頭的白宮西翼行走），《紐時》和《華日》等主流媒體都大字標題報道此事，指對華貿易已完全落入「經貿鷹派」之手。這項人事變動，預示劉氏此行任務相當艱巨！

在外交層次，美台關係明顯比前「行得更埋（更密切）」，比如美眾院通過《與台灣交往法》（Taiwan Travel Act，又稱《台灣旅行法》），允許、鼓勵雙方高級官員（包括總統及部門首長）互訪，意味1979年限制美台高官互訪的《台灣關係法》實際上已報廢；眾議院且「一致通過」支持台灣參與世界衛生組織法案；北京大感不快，不在話下。為應付北京頻頻在台海宣示武力，現在台灣「調兵遣將」甚忙，整個台灣可說為對抗中共的政治氛圍所包圍，美國對台灣售武會再進一步（20日十九名美議員訪台目的便在商討此事），便非不可能。雖然北京厲言相向，但美國並非沒有理由，因為中國軍力日強，等於台灣必備的「防禦性武器」必須升級……但願武力收回台灣不是習主席「建功」的優先選項！

2018年2月28日

劉鶴到訪宣佈徵税
貿戰事小熱戰升溫

一、

特朗普總統去週四（3月1日）突然在白宮與十五名美國鋼鐵及鋁材企業決策者開會，內容並無新意，只是重申商務部於2月26日公開建議應對進口鋼鐵及鋁材課税的「調查結果」，據説這類商品已對美國國家安全造成威脅。商務部這項決定，據網誌Breitbart（「前國師」班農已辭去主席職但極右立場勝舊時）的獨家消息，是1月下旬在白宮召開那次天下為公分子（Globalists，國際主義者）與經濟國家至上分子（Economic Nationalists）對決的會議，特朗普聽完雙方的辯論後，對前者説「對不起，我支持國家經濟至上派的説法」，拍板定調。不少主張環球自由貿易的學者，指特朗普是經濟白癡，不知貿易戰損人不利己。事實並非如此，總統本人雖以不讀書不看報告聞名，但他會聽取顧問的意見；非常明顯，在貿易問題上，他權衡輕重後，以為目前世界大同式的經貿，長此下去，美國經濟將被淘空，他因此不惜冒啟動貿易戰之險，誓要改變貿易現狀，令「美國再度強大」不致淪為一句假大空的口號！

在競選時以至上任後，基於多年來中國對美貿易中出現巨額順差，特朗普有意對多項進口美國的商品徵收「懲罰性關稅」，是眾所周知的事實，然而，他選擇放棄原定在本週而提早宣佈，顯然衝着要為近日持續升溫的中美貿易摩擦「滅火」，正在華盛頓訪問的北京經濟政策第一把手、習近平主席的親信劉鶴而來（據說，劉氏在與財政部長等高官開會時，提出大幅度開放內地金融市場特別是保險市場讓外資參與此一美資爭取多時的新策略）；特朗普不僅不見劉氏，且在作「徵關稅」宣佈後馬上赴佛羅里達「度假」，如此不假詞色的冷漠，令特朗普已放棄上任後扮演和習近平是好朋友不斷搞親善小動作的「國策」，這種轉變，是美國紙媒網媒的共識！作為旁觀者，筆者的感覺是，這一年多來，特朗普的確公開擺出要和中國做朋友的姿態，以彼此確有互補性之利；可是，眼前中共在自由民主上大開倒車，美國決策層反華拒共情緒日益高漲，到了中共決意「修憲」，美國不得不放棄爭取中國向西方陣營靠攏的妄想，因為兩國的政治倫理南轅北轍，即使做成朋友，亦會隨時鬧翻，因此不再在這方面浪費時間。用作者專欄的慣用語，美國已正式揚棄「中美利加」的理念，日後的麻煩，有如一對意見不合且有金錢轇轕而鬧離婚的夫婦，法律的纏訟將非常磨人……。

二、

美國不理會盟友的反對，不惜在對太陽能板和洗衣機課以重稅之後，再對鋼鐵及鋁材開刀，早被認為四海之內皆兄弟進行自由貿易對各國最有利的經濟發展學說洗腦的各界人士（特別是政客及學者），群起而攻，是意料中事；可是，對於這類《信報》讀者早已了然於胸的說詞，剛剛被擢升為「總統助理」、《給中國害死》（Death by China）作者（及同名紀錄片導演）納瓦路，前天接受Breitbart電台訪問時，評之為「全屬廢話」（原話是「一堆馬屎」〔a bunch of horse-puckey〕），這名「仇中派」健者，認為自由經濟無法與計劃（指令）經濟在市場上作公平競爭，因為後者為「國家利益」，可用各種包括不計算經濟成本效益的手段壟斷市場，他「劍指」中國，說其有能力有辦法有計劃地以受政府津貼補助的商品把競爭對手排擠出市場，而鋼鐵及鋁材市場便有這種跡象；這類金屬雖然由於市場形態之變已非工業重要支柱，然而，它們作為軍事工業主材料的地位，不因人工智能武備的開發而生變，鋼鐵及鋁材企業的沒落，有「國將不國」的沉痛後果。對此，特朗普說得非常露骨，去月他就貿易問題與國會議員開會時，竟作此驚人之言：「我（們）不希望向和我們有衝突（原文為Fighting）的國家購買鋼鐵……。」

如今向美國輸出鋼鐵的國家主要是日本、南韓、加拿大、歐盟和中國，特朗普所說「有衝突」的國家何所指，大家懂的！

事實上，中國鋼鐵等對美輸出，只佔其總進口額2%，對中國的鋼鐵業，可說無關痛癢；此事的「震撼性」，在當着劉鶴到訪之時宣佈。當然，美國媒體指出特朗普有意課稅的中國輸美商品，數以百計；這才是中美貿易戰不易避免的底因。

三、

從連日來傳媒的報道，大家無法不認同聲譽本來甚劣的特朗普，已因掀起一場短期內無人受惠的貿易戰而為千夫所指，成了西方自由世界的「過街老鼠」；不過，這只是表象，內情並不這樣簡單。考慮到根本性的政經利益，西方國家相信很快便會「齊心」跟行另一制的中國對着幹。去週《經濟學人》以「西方國家如何看錯中國」為主題，發表題為〈西方錯在哪裏〉的社論，指出吸納中國成為世貿成員，本意是希望通過自由貿易，讓中國在向環球輸出之下蓬勃繁榮，進而令其日漸富足的人民爭取民主、自由和法治。換句話說，通過經濟誘因，令中國成為自由民主政制亦即統稱西方世界的一員；但事實證明美國為首的西方國家「押錯寶」，充滿自信的中國已全方位崛起，尤其是在特朗普的「美國優先」令美國不再積極介入世界事務之後，中國不僅沒有加入西方陣營，而是看中西方世界群龍無首的弱點，積極壯大自己且有與美國分庭抗禮把美國趕出亞太地區之勢。「社論」建議西方國家應團結起來，對抗中國的「鋭實力」、抗拒中國濫用經濟實力、防範國企的海外收購；它同時建議美國重返「泛太平洋夥伴協定」（TPP，按此「協定」把中國排擠在外，是奧巴馬政府意識到自由貿易令中國坐大而有意行保護貿易的設計，只是「前國師」班農認為不湯不水，建議特朗普退出）及重建軍力……

非常明顯，正如一幅漫畫所示，貿易戰有如各國圍圈而站並且用槍互指對手，槍聲一響，大家集體倒地，貿易戰正有這種後果。1930年6月在一千二百多名經濟學家聯署反對下，美國總統簽署了國會上呈向二萬多種進口貨大加關稅的《斯莫特——侯利（Smoot-Hawley）法案》，結果引起全球報復，國際貿易幾陷停頓，美國外貿急挫50%左右，在西方經濟蕭條及德國納粹黨崛起的背景下，終於引發始於1939年的二戰……當前正在醞釀的貿易戰會否如此嚴重，不易確定；環球股市受華爾街之累急挫，似乎與聯儲局從「量化寬鬆」（QE）改為「量化緊縮」（Quantitative Tightening〔QT〕）關係更大。貿易戰對各國經濟不利，但QT的打擊更深廣！不過，無論貿易戰或QT對美國經濟進而華爾街的衝擊，是天下太平才見的現象，一旦爆發熱戰（特朗普若選情告急，可能性大增），尤其在亞太地區特別是東海南海（美前駐聯合國大使現為美國奮進學社〔American Enterprise Institute〕高級研究員的博爾頓〔J. Bolton〕認為南海情勢最高危），熱錢必會投奔美國，令其經濟和股市「復甦」。至於何以有熱戰資金湧去美國，本地大亨及內地先富起來的官商最清楚！

2018年3月6日

不設上限理財大忌
免收費有毒蛇效應

一、

曾俊華為角逐行政長官之位，於去年1月上旬辭去財政司司長職，陳茂波於1月16日接任，是年的《財政預算案》，相信有曾氏的「身影」，因此，於去月底公佈的2018-19財政年度預算案，才是陳茂波一手包辦的處女作。

這點時間上的轉折，令2017-18年度的實際財政盈餘高達一千三百八十多億，比預算的一百六十三億，多出一千二百餘億，誤差之巨，前所罕見（歷屆財政司司長只讀熟香港的統計數據而未能掌握香港經濟脈搏，因此預測年年大錯），此錯如今市民皆歸於陳茂波，便有點不公道，因為那極可能是曾前司長的「遺愛」。

盈餘「大躍進」，陳司長趁編製新年度預算案之機，有如坐上直升機大灑金錢，可惜雨露不均，惹來一片叫罵，其民望在多項民調中創下同類調查的新低，比如港大昨午公佈的民調結果，顯示受訪者不滿意預算案的高達54%（滿意的有31%）；有線電視now的互動民調，於預算案公佈當晚，更錄得「非常不滿」的達55%（滿意的只有7%……）。這麼多人認為新預算案不及格，難怪有論者稱之為「史上最失敗的預算案」！

平情而論，新預算案「罪」不至此，何以表達不滿者這麼多，底因見於預算案引言第三段：「過去幾個星期，社會各界廣泛討論《財政預算案》，表達不同的意見。我非常感謝大家，也充份理解社會各階層的市民，在生活上有不同的需要和期望。」問題便出在這裏。

事實上，《財政預算案》的編製，與民意有甚麼關係？答案是沒有。何以故？因為財政司的任務是做好公共理財，為全社會的福祉着想，而民意特別是不同持份者所凝聚的民意，只求對有關群體有利而罔顧整體利益。那等於說，不論甚麼持份者，其訴求肯定是爭取政府（財政司）做些令他們受惠的事，而最直接便捷莫如「派糖」（盈餘派盡便編製赤字預算或加稅）、扣稅減費提供免費醫療、教育及增加各種「免費午餐（最好加前菜和甜品）」——經過這麼多年的傳媒「教育」，大多數人都知道「免費」的福利成本高昂，但受惠者哪裏理得這麼多！這種「民心所向」，可說是舉世皆然，那亦是何以所有國家的財金當局都不會於編製預算案前落區下鄉聽取「民意」的原因。香港財政司落區聽取「民意」，是曾俊華「開壞了頭」！

落區聽人民心聲後卻不能滿足他們的訴求，陳茂波民望急挫，良有以也。

二、

財政司司長官位崇高、住大宅、薪津豐厚，掌握香港經濟命脈，人稱「財神」，可見港人對其寄望之殷，期盼其能審時度勢，根據實際需要，編製一份有利香港長期健康發展而不違量入為出原則的預算案。不過，有別於過去「祖家」的窮酸，如今香港有個財富山積的靠山，只要做些配合國家發展方略如拓展「一帶一路」及粵港澳大灣區發展的規劃，多用些錢，萬一出現財困財赤，視香港若內地城市的中央政府，不會不施援手。有此「新機遇」，盈餘耗盡見財赤，只是小事一樁而已。

換句話說，適逢當前國家大展拳腳，契機難逢，主導財經事務的財政司司長，應有所作為；可惜以新預算案觀之，實在看不出有甚麼前瞻性的政策，只曉得這裏增加資源、那裏多撥款項，沒有具體可行的方法，到頭來多成見財化水的損耗；而損耗之後還得注資，不然前功盡棄。這正是掌管一地財政的難處。

從當立法會議員到進入建制，看其工作表現，陳茂波司長顯然是個腳踏實地忠於責守的官員，可惜他的會計專業——不論是否出身「四大」——局限了他的施為，以會計學是種不含價值觀的專業，而他的現職卻要他每做一事都要作價值判斷，這令他力不從心因而無法作出符合大多數港人期望的決策；但願陳司長能跳出會計專業嚴格但刻板的規範，多作登高望遠而又配合實際港情國情的思維，於下年度《財政預算案》提出結合本地整體利益而又能配合內地帶給香港機遇的新路向！循此路向經營應有利可圖，這樣的預算案，才會為大多數接受。

三、

新預算案的「新猷」是打破政府開支不應超過本地生產毛值（GDP）20%水平，對於這個沒有軍費及外交開支的地方來説，如此「規定」雖不「科學」並嫌保守，卻不無可取之處；不過，正如陳司長指陳，配合實際需要，打破此成規並非甚麼大不了的事。問題是，此例一開，為滿足社會無上限的需求，政府開支便可能節節上升。陳司長也許早已知道，公共理財學上有所謂《華格納法則》（〔Adolph〕Wagner's Law；華格納〔1835-1917〕為德國經濟學家），即政府開支（Public expenditure）有年年增加的傾向，那對工業化經濟體並無問題，但在民選福利國則問題甚大。雖然「不科學」，陳司長還是設定一個公共開支上限，較為明智。至於代繳DSE考試費這項「仁政」，則恐有「眼鏡蛇效應」（Cobra effect），英人統治印度初期，為了「滅蛇」，頒佈捉到毒蛇「上繳」官府者，可得奬金若干，以金錢誘因除蛇害，良計善策，然而，比殖民者更聰明的印度人，家家養蛇，然後把蛇「賣」給政府，結果是政費開支與毒蛇數量同步上升……代繳考試費用令考生大增，便有這種效應！

2018年3月7日

徵直接稅減間接稅 縮窄貧富有利管治

一、

十三屆全國人民代表大會第一次會議去週日（11日，香港立法會議員補選日）以兩票反對、三票棄權（還有十六人缺席）的「近全票」二千九百五十八票通過二十一項「修憲」，據《信報》昨天報道，會議主席團隨即發出第一號公告，宣佈《中華人民共和國憲法修正案》「現公佈施行」（用香港的「術語」：「即時生效」），中國國家主席由此沒有連任限制，「中共領導亦正式成為《憲法》條文規定」。

從去週日開始，中國最高領導人「做幾耐都得」，這雖符合國情，據官媒的報道，此舉獲得無法自由公開表達意見亦沒有投票權的國人熱烈支持；不過，說不等於終身制的「沒有連任限制」，在當前這個世界，大概除了北韓，恐怕是孤例（古巴亦要做一場選舉的大戲），政制與之迴異的國家，特別是政黨輪流「做莊」（政黨輪替）的西方國家，今後更不易在經濟誘因之前向中國「跪低」，那意味從今而後，中國與西方國家的經濟糾紛甚至政治衝突會較前頻密，至於彼此能否在這種特殊情勢下「生意照做」，筆者不知道，只能拭目以待。

中國修憲，短期內對內地經濟發展，肯定是好事。眾所周知，政治穩定是經濟發展的基石，而習近平主席沒有無法連任的近憂，等於由他拍板的政策能一以貫之，如此便有政治前景明朗社會穩定的效益。在經濟蓬勃穩步向前的基礎上，「生意興隆」是理性預期。

政局穩定經濟按計劃增長（有關官員必要時作出「微調」勢不可免）的大環境，對持續全方位的改革，特別是「一帶一路」的順利開拓，對為實現「製造強國」的十年行動綱領「中國製造2025」的實現，以至軍事現代化改革等等，均非常有利。比較政治環境躁動不安的意大利（剛成過去的大選極可能導致「意去」〔Italeave，「脱歐」〕），加上英國「脱歐」引起連串尾大不掉的麻煩，歐盟政經前景大大不妙；至於美國在特朗普治下「破舊」而未能「立新」，造成的政經混亂及外交緊張，對經濟發展的破壞，將相繼浮現。相比之下，政治穩定大有利於中國的經濟崛起，不言而喻。

二、

習近平治下五年，在前人奠下的基礎上，中國經濟的確有長足的進展，「先富起來的人」雖然多如恆河沙數，但貧富差距，以堅尼系數為準繩，逆世界趨勢在縮窄中——2008年為0.491，去年回順至0.467（參考數據，香港的同類數字2011年為0.537，2016年微升至0.539），這真是難能可貴，因為「宏觀」地看，堅尼系數會隨經濟增長而加深的（有錢人較易獲得有用的「市場資訊」及「錢生錢」是較易賺錢的營生，如此這般，受薪階級便給比下去了）；中國反其道而行，說明了老共不忘「初心」，從稅制上遏阻了貧富兩極的鴻溝化——這也可算是一種積極地清除「低端人口」的方法吧！快將出籠的物業稅，更有冷卻物業投機狂潮令物業交易恢復常態進而拉近貧富差距的功用。

內地對稅務的調控，在在以令受薪者受惠為標的，對財富再分配比較公平且有利中產階級的壯大。根據已公佈的資訊，今年內（在新財政年度？）會提高薪俸（個人入息）稅的免稅額，那意味在稅率不變之下對「低端收入階層」減稅，其受大眾歡迎，不在話下。不但如此，現存的三級增值稅（VAT，消費稅）分17%、11%及6%共三級，會大幅修訂為兩級（11%及6%）……筆者常說這種五十年代由法國經濟學家「發明」的「增值稅」，是累退的間接稅，對「低端人口」非常不公平，以劏房住戶和地產大亨繳納同一稅率，公道何在公理何存!?徵收「增值稅」的行政費用相對輕微且具效率，因此各國「徵」此不疲，這是人民怨聲四起，一遇「不平事」便上街抗爭令社會不和諧恆常化的原因之一。內地簡化「增值稅」並大幅調降稅率，中產以下的人民大受其惠，為反「終身制」消音，不難預期。當然，減稅會令政府稅入萎縮（據說庫房收入將減一萬一千多億人民幣，約為去年國民毛產值的1.3%），對負債過重的政府大為不利；這方面的困難能否紓解，要看「供應側結構性改革」（削低借貸及削減過量生產力）能否成功而定。

美國欲藉徵收關稅以打救本國經濟，內地則從「內部事務」着手優化本國經濟，那等於說美國的方法若成功，必會打擊貿易對手的經貿，而中國的辦法若成功，則是利己益人……內地這種經濟發展趨勢，亦可為港人提供不少「求財」的機會！

內地埋首經濟建設，是港人最樂見的發展。

2018年3月13日

經濟崛興未足恃
主宰世事靠武「攻」

一、

觀察各國特別是中美領導人年初於瑞士達沃斯世界經濟論壇上「互別苗頭」的表演後，巴西一家「想和做學社」（Igarape Institute）撰寫一份談當前「環球秩序」的報告，高度評價中國的國際地位，其中尤以中國經濟實力將於2050年超越美國最矚目。數據顯示，2017年至2019年世界經濟增長，中國的貢獻達35%，依次為美國18%、印度9%、歐盟8%；至2050年，世界五大經濟體的排名為中國、印度、美國、巴西及印度尼西亞；而中國無論在城市化、基礎建設、數碼經濟、人工智能研發、環保工程以至大學教育上，都有攀上世界高峰之勢！應該稍作說明的是，「想和做智庫」（To Think and to Do Tank）和「智庫」（Think Tank）的分別，在於前者提出政策建言之餘，還組織多媒體平台、主辦研討會等的宣傳活動，塑造「民意」，令政府都會不得不重視其報告——過去，據說當局通常把「智庫」草擬的報告束之高閣，令「智庫」（二戰後美國有約四十五個「智庫」，2017年已增至一千八百多個）的心血白費。

中國經濟崛興，是眾所周知的事實，這種新經濟形勢會否導致世界秩序向中國傾斜，令稱霸近百年的美國退居次席？筆者以為可能不大，不過，有此憂懼的論者似佔大多數——他們也許真的有此遠慮，但以「補鍋法」誇張放大中國威脅以遂擴軍黷武合理化的，相信更多。美國土產的「軍事工業複合體」的勢力，早已植遍西方世界，她們樂見中國軍事崛起的報道以達順利大增軍費的目的，路人皆見。

作為一個新興的經濟大國，中國軍事勃興是自然和必要的發展，何以西方國家非把她壓下去不可？答案當然涉及利益分配問題。戰後以還，美國以蓋世武功稱霸天下，以民主自由、保障人權及反恐之名，干預各國內政，而干預的「極致」是不惜出兵以至生靈塗炭。遠的不說，從第一次波斯灣戰爭（1990-1991）開始，美國介入中東、中亞及非洲的多場戰爭，與俄羅斯（克里米亞）和中國（南海、東海、台灣以至朝鮮半島）亦怒目相向，瘋人總統特朗普即使時露笑容，盲眼人都看得出是笑裏藏刀。非常明顯，美國橫霸世界的軍事力量一旦受正面挑戰，西方資本主義的經濟霸權亦將隨之沒落——如果中國走的亦是資本主義的老路，意味西方國家有分杯羹的機會，但充滿自信的中國要走自己的道路，尤其是「修憲」令習近平長期獨大合法性之後，擔心有所失的資本家和政客，已凝聚成一股幾乎是不可抗力的反華力量。說「不可抗力」，「政治不正確」，然而，這是客觀事實！

二、

美國雖然自詡軍力世界最強，但經過大約二十年（克林頓、布殊和奧巴馬政府）在戰略上蹉跎歲月而中國和俄羅斯則急起直追，如今美國軍方的信心不若過去之強，因此，面對有意挑戰世界秩序「現狀」（Status quo）即致力把美國比下去的中俄，特別是中國有意主導東亞事務而俄羅斯念念不忘重建在東歐和中亞的勢力，大美國主義的論者，莫不主張美國多管齊下，在常規武器、核武及開發人工智能武備上大肆投資，直至「敵人聞風喪膽」（fear in its foes）即美國霸主地位不變為止。過去二十年在軍備上的不作為，美國在軍力上的確有急起直追之必要，昨天消息傳來，美國海軍本已訂造三十四艘有環保功用混合電力推動的驅逐艦，可是需時較久且其效益有待觀察，已改用「舊科技」以便戰艦盡早服役應付迅速惡化的遠東局勢！事實上，美軍早已做好隨時開戰的部署，攜帶核彈的B2及B52轟炸機月前進駐關島基地，便是顯例。這種部署表面理由是對付北韓，惟矛頭直指中國，是不言而喻的「秘密」。一如筆者不久前在專欄指陳，美國處理朝鮮半島的最終目的有二。其一是不使南北統一；其二為利用北韓威脅中國——特朗普於到訪的南韓特使「話口未完」時便答應和金正恩會談（據《華日》的報道），雖令主導外交的國務卿有微言（也許他因此被「解除職務」），卻足以反映美國對朝鮮問題的底線。截稿時消息指出，蒙古前總統查希亞．額勒貝格道爾吉（Tsakhiagiin Elbegdorj）建議美朝領袖在蒙古首府烏蘭巴托會談，是個不錯的主意。美朝會談，若「半島無核化」是前提，難有積極成果，但美國若意在北京，「有外交對話便有希望」，換句話說，北韓問題從「六邊會談」到「美朝會談」，中國失去主導地位，會談結果對其不利，不難預期。

值得特別指出的是，英國的「漆咸學社」（Chatham House；原名皇家國際事務學社）剛剛發表其理事（退休職業外交家）衛爾思（Tim Willasey-Wilsey）論美朝會談的特稿，他認為此事由兩韓特務而非外交人員安排，又說北韓抓住這個機會，是希望從此擺脫中國的擺佈（原文為extricate itself from the stranglehold of China）。美朝雙邊會談不利中國，彰彰明甚。當然，不論衛爾思有多「資深」，他的看法僅是片面之詞；不過，細味當前的情勢，這種說法值得參考。

筆者記不起習近平主席的「中國夢」發於何時，惟2010年初，中國國防大學教授劉明福的新書便以《中國夢》為名，作者認為中國應該建立起全球最強大的軍事力量，與美國爭一日之雄長；又說「21世紀的中國，如果不能成為世界第一，不能成為頭號強國，就必然是一個落伍的國家……」。非常「政治正確」。然而，筆者當時列舉一些事實後，指出「中國夢宜說不宜發，美國擴軍中國付款」（3月3日，收《庸官苛政》），重彈筆者的「老調」，認為在人民幣未成為世界通貨及未發明若干外人怕得要死的武備之前，「中國夢」不應付諸實行，因為「外來勢力」必會阻其「夢境成真」。七八年後，觀看世局，這種看法不必修正。但願中國在習主席的領導下，繼續提高經濟實力之外，尚要積極拓展高科技武備，但在成功未至之日，言文「中國夢」沒問題，若欲以收復自古便屬我國所有的領土領海，「中國夢」成為「噩夢」非不可能。

內地若在現階段便要實現經濟以外的「中國夢」，是港人最不樂見的發展！

2018年3月14日

「仇中派」全面掌權 中美前景彤雲密佈

一、

事後孔明，特朗普辭退蒂勒森的原因，早已寫在牆上。這位埃克森美孚（Exxon Mobil）總裁，當上本該與總統同聲同氣的國務卿，其與總統意見相左的消息卻時有所聞，他不但逆上意認為美國不應退出《巴黎氣候協定》（Paris Accord）、不應一面倒向以色列和沙地阿拉伯把伊朗逼得無路可走，還質疑要打得北韓血流披面的恫嚇；當然，他和特朗普無法「和睦相處」的導火線，是當他的頂頭上司在內部會議提出要大增核武時（事實是，多年的積聚，美國庫存核武已嫌多，目前需要的是翻新〔十年耗資一萬二千多億美元〕而非增產），他衝口而出說特朗普是「無可救藥的白癡」（fucking moron）！當「機密」外洩時，他不否認亦未向特朗普道歉⋯⋯。以特朗普火爆的性格，在此事發生後約四個月才把他解僱，可見此君做「大事」絕不衝動，在辭退蒂勒森上，特朗普作出周密部署，那是說，白宮高層大換班是深思熟慮的結果。

說幾句「有趣」的題外話。蒂勒森原名Rex Tillerson，他被辭職、退出官場，遂被稱為Rexit（與馬來西亞上市公司同名），白宮再無此公，遂稱Rexless，而他長期擔任埃克森石油決策人，於是又有Rexxon之名。

白宮決策層的人面全非，會否扭轉特朗普上台年多後美國在國際上的「頹勢」，有待觀察；筆者可以說的是，從總統助理、經濟顧問以至國務卿的人選看，「真．賽月娥」（是否驍勇善戰，不知道，但人人戰意高揚，則人所共見）已控制白宮的決策機器；更重要的是，這些人都是「仇中派」，那意味從今而後，不管國防部長及國安顧問會否換人，美國的對華政策只會日趨強橫！

布魯金斯學社去週一項統計顯示，迄1月底，離職的白宮決策層高級官員已達43%，看近日的人事變動，比率已過半，絕不誇張。這種現象，比和平時期任何一屆政府都高。不過，由於一切有制度可以遵循且國會虎視眈眈，「鐵打的衙門流水的官」這句老話，套在美國（其實是所有民主國家）身上，非常合身。換句話說，人事更迭頻仍卻無損美國政府的有效運作——效率當然比不上一人說了算數的特權國家。

二、

現在的問題是，如果特朗普提名蓬佩奧（M. Pompeo）為國務卿的任命獲國會通過，那麼，這位現任中情局（特務機關）頭子、打出極右傾政治運動「茶黨」旗號進入參議院的保守分子，對外交政策有何影響？在外交事務上，如果總統和國務卿的意見相左，總統不聽取國務卿的意見，不僅美國外交政策予人以吹無定向風左搖右擺之感，其他國家領袖，當然不會亦不敢對美國的外交主張照單全收，那意味西方國家在國際舞台上因群龍無首而亂糟糟，讓敵對陣營有機可乘……如果特朗普和蓬佩奧同鼻孔出氣，美國在國際舞台上的影響力必勝蒂勒森時期。

總統對國務卿的「獻言」是否言聽計從，要看後者與對負責國家安全重任的國防部長及幕僚長有否共識而定，如果此「三頭馬車」同一陣線，總統很難不附和他們的看法。顯而易見，如果馬蒂斯和凱利無法與蓬佩奧推心置腹，短期內白宮高層人事的變動，會更惹人注目且更具震撼性。

蒂勒森有意阻遏中國的崛起，對中國在南海島礁的「建設」更曾公開表示要以武力解決，對中國強化在亞洲、非洲和拉丁美洲的影響，亦「憂心忡忡」；然而，他長期在商界工作，令他傾向凡事有商有量，因此屬溫和的中庸派，沒有大幅改動與人為善的美國傳統外交總路線。蓬佩奧在外交上比他遠為強硬，那意味他不會拖特朗普後腿而會與他並肩「作戰」，其矛頭直指中國，殆無疑義。過去二三十年，美國為了「維持世界和平」以保障美國環球經濟利益和政治影響力，消耗大量未來沒有的錢（本月中旬美國國債已達二十一萬多億美元）！到頭來卻令中國坐大至有力且有意與她平分天下，意味美國的勢力相對萎縮，那是這批大美國主義者在所謂「美國優先」、「美國再強大」口號掩護下進一步窮兵黷武，處處針對、打壓中國的根本原因。蓬佩奧與特朗普抱持同一信念，美媒稱他為死硬鷹派，自有所本。在俄羅斯問題上，蓬佩奧態度比較曖昧；在北韓和伊朗事務方面，他的取態與特朗普並無二致。換句話說，國會如通過他的任命，世界愈來愈亂，不難預期。

極右網誌Breitbart昨天有題為〈亞洲的惡霸——何以中國夢會破壞世界秩序〉（Bully of Asia: Why China's Dream is the New Threat to World Order）的長文，評介將於今天（20日）發行的《秘密帝國》（P. Schweizer: Secret Empires）。新書揭露中國通過國企民企「收買」美國政客的詳情（引起新一輪政治風波，不足為奇），「受益人」包括前副總統拜登的兒子（拜登已大肆抨擊這本書）、參議院多數黨領袖麥康奈爾的岳父和妻妹（現任交通部長趙小蘭的父親和妹妹），以至特朗普總統的女婿……與國家有關的企業邀請有政治人脈者當顧問、董事以至「做生意」，既可視為正常商業活動，亦可當作進行利益輸送（用作者的話是「買政治影響力」）以謀取「政治方便」。事實上，這類「交易」，在市場經濟下非常普遍，但由於政治倫理南轅北轍，便被視為滲透美國統治階層以遂其政治目的是邪惡活動。中美關係已進入高危期。

• 近觀中美政經糾結 · 二之一

2018年3月20日

財大氣粗任性而為！老美發火如何收場？

三、

「美國提供腦袋、中國提供勞力」，令中美在經濟上各有所得的互利互惠時代，已一去不復！事實顯示，中國在科技尤其是人工智能研發上，已有後來居上的勢頭，美國對此感到憂慮甚至因為擔心快失領先地位而忐忑不安，然而，其對策不是如去週《經濟學人》社評的提議，為了超越蘇聯，上世紀五六十年代美國在教育、科研上大量投資，結果真的大有所成，早把蘇聯——俄羅斯比下去；至世紀末，且在多個領域特別在多種科網上執世界牛耳。《經人》認為美國應重複這種發展路向，改善移民政策、吸納世界人才，同時在科研上大量投入。所有種種，正統正路，俱言之成理，但筆者以為美國肯定不會這樣做，因為需時太久，而且她認為佔了太多美國便宜的中國，已全方位崛起並有跡象顯示正在挑戰其「世界一哥」的地位，因此，事不宜遲，美國要速戰速決，在槍炮支持下通過貿易壁壘打壓中國，較有效益。從此角度看，不管在兩敗俱傷的貿易戰中誰佔上風，代價是世界經濟發展退了一大步——正如昨天李克強總理所說，貿易戰沒有贏家，是人人懂得的硬道理。

特朗普總統和以他的特別助理納瓦路為首的貿易團隊，眼見過去約二十年間，中國以國家之力，鑽盡貿易條例空子，「經濟崛起」了，卻令其貿易對手如美國吃大虧，是可忍孰不可忍，遂決定通過關稅以至種種限制「討回公道」。美國也許稍後會如《經人》所說進行大規模基礎性投資，作固本培元的長遠打算，但眼前所見，特朗普和他日趨「齊心」的團隊，要走的顯然是另一路線。

美國現在不僅針對性地對中國進口貨徵收關稅，而且強詞奪理，認為中國通過「盜取美國的知識產權」（特朗普在「推特」中稱中國為「知識產權惡棍」〔Intellectual Property Theft〕），令美國年損六千億（美元．下同），是史所未見的「財富大轉移」，而這些財富主要落入中國國庫。根據《1974年美國貿易法》第三〇一節，總統有全權進行包括禁運、徵稅及限制對美進行不公平貿易國家（如中國）在美國的收購及商業活動，以至限制移民等報復性反擊。引述這項條文，盡顯美國的霸道；可是，回頭一看，那不正是如今北京憑此法那法若沒法便釋法以牢牢掌控香港的手法嗎？香港「無權無勇」，只好唯京意是從；美國即使在貿易上「蠻不講理」，憑高強的武功，中國真的不知如何反抗？發表那些英美經濟學家原創的自由貿易對世界經濟發展最有利的言文，已無法打動有槍在手的美國當權者的鐵石心腸。

有人說，這麼多美商在內地做生意，北京一聲令下，它們馬上轉盈為虧、出現赤字；有此隱患，特朗普投鼠忌器，貿易戰很快消於無形。

這種解讀不無道理，然而，觀其言行和爭取連任的決心，美企在華一旦受歧視受打壓，特朗普會不顧一切，最終以武力解決經濟糾紛以取悅選民的。

四、

生活在自由世界的人都知道，貿易保護主義是說不得行不得的禁忌，不過，如果用心聽聽戰後以來主張自由貿易不遺餘力的美國，如今欲在貿易上「走回頭路」的理由，認同應打破此禁忌者，不在少數。換句話說，自由貿易一旦行之於基本上沒有自由市場的國家，貫徹自由市場的貿易對手，便會成為眾多不公平手法的受害者。如今特朗普政府所以敢冒天下之大不韙（其盟友均落實並力主自由貿易），正是其特別助理納瓦路指出的事實、提出的理由，不無道理。老實說，北京應該研究納瓦路條陳的理由，然後設法駁回或修正本身的做法，才有勝算可能。如今僅憑那些老掉大牙的互補不足、互惠互利這類鼓吹自由貿易的老八股，只宜作為中學經濟科教材而無法說服任何決策者。

北京在經貿上的取態，與其認為在內地「搵真銀」的香港演藝人士不能批評嘲諷內地物事，如出一轍，那即是說，要在內地謀生（賺點外快），便不能口出惡言即「不能賺我的錢又説我的壞話」（如此霸道，特區政府竟不發一言，對其納税人在內地受歧視甚至迫害，不置一詞，做縮頭烏龜）！基於同一理由，北京規範谷歌、臉書和推特等「資訊平台」在內地的運作，有關公司必須刪除「妄議」（當局聽不進耳的言文）內地事務的資訊，才能「如常營運」；更有甚的是，北京要求（或命令）在內地投資的科技公司，必須轉移技術給其內地合夥人……小布殊和奧巴馬對這種不公平的自由貿易，雖然不以為然，但其智囊認為就此與中國鬧翻，最終會窒礙其經濟發展，進而無法令其融入「環球自由貿易大家庭」，因此主張繼續和中國自由貿易。這種認為中國經濟發達最後必投入資本主義陣營的想法，早在西方國家尤其美國生根！

然而，特朗普並不作此想。

他未宣誓就職便於去年1月3日委任力主公平貿易的萊特海澤（R. Lighthizer）為貿易代表，據美媒的報道，他與納瓦路理念相近、意氣相投，認為中國在貿易上佔了美國太多便宜，在特朗普授意下，於去年8月中旬，據《1974年貿易法》的授權，對中國有否侵佔美國知識產權進行調查，報告原定今年8月公佈，但今年來特朗普已多次運用特權，阻止數宗與中資有關的重大交易，其理據是這些交易最終可能讓國企華為坐大（反對博通〔Broadcom〕收購高通〔Qualcomm〕的理由則類「莫須有」），阿里巴巴收購速匯金（MoneyGram）功敗垂成，以至美國電話電報與華為合作告吹，俱出於同一理由。值得注意的還有，眾議院正在辯論提升「美國外國投資委員會」（CFIUS）的權力，新議案名為《檢討更新外國投資風險法案》（FIRRMA），目標正在防範中資在美的活動。中國經濟真的大大地強起來了，但崛興不等於可以任性行事，不然美國不會花這樣大力氣設法規範其活動。不難想像，當8月有關調查報告發表時，美國在經濟上「劍指」中國的取態會更強橫……

「習核心管治班子出爐」，但願新班子在處理中美貿易糾結上有新策略。筆者的看法是，千萬別以「收拾」香港的方法對付老美，以特朗普有「核子牙」且其連任之心甚切，因此必要時會「壞事做盡」。一句話，最好別打貿易戰，當然更要避免爆發熱戰！

• 近觀中美政經糾結 · 二之二

2018年3月21日

討回多年被佔便宜 美國強橫出招狠辣

一、

特朗普年前當選後醞釀「組閣」時，「大熱」博（保）爾頓（John Bolton）沒獲一官半職，華府小道消息指「死因」是那抹與其臉形不相稱的灰白濃髭，老總不喜歡便入不了局，就是這樣簡單；如此這般，博爾頓只好繼續在「美國奮進學社」（AEI）做其資深研究員（院士），間中在《華盛頓郵報》和《華爾街日報》及經常在霍士電視台發表戰意甚濃兼彰顯大美國主義的言文，讓他被特朗普引為「知己」，配合當前高危的國際情勢，終於在去週四被委以國安顧問要職（4月9日生效），取代被「勸退」、比起大鵰博爾頓屬「雛鷹」的麥克馬斯特將軍。本已多事的「地緣政治」，不論中東、南亞，自此更無寧日，不難預卜。

博爾頓律師出身（耶魯法學博士；早歲業律師時為煙草公司最有力的辯護士），歷任共和黨政府要職，其反伊朗及主戰的言文，家喻戶曉；2003年美國夥同盟國入侵伊拉克的藉口，是該國擁有後來被證實屬子虛烏有的所謂不利於中東進而世界和平的「大殺傷力武器」，據說「原創者」便是博爾頓。

任命公佈後，就筆者所見，美媒報道多屬負面，稱博爾頓為「臭名昭著的戰爭販子」，已屬客氣；最不堪者稱他為「屎忽鬼的屎忽」（Asshole's Asshole），充份反映其在某些美國人心目中的地位有多高尚？此形容詞見於白紙黑字及出諸「名嘴」馬赫（Real Time with Bill Maher）之口，博爾頓及其僱主未出告票，大概在本港亦沒甚麼雅與不雅的道德問題吧。

特朗普延攬博爾頓「入閣」，並非無跡可尋，以兩人「殺」氣相投！特朗普反對2015年7月六國在維也納簽署的伊朗核問題協議，以至在「一個中國」問題上有所鬆動，都是受博爾頓的影響。對於伊朗，博爾頓主張「以彈去彈」（To Stop Iran's Bomb, Bomb Iran）；他亟力鼓吹美國應打台灣牌（Play the Taiwan Card），筆者手頭有一篇發表於2016年1月17日《華日》的特稿〈美國能夠玩台灣牌〉，博爾頓認為新總統應有玩台灣牌的勇氣（act boldly），以惟有如此，方能稍殺中國「勇往直前」（inexorable march）成為東亞霸主的野心；博爾頓對中國在東海特別是南海的「活動」，非常反感（與剛去職的國務卿蒂勒森同調），對中國不懷好意，路人皆見。特朗普不見劉鶴、高調簽署《台灣旅行法》（他可以不簽讓法案無聲自動生效），如今更盛傳可能在台駐軍，所以這些舉措，莫不「劍指」中國，而處處有博爾頓的身影。對於北韓的核問題，博爾頓早指出談了多年，結果是北韓離成為擁有射程可達美西核彈只有數月（新國務卿蓬佩奧的說法），證明北韓利用談而無功的空隙，埋首核武製造，博爾頓因此認為在北韓未真正成為核國之前，為了朝鮮半島無核化及世界和平，美國不妨「以核還核」（You nuke us we'll nuke you）；術語當然是「與汝皆亡」（MAD，保證互相毀滅），看看誰的核武犀利！

蒂勒森和麥克馬斯特雖然難纏卻是不放棄談判渠道的「仇中」人物，但如今有一言不合馬上動武傾向的蓬佩奧及博爾頓成為特朗普的得力助手，對希望有個和平環境以持續經濟發展及拓展「一帶一路」的中國，肯定不是好消息。

二、

看特朗普的人事佈局，中、美的貿易糾紛，真正是小菜一碟（Sideshow）；說貿易糾紛而不說貿易戰（昨天《華日》獨家消息指美國貿談代表及財長〔他將赴北京〕已與中方的劉鶴「靜悄悄」開始談判），是因為筆者認為北京自知理直氣壯，可是這些年在不稱霸的指導思想下，全力進行改善民生的經濟建設，以致在武備研發上略有不如（相信中南海決策者不會與五毛網民一般見識，認為中國軍備早把老美比下去），因此無意在貿易線上「開戰」，以免惹怒這位自恃武強宇宙第一的癲人總統「發動熱戰」。這幾天來，北京發出了不少譴責貿保的言文，比如昨天《信報》A2版頭條標題所示的〈中國高官輪流反擊　劉鶴斥違貿易規則　韓正抨美國搞保護主義無出路〉，又指「開放則興，封閉則衰」，莫不王道正統，義正詞嚴；可是，這類中學經濟科教師優為之的説詞，如何能打動美帝欲遏制中國的狼子野心！博爾頓「掛單」數年的「美國奮進學社」去週五有題為〈細看三〇一條款〉的特稿（Observations on Section 301; aei. org），以具體事實指出十多年來，中國扛起自由貿易的大纛，在「知識產品」（IP）中佔盡美國的便宜，如今美國反撲，已遲了多步；文章又指中國唯一允許外商「自由貿易」的項目是農作物，這亦是美國對華貿易出現順差的商品，如果中國以限制美農作物進口為報復手段，看似以牙還牙、合理合法，但若因此動搖特朗普的「票倉」，對其爭取連任有負面影響，恐怕他會作出更橫蠻的決定！

美國咄咄逼人之外，其亞洲「幫兇」日本亦不惜和中國撕破臉皮，擺出「抗中」的陣勢。雖然「修憲」仍未有期（比起中國，效率真的太太差矣），但安倍首相已決定提升「自衛隊」的「職能」，今天（3月27日）二千一百餘名從各兵種徵集的精英軍人，將以「自衛隊」之名進駐長崎基地；這支精鋭之師，將與駐日美軍作無縫整合（Coordinator Realignment），成為一支進可攻退會守的保護包括釣魚島（尖閣群島）在內的日本海島免淪敵手的勁旅。日本「修憲」有待，惟1954年成軍的自衛隊已脱胎換骨！

北京雖然口口聲聲說崛起後中國絕「不會威脅他國、永不稱霸、永不擴張」，然而，以美國為首的西方世界不作此想，去年底發表的美國「國防戰略報告」，便把中、俄列為「頭號威脅」……外人對「善」意拳拳的中國防範唯恐不及，也許看到中國言行不一的一面——看看京官如何「收拾」香港，人們肯定另有想法。

習近平主席剛合憲坐穩全權無期限寶座，成為中國人民的「主心骨」，是內地公推「實現中華民族復興中國夢的領航者」，可是，席未暇暖，便面對美國（和日本甚至台灣）的挑戰，這本是他立威立信立功的良機，然而，一子錯便可能大事不妙。無論如何，筆者認為面對虎視眈眈的強敵，中國宜行「君子報仇」之計！筆者說過多次，所謂自由貿易，自古以來，都是槍炮戰艦先行，東印度公司（荷蘭和英國）都是憑此打開通商門路……「大打一場而後做生意」（No Business without Battle），正是十八世紀四海掠奪獵食的歐洲公司的「座右銘」（雖不能說它們是國企，但它們都擁有自己的軍隊）。這種先亮槍炮後做交易的基因，現在仍主宰着商業世界！

2018年3月27日

彩雲易散皓月難圓
半島和平夜長夢多

一、

未來兩三個月，東北亞的「外交派對」十分熱鬧，正如沈旭暉教授在《信報》「平行時空」欄指出，「金正恩與五強對弈」，區內政情不被熱炒，才是怪事。生怕在這場地緣政治博弈中被邊緣化，相關國家包括中國、南韓和日本，均「主動出擊」，爭取與主角金正恩「面對面」對弈，以彰顯自己在朝鮮半島問題上的地位（起碼有一定的角色），此中當然以北京於去月底隆重招待秘密到訪（事前絕無張揚）的金正恩最為矚目。傳統智慧相信有外交談判事件便有轉圜餘地（談判桌上和平解決政治爭端），金正恩會見習近平主席後又將見南韓文在寅、美國特朗普和日本安倍晉三，彼此握手如儀，熒幕上商談甚洽，國際間遂有北韓問題可以和平解決的設想。不過，筆者不作此想，此非故意標奇立異，而是傳統智慧已不合時宜。剖析問題的根本，筆者認為「癲特」之意不在北韓而在中國，遏制有與美國平分天下野心的中國的崛起，才是美國當前的外交主軸！沿此路進，看不出朝鮮半島問題有和平解決的可能。

中國在致力使「朝鮮半島無核化」上，不可謂不力，其「不記舊惡」把金正恩納為己用，「說服金正恩放棄核武」，令「中國牌」身價大振；而在金正恩回國不數日，北京又在1953年北韓、中國和（以美國為首的）聯合國軍簽訂的《朝鮮停戰協定》基礎上，提出「中美韓締結和平協議」的建議。顯而易見，此「建議」目的在達致朝鮮半島「無核和平」的理想境界。可是，要金正恩「去核」，等於要他「自宮」，茲事體大，金正恩豈會輕易就範（去週六，日外相河野太郎於高知市一次演講中透露，有跡象顯示北韓正在積極籌備繼去年9月後另一次核試；報道此事的《日本時報》指出河野的消息來源是美國提供的衛星情報），加上如今有中國為後盾，金正恩「去核」的條件多多，比如美軍撤出南韓並把薩德反導彈飛彈拆除等。就「和平」的角度，這類要求合理之至，然而，假設美國是「和平使者」才會成功；可惜，美國是人所共知的「戰爭販子」，金正恩呼籲美國「採取同步措施（我棄核你撤兵）」的要求固不可能達致，「和平協議」的簽署不易，貫徹更難！

二、

在與美國「對抗」上，筆者認為中國（和北韓）

所用的方法已大大過時，那種提倡自由貿易益己利人的理論，早於1776年（阿當．史密斯的《原富》初版）成形，經過兩百餘年的發展，理論上已臻成熟。可是，從中受益匪淺的美國，眼見加入世貿且「分得大杯羹」的中國崛興並決意在政治上走自己亦即與美國過去力行、以基督新教倫理為基石的自由民主平等相違背的道路，慣於號令天下、做慣霸主，美國因而有政經利益被蠶食被瓜分的憂慮，趁着仍然「行有餘力」（擁有太多具大殺傷力的先進武備），遂設法打壓中國。如此行徑，雖與其歷來鼓吹的普世價值觀背馳，但從美國國家利益着眼，以強横的手法維持現狀（美國在國際上予取予攜），保持「美國優先」，在國內有不少「擁躉」。「大美國主義」是美國人揮之不去的情意結。

面對如斯變局，過往小布殊和奧巴馬政府，雖然預感中國崛興不一定可令美國受惠惟未見危害，加上一時之間未能去除與人為善的偽善面目，因此只有不斷明示暗示向中國發出可能反被北京視為「示弱」的「溫馨警示」。到了反傳統（因此被「正常人」視為癲狂）的特朗普登台，他的「智囊」大都認定中國崛興必將分薄美國利益，甚且有一天會取代美國的世界地位，遂對中國不懷好意進而多方打擊。在特朗普執政十四個月後，白宮決策部門以至總統近身顧問，已全部為公開「仇中派」兼好戰分子佔據，中國此時仍在重複老掉大牙的自由貿易理論，其無法阻止美國針對性的貿易保護措施，路人皆見（昨天財政部網頁公佈即日起對一百二十八項美國入口貨課關税，缺乏殺傷力，意味北京無意大反擊而掀起大規模貿易戰）。現在北京主導的「和平協議」，看來亦不易成事，因為美國堅持要北韓放棄其非法（違反《關於朝鮮半島無核化共同宣言》）擁有的核武，才會撤銷經濟制裁，在北韓未真正「去核」之前，絕不會以從韓撤軍拆彈作為交換條件。換句話説，一切待北韓「棄核」才有商量的餘地。顯而易見，美國所以對北韓不假辭色不放棄動武的打算，固然是過去四分之一世紀美國曾釋出不少善意，但北韓只作出過一些似有若無的讓步（ephemeral concessions），同時還從無到有擁有核武。特朗普政府不願再上當。當然，美國的「不講理」，真正目的在阻遏可能成為足以和美國在經濟上尤其是軍事上抗衡的中國！

美國對俄羅斯吞併克里米亞，眼開眼閉，克里米亞被「生吞」後，美國循例對俄國實行禁運，然而禁運不徹底，那可從俄國經濟仍向前只是速度放緩罷了（油價處於下降軌才是主因），與此同時，俄國還有財力研發先進武器且其與美國對着幹介入敍利亞戰爭的決策不變；在制俄上美國未盡全力，皆因美國向來認定東歐是俄國的勢力範圍（而且「制俄」是歐盟的分內事）。對中國之於亞洲，美國便不會「手軟」，因為美國在區內有傳統上的政經利益，而中國之得是美國之失，因此她會不惜一切防範中國在區內做出任何會損害美國利益的事；設法令中國無法在區內累積政治資本，可說是當前美國亞洲政策的首務。那即是說，北京提倡的「和平協議」，夜長夢多已是樂觀的推測。

• 美國強橫　其理安在．二之一

2018年4月3日

國力強大惹忌憚 集權招尤另眼看

三、

美國政府對中國的態度突趨強橫，是特朗普總統和他的團隊意識到若無法於此時把中國「壓下去」，不久之後，中國在經濟上軍事上超越美國的可能性不小；換句話說，中國的全方位崛興，不是假大空的宣傳，而是實際情況的反映。

筆者常說中國欲成為世界強國，必須具備武備有足以令假想敵心悸的發明及貨幣成為世界通貨；如今這兩方面都有長足進展，本是天大好事，卻因為所行的政治制度與「宇宙最強」的美國不同，令後者不敢怠慢，出手打壓。去年11月22日，作者專欄以〈唯心唯物中美走極端　中俄有成增核戰風險〉為題，說的便是這回事；筆者在該文據美媒的報道，指出中國（及俄羅斯）在研發高超音速（Hypersonics）已有稍勝美國的重大突破（據說中國已設計一款名為「I Plane」的「高超音速飛機」，從北京飛紐約只需兩小時），這讓「仇中派」的白宮決策層，深明必須及時遏制中國，才可能把中國的威脅降至最低甚或消除。事實上，擔憂在武備研發上落於中國之後的，是整個西方世界，這些國家在政治理念上與美國同聲同氣，美國的種種「制華」舉措，因此獲得其西方盟友的支持，只是她們中不少看在短期經濟利益份上，不若美國的高調而已。

英國的「國際戰略研究所」（IISS）2月中旬發表的年度報告《2018年的軍事均勢》（The Military Balance 2018），開宗明義（第一章第一節）便指出中國和俄羅斯在「空中發射」武備上的研發，大有所成，已達足以挑戰美國主宰世界的地位。不難想像，美國情報機關早已知道這種情況，這是美國於年前倍增其研發「高超音速飛行器」預算的底因。不過，美國的有關成品，據說要至2022年才能投入服務，與此同時，據消息靈通、分析到家的網站futurism.com不久前的透露，中國已成功研發一種超音速五倍（Mach 5）、可裝於艦艇上的「有軌大炮」（Railgun），艦艇駛近敵國海岸發射，其有摧毀性威力，不難想像；中國還在三千呎深海床興建目的在探測敵方潛艇活動的「水下長城」（Underwater Great Wall）……看這類報道，嬌生慣養、貪生怕死的美國人、憂懼「道不同」的中國威脅進而認同遏制中國的政策，正是反華之風慢慢在西方國家蔓延的主因。

擔心在武備上給「敵國」比下去，各國大增軍費，不在話下。去年全球軍費近一萬七千億（美元．下同），當中美國佔約六千一百億（為GDP 3.3%；今年增至六千八百六十多億）及中國的一千五百餘億（佔GDP 1.9%；今年增至一千七百多億），分居冠亞軍。為了保家衛國，各國大增軍費，應有之舉；只是全力投入「軍備競賽」，不僅對那些無法隨心所欲、除了紙張油墨沒有其他直接成本便可增發鈔票國家的財政造成沉重負擔，而且大增「擦槍走火」釀成大禍的風險——以當前武器殺傷力之大，可以是毀滅人類的風險！

四、

中國在武備研發上令美國心有所危之外，人民幣作為世界通貨的地位，雖然離足以挑戰「美元霸權」（Dollar Hegemony）之途尚遠，但隨着「一帶一路」的開拓，人民幣作為交易媒介日益普及，等於向成為通貨之途走近一步。去月底彭博報道「首批人民幣計價的原油期貨合約在上海證交所正式掛牌」，是中國藉石油交易「邁出去美元化的實質一步」，長期而言，「這或許將成為人民幣瓦解美元霸權的關鍵一步棋！」「老美」看在眼裏，擔心霸權有失，還有不趁機遏制中國之理?!

從國際貨幣基金組織3月底公佈的報告《外匯儲存貨幣組合》（COFER）看，在去年第四季，各IMF成員國的外匯儲存總數達十一萬四千二百餘億（比2016

年的十萬七千億增6.6%，但仍未及2014年的十一萬八千億），一如舊貫，美元仍是主要「外儲」，為六萬二千八百億或佔總數62.7%；2016年10月納入「特別提款權」（SDR紙黃金）後，人民幣正式成為「國際性儲備」，一年後各國央行持有的人民幣已從九百零八億增至一千二百三十億，雖然佔總額的百分比仍低（1.2%），但其極大可能成為「一帶一路」沿途六七十國的交易貨幣，以至人民幣石油期貨合約大有發展餘地。人民幣在國際市場上地位日漸重要，本是中國經濟旺盛外貿大增應有現象，但對「美國優先」的大美國主義者來說，已感受到美元獨尊的地位受人民幣挑戰的威脅。

作為一個大國，中國研發武備，正常不過；而作為世界第二大經濟體和貿易大國，人民幣成為國際性「外儲」，理所當然。可是，如今美國由「仇中派」當權，白宮為以核武解決軍事衝突的「狂人理論」（Madman Theory，尼克遜形容1953年艾森豪威爾總統恫嚇用核武令韓戰草草收場的說法）所籠罩，加上有「好戰儒將」（Warrior Monk）別稱的「老兵」馬蒂斯將軍仍坐穩美國國防部長之位，特朗普處處針對中國的政策，並非「癲佬」心血來潮非理性之作，而是大有所本的策略，東北亞（及伊朗）的局勢遂愈為凶險！

稍涉美國政治的人都知道，美國當權者（不論哪一政黨執政）莫不服膺權術家基辛格的「信條」：「除非有心動用，不然武器只是一件死物」（Power wasn't power unless one was willing to use it），特朗普和他的國安顧問博爾頓，對此最有會心。博爾頓老說應以武力迫使伊朗和北韓「政權交替」（Regime Change，武力推翻現政權扶植親美傀儡政客上台），其欲在中東或東北亞大打一場（包括動用核武），戰意高揚，人所共知；特朗普經常指出「如果不好好用之，擁有的核武豈非等同廢物」，與「狂人理論」同出一調。不過，「狂人理論」是否有可取之處，不妨細加討論，但如今「狂人」當道，世事便大大不妙。

這正是筆者認為朝鮮半島和平之夢難圓的底因。

• 美國強橫　其理安在．二之二

2018年4月4日

雄才偉略帶路世界
時不我予困阻重重

一、

4月8日至11日在海南召開的「博鰲論壇」去週日揭幕，來自六十餘國的二千多位公私財經界重鎮，以及政治領袖（如奧地利總統范德貝倫、菲律賓總統杜特爾特、台灣前副總統蕭萬長及聯合國秘書長古特雷斯等），應「東方之約」，出席會議。在揭幕禮上，「論壇」發表了三份「旗艦報告」，分別指出「亞洲經濟體經濟整體向好」、「亞洲區域經濟合作勢頭增強」、「新興經濟體經濟增速進一步加快」，同時「警告貿易保護會限制經濟發展的可持續性」。

從習近平主席去週六在北京會見古特雷斯所說的「旗艦談話」：「我們所做的一切都是為人民謀幸福，為民族謀復興，為世界謀大同」，相信習主席今天在「論壇」以「開放的大門不會關上」為題的發言，會進一步「亮明中國對外開放的鮮明態度」，此「鮮明態度」為「中國對外開放不會停滯，更不會走回頭路！」

《人民日報》的微視頻指出習主席這番話，「給世界吃下了一顆定心丸」；所謂「定心丸」，指的當然是了解世界經濟（或「亞洲經濟體經濟整體」）在中國的「帶路」（此詞雙關，既有帶引道路復有「一帶一路」之義）下將持續穩步向前，擔心在美國特朗普攪局下世界經濟會陷入零和之局而步向衰退的人，因此可以放下心頭大石。沿此路進，筆者相信習主席今天的演說，必有令人心振奮有若服食經濟興奮劑的具體內容。

值得特別提的是，去週六習主席在北京見聯合國秘書長時還指出不論是國內治理、還是全球治理，都要以人民的獲得為目標，要不斷為民眾提供信心和穩定預期；習主席又說，中國倡導並推進「一帶一路」，目的也是謀求各國發展戰略對接，形成共同發展勢頭，增強對美好未來的信心。

二、

上引幾段話，真是放諸四海而皆準的「真理」，可惜，目前依然穩踞「世界一哥」（經濟上及軍事上）地位的美國，在反傳統的特朗普領導下，決意走另一條可歸納為「先利己後（可能）益人」（「美國優先」）的老路！秉承阿當·史密斯入世的經濟學思維，特朗普的做法當然大錯特錯，然而，在美國人——當前主宰白宮的政經顧問及將領——的計算中，中國富起來（北京常常這樣說，但其實美國人並不以為然，因為以人均GDP

計，2016年數字是美國五萬七千六百而中國是比俄羅斯略遜一籌的八千一百二十三美元）但堅持走與美國（及西方世界）相反的政經道路，政治意識不同、政治體制有異，最終難免有大衝突。目前中國在軍事上有長足進展，其成為軍事最強國非指日可待卻非不可能，為了美國和西方世界的利益，遏制中國的進一步發展，成為西方一股難以抗拒的逆流！

在20世紀，蘇聯的崛興一度令西方世界「心慌慌」，當時蘇聯的經濟進度，較諸今之中國，真是不遑多讓，讀過森穆遜那本教科書《經濟學》的人都清楚，在1923至1983的六十年間，蘇聯的市場平均GDP年增幅達4.9%，令西方經濟學界既欽羨又吃驚，懷疑計劃經濟有效性的大家更無地自容；可惜，紙包不住火，在西方國家未及採取具體行動阻遏其崛起前，計劃經濟便潰不成軍終於導致蘇聯「解體」（後來，森穆遜〔和合作者諾侯思〕才知道這些數據水份太重、造假嚴重，在該書第十五或十六刷時把讚美蘇聯經濟的話刪掉）！俄羅斯之後，日本經濟大旺亦一度令其「保護國」美國無法安寢，80年代至90年代初「經濟學日本」的著作汗牛充棟，可是，日本那種官商（企業及銀行）一體的經濟模式，亦抵受不了市場的衝擊，經過二三十年後，如今日本經濟仍未完全恢復元氣……俄羅斯和日本經濟「功敗垂成」的例子，反證制度完善的美國穩坐釣魚船，應該對崛興的經濟體處之泰然，可是，何以今天她對中國的興旺如此坐臥不安？有關的觀點可歸納為下列三項——

甲、中共權力高度集中，領導人雄才大略，有與美國平分天下甚且統領世界的宏圖！

乙、開放四十年、入世十七年，在經濟發展史上，時間不算長，但中國經濟已有舉世矚目的偉大成就，此「偉大成就」，美國政府認為有大佔美國便宜包括出橫手收買、盜竊美企技術機密的事實（見4月6日《852郵報》〈中國華鋭風電拒付款買新軟件　賄賂僱員偷源代碼罪成候判〉〔原刊5日The Cipher Daily Brief〕），料美國會要求巨額（據説僅華鋭便索十二億美元）賠償；由於內企多有官股（華鋭公開的官股為18%），美國的矛頭將直指北京經濟當局，賠償總金額將令人咋舌。必須指出的是，華鋭醜聞2013年6月初被起訴、今年1月24日被定罪（將於7月5日判刑），何以拖延至今才公開，相信背後有更大的「陰謀」！

丙、不知道是臭名昭著以販賣戰爭為職志的「軍事工業國會複合體」（MICC）故意誇大其詞、製造危機感以爭取更多巨額軍事開支預算，還是美國國防真的已到了被中國超前的危險邊緣，特朗普近日不斷發出核武不用等同廢鐵（4月4日作者專欄）之類囂張的黷武言論，可見其戰意昂揚。不過，看深一層，這可能是特朗普（及其「真．賽月娥」團隊）有意藉任何事故（北朝鮮無條件去核及對中國只揮動棍子沒有胡蘿蔔的貿易政策），趁中國在先進科技武備的研發上未達令傳統核武相形失色之前，引爆一場地緣戰爭（或因釣魚台、台灣及南海島礁而起）……不是長老美志氣，而是美國處心積慮數十年，環球駐兵、累積多次實戰經驗、核武「過剩」，而我國埋首經建改善民生及軍隊久未上沙場只專注操場佈陣練兵接受檢閱，且迄今仍未見令敵人聞風喪膽的發明（「驕」生慣養的美國人以貪生怕死聞名，若見中國有其無法抵擋的武器，舉國跪倒天安門前，不難預期）。對宇宙第一強地位可能不久後會被道不同的中國取而代之，憂心忡忡而又圖力保「美國優先」地位的特朗普，真是防不勝防而有先下手之思，不足為奇。昨天《環球時報》社評論「中美貿易摩擦」，指「特朗普口氣轉趨溫和，但中方需要謹慎」，所見甚是；口出狂言不時耀核揚威的特朗普，所以被認為對中國的「轉趨溫和」，主要是他在「推特」上稱「我與中國國家主席習近平永遠是朋友」，但這個朋友，若不採取果斷措施削減對美貿盈及好好看管北韓的小火箭人，特朗普便不會客氣了——雖然他仍視他為朋友！

• 從博鰲論壇談中美關係 · 三之一

2018年4月10日

擴大開放非無條件
最佳願景不易實現

一、

習近平主席昨天在「博鰲論壇」發表題為〈開放共創繁榮　創新引領未來〉的「主旨」講話，內容和事前內地官媒的「預測」，十分接近。中國將採取「四大重要舉措」以擴大開放市場，而這些舉措，正如出席「論壇」的國際貨幣基金組織總幹事拉加德女士的「聽後感」：「習主席鼓勵開放和創新，並非泛泛而談，而是非常具體，開放銀行、保險、汽車這些行業，取消限制，降低壁壘，提供更友善的營商環境。」對「習講話」作正面評價的外人，肯定不只拉加德一人，以其內容的確符合自由貿易精神和人類追求「和平、安寧、繁榮、開放、美麗的亞洲和世界」的願景；即使經常對中國出言不遜的美國總統特朗普，亦應有讚詞——他剛剛在兩三天前於「推特」指出，「中國對美國汽車抽取25%進口稅，美國對中國汽車的進口徵稅率只有2.5%；在中國的美國汽車公司不准持有50%股權，但中國在美國則可全資擁有其車廠……」這種情形，用特朗普的特殊言文，有如於賽跑中美國選手被迫戴上鉛球腳鐐（lead shoes），何來公平競爭！不過，習主席強調「要盡快放寬外資股比限制，特別是汽車行業外資限制」，好像直接回應他的「朋友」特朗普的訴求；至於美國汽車進口稅率，相應調低亦事屬必然，那從「今年將相當幅度降低汽車進口關稅」可見。

在改革開放四十年的今日，習主席強調「擴大開放」，別具意義；外媒稱他再度確立作為「環球化」領軍人物的地位，絕非溢美之詞。不過，「擴大開放」並非毫無條件，習主席說他「希望發達國家對正常合理的高技術產品貿易停止人為設限，放寬對華高技術產品出口管制」，言外之意有二。其一是不解禁、「擴大開放」的程度便要看實際情況而定；其二是中國所以錄得巨額貿盈，當中一項原因是「發達國家」（主要指美國和歐盟）禁止對中國出售高技術產品，令中國「進口不足」有以致之。

習主席的提法不可說不合理，但「發達國家」恐怕不會同意，因為道不同的中國的崛興、壯大，對「西方文明」是一大挑戰和威脅，她們唇齒相依、攻守同盟，對中國禁售高科技產品的政策，相信不會因為習主席幾句話便放棄！值得一說的是，50年代以還，美國在科技上有大突破，很大程度是借助於因受納粹迫害而逃亡美國及二戰後被美國企業甘詞厚幣吸引赴美的歐洲科學家

（當中不少是猶太精英），有這些「外力」，美國在科研上遂有大成。中國完全欠缺這種「外力」的幫忙，早期的「蘇聯專家（？）」不過數年便打道回國；內地的科研，除了解放初期有過少數歸國的留外科學家，這數十年來的科研成就，主要是本地科學家的努力。國人的聰明才智絕不下於任何種族，現在需要進口「發達國家的高科技產品」，正是看到本身的缺失而欲急起直追。可惜，由於價值觀的天壤之別，筆者看不到「先進國家」在這方面會有所放鬆，因為她們對中國的崛興尤其是軍工業有超前之勢，莫不憂心忡忡、惴惴不安！

二、

「發達國家」這樣取態，除了因為中國無論在文化、宗教、政治（意識及制度）上獨樹一幟，這種有中國特色的色彩在「十九大」後還更「明亮」，令那些國家很難與之融洽共存而力圖保持一定距離之外，近年有銀彈槍炮在手的內地官員，對香港任意所之，在沒有諮詢香港民意之下，把其認為「不合用」的《基本法》條文（如第一〇四條及附件一第七條等）「釋法」，便是一例；而為了「牢牢掌控香港」，藉「雨傘運動」製造幻影港獨以至仍在醞釀把「戴耀廷言說未來可能獨立」的言論入罪等，這類製造危機以強化管治力度的做法，以至近年不斷以「要賺我的錢便得聽我的話」的方法對付本地（和外地）演藝界人士——不隨京樂起舞，經濟來源便枯竭甚且中斷。這樣把資本（經濟）武器化的做法，港人充其量只能在有限的媒體上「出口烏氣」。然而，外人看在眼裏，憂懼一日經濟上過度依賴中國，便無法不聽北京的指示辦事，那意味可能為經濟誘因而喪失最珍貴的自由。香港的表象是國際都會，底下必然是國際間諜中心。那等於說，北京近來在香港做下的好事，西方國家莫不了然於胸，因而多方防範……

基於這種種理由，習主席的「主旨演說」展示了北京的「最佳願景」，但在外人看來，中國的真正崛興，對「兼容並蓄、和而不同，加強雙邊和多邊框架內文化、教育、旅遊、青年、媒體、衛生、減貧等領域合作」，是一股反西方文明的力量，這又豈是「先進國家」所願見。無論如何，「發達國家」若不把「高技術產品」對中國解禁，中國和「發達國家」的經貿將停滯不前，而已從「引而未發」發展至「升火待發」的中美貿易糾紛，衍變成貿易戰的可能不容抹殺！

在這種情形下，即使當今西方經濟仍未完全從2008年的金融危機中復康，各國均想盡辦法致力於刺激經濟增長，因此仍積極尋求經濟和中國合作（沾中國經濟旺興之光），但一切均從純做生意出發，大多數國家都歡迎中國資金，但在外交關係上則保持「中立」。以近日因為李克強總理宣佈將到訪日本令中日兩國關係有「回暖」之象為例，兩國在經濟上也許有不少合作、互利互惠的機會，且日本對「一帶一路」的商機很熱衷，然而，在強佔釣魚島、「重整軍備」以至矛頭直指中國的「修憲」上，日本毫不放鬆！政治和經濟分離，此為與中國交往國家的新常態。

北京對香港的「管治」，已令台灣走向遙遠——遙不可及的遠方；現在她在香港的作為，雖然港人有聲抗議、無力以對，京官當然漠然置之，但有損中國的「國際觀瞻」，是顯而易見的。

• 從博鰲論壇談中美關係 · 三之二

2018年4月11日

引領未來鬼佬怕怕
視為對手隨時動粗

一、

「博鰲論壇」傳來的訊息，雖然不等於「環球化」會順暢前行，但習近平主席的「主旨演説」，確是讓人以為只要貿易國之間公平交易，一個和樂繁榮的世界便在眼前。「巧合」的是，在「博鰲」開幕翌日的4月9日，為美國國安顧問博爾頓上任之日，此公好戰仇中，人所共知，由他輔助那位口口聲聲要向中國討回「公道」並老稱習近平是「朋友」的特朗普總統，看來中國「擴大開放」主攻經濟發展之路，崎嶇難行！

整整一年前的4月11日，於〈特習會不因突襲失色 忍讓是避戰不二法門〉一文，筆者粗略談及名政治學家艾里遜的新書《極終一戰——中美能避過「修昔底德陷阱（Thucydides's Trap）？」》。

修昔底德是公元前約四百年的歷史學家（有「科學史學之父」之稱），他研究古希臘歷史後，指出戰爭不可避免的真正原因是（新崛興國家）雅典日漸強盛引起固有勢力斯巴達的恐懼，雙方各有堅持、互不相讓，終於爆發一場生靈塗炭的大戰。艾里遜的結論是：「新興國家挑戰存在已久的大國而後者不會坐以待斃」，一場血拚無可避免。這種現象後人以作者為名，稱為「修昔底德陷阱」。

說來有點不可思議，引起此一長久未見諸傳媒的「歷史名詞」成為西方輿論界熱議話題的，竟是習近平！2015年9月，習主席上任後首度官式訪美，於抵美第一站的西雅圖時接受記者訪問，談及兩國關係，他指中美不會陷入「修昔底德陷阱」，表達了新興中國無意和老大帝國美國兵戎相見。換句話說，他主張中美和平相處、共創繁榮！這番話當然獲得傳媒的正面評價。雖然當政的奧巴馬總統不會因此鬆懈對中國勢力擴張的防範，但兩國關係總算在平穩健康的氣氛下向前發展。

可是，兩三年下來，也許中國崛興太快、經濟成就太大，領導人因此雄心勃發，加上以「金錢為武器」令西方國家視中國的海外投資為「無聲侵略」（Silent Invasion；澳洲學者咸米頓〔C. Hamilton〕的同名〔副題為中國在澳洲的影響〕著作），以美國為首的西方陣營，抗拒排擠中國的民風日盛、民意日高，是很自然的事。大家應該清楚記得，抗中仇中是特朗普競選政綱的重點之一，他之當選，足以說明美國人對強盛中國的憂懼。

全方位崛興的中國是否有與美霸平分天下（且勿論

稱霸天下）的意圖，北京當然否定（不稱霸是不斷重複的「國策」），但習主席博鰲講話題目有「創新引領未來」之句，「創新」可以是多元的，而「引領」之意甚明！中國有做「一哥」之意，彰彰明甚。北京也許是出於一片善意，但看在「恐中仇中」者眼裏，便不是那回事。

二、

70年代開始多次「教唆」美國應該「守護」亞洲以免被中國「蠶食」的新加坡開國元首李光耀（1923-2015）對中國的崛起，真是怕得要死，曾不斷引進「外來勢力」以加抗衡、遏制中國（北京仍以上賓待之，那是李氏無人能及的過人之處；筆者多年前曾專文說之），2013年3月，他接受艾里遜訪問（刊是年3月5日《大西洋月刊》），再次提醒美國：「中國是歷史上最大的『玩家』（player）」，認為「要美國接納（因中國崛興導致的）新的世界秩序（均衡），不是易事。」事實果然如此，美國介入亞洲事務的「積極性」，隨着中國的強盛而加深。美國不願見到中國強大興盛，正如筆者近月來數度在專欄指陳，皆因彼此價值觀背馳之故。

道不同的中國全方位崛起，令特朗普政府改變克林頓、小布殊以至奧巴馬政府（1993-2017）視中國為「戰略夥伴」（Strategic Partner；這種關係是中國提出而上述幾位美國總統甘之如飴）的定調；特朗普去年1月中旬上任不久，便推翻其前任（民主及共和黨）的立場，公開稱中國為「戰略對手（Rival）」，短短一年多內特朗普多次「換將」，白宮決策層可說已清一色為「好戰兼仇中」的政客及學者盤踞，其欲與中國爭一日雄長（其實是打壓中國）之意已甚明顯。

在《極終一戰》，艾里遜爬梳歷史，指出新興和古老大國的矛盾重重，因而發生衝突的共十六次，其中十二次在戰場上見真章、四次以「各讓一步」（彼此調整價值觀）坐下談判和氣收場……中、美之爭會成為「第十三次」還是「第五次」？現在誰都不知道。從自私心（當然亦可說出一番激昂慷慨假大空的話）出發，香港人的願望當然是後者。

希望中美和平相處不應是奢想，然而，值此核武「氾濫」及特朗普有「核武不用等同廢物」的想法之際，一個意外便足以釀成毀滅人類的核戰。現在大家都把眼光放在朝鮮半島無核化上，但美國忌憚的還有中國的核武，美國智庫「國際評估及戰略中心」（International Assessment and Strategy Center）的資深院士費沙（R. Fisher），2014年7月26日應邀在台灣淡江大學「戰略研究學院」（School of Strategic Studies）有關中國和台灣戰鬥力論壇上發言，便強調射程可及美國的中國核武，是令奧巴馬政府「重返亞洲」政策為有關各方（美國政黨及亞洲「諸小」）支持及歡迎的原因。如今白宮的國安顧問博爾頓「關心」的是如何在極短期內佔領所有北韓的核設施，且美國逼北韓「先棄核後商談（經濟援助）」的策略未變，意味金正恩近日積極營造願意就無核化與美國一談（討價還價）的氣氛，不過是夜行吹口哨。事實是朝鮮半島危局未解。在這種情形下，加上台獨已走出前台而南海島礁隨時「觸礁」，東亞的局勢真的令人無法安寢！

香港能否在此高危局勢下「獨善其身」，看似不易卻非不可能，以此地仍有各方人馬用得着之處，只要不觸犯法例——內地的和國際的——應該仍有生存空間。香港內部的事，北京有「釋法」權，前途如何，惟視京意；至於國際問題，比如北韓利用香港走私，看來還挺嚴重，不然日本外相河野太郎怎會專程來港膝足和林鄭市長談取消禁止日本農作物進口的瑣事?!沒有老於權謀（老奸巨滑）的英國人居中斡旋，香港欲在此危局中平安無事，有關當局必須堅守法治（尤其不可觸犯國際法）和多用點腦筋。

• 從博鰲論壇談中美關係 · 三之三

2018年4月12日

中東亂局英法促致
道德淪喪核戰驚魂

一、

美國總統特朗普4月4日公開「指令」國防部擬定把美軍馬上撤出敘利亞的計劃，當被告知清剿「伊斯蘭國」武裝分子未竟全功時，他改口說美軍應於六個月內「撤出敘利亞」；在這種美國有意洗手不幹的氣氛下，特朗普竟然於4月14日，藉口敘利亞政府對平民使用化學武器，與英法分頭以導彈空襲敘利亞！

敘利亞去週六凌晨四時，美英法「分工合作」，向敘利亞首都大馬士革（意為「榮耀之城」）一共發射了不同類型的一百零五枚導（飛）彈（美國八十八枚、英國八枚和法國九枚），遠勝去年4月特習會於佛羅里達時美國對當時敘利亞「化武襲平民」還以五十八枚導彈的規模。美國國防部發言人一再強調今次空襲「全部命中目標」，特朗普隨即於「推特」讚揚美軍順利完成任務。「有趣」的是，敘利亞政府指此次空襲「圖謀失敗」，而其「後台」俄羅斯評估是次空襲時，指出美英法發射一百零三枚飛彈，其中七十一枚為敍利亞防空系統（當然由俄羅斯供應）成功攔截……。全面戰爭尚未開始，有關雙方已展開宣傳戰。不過，從「表面證據」看，美國防部提供的資訊可信度較高*。

美英法聯手空襲敍利亞，當然有冠冕堂皇的理由（饒是如此，國內反對之聲仍清晰可聞），但她們捲入中東事務的「歷史背景」，應寫幾筆。中東歷史錯綜複雜，不易理解（且筆者未必了然而報章讀者不一定有興趣），然而，讀者群很多可能看過的荷里活電影《沙漠梟雄》（Lawrence of Arabia），藝術加工（加鹽加醋）成份當然少不了，惟對英法如何出爾反爾瓜分鄂圖曼帝國，通過彼德·奧圖飾演的T. E. 羅蘭斯，清楚展現到觀眾眼前。簡而言之，羅蘭斯被英國政府派往阿拉伯，調停阿拉伯與鄂圖曼帝國（土耳其）的衝突——阿拉伯國家脱離土耳其統治的獨立戰爭，苦戰多年後取得勝利，但英國（和法國）收回允許她們脱離鄂圖曼帝國的承諾，據英法政府「信手劃出」（blind tailoring）的邊界，分成伊拉克、黎巴嫩、巴勒斯坦、約旦和敍利亞（還有拼入蘇聯版圖的阿美尼亞），她們分別落入英法殖民者的掌握，自此內亂不已。二戰後她們相繼獨立，但內部糾紛又起，殖民者對當地天然資源虎視眈眈，加上國內宗教派系鬥爭。這數十年的東西方「冷戰」，彼此對峙不敢動武，令「世界和平」，惟中東無寧日……如今的情勢，在美英法直接介入而敍利亞巴沙爾·阿薩德（Bashar al-Assad, 1965-；2000年7月上台時《紐約時報》稱他是「害羞的年輕醫生」〔此前絕無政治野心的眼醫，曾於英國深造〕）獲俄羅斯及伊朗全力支持下已內戰多時，還有以色列與伊朗及巴勒斯坦的衝突，令區內局勢極度危險。西方論者有指當前中東局勢與一戰爆發前的南歐相近，只要發生一次薩拉熱窩（Sarajevo）事件即奧匈帝國王位繼承人斐迪南（F. Ferdinand）大公（及夫人）被刺意外，便可能引爆另一次世界大戰——毀滅人類的核子大戰！

二、

除了「地緣因素」，目前中東局勢可能有燎原的風險，還在於非核武的「空襲無效」。以此次空襲敍利亞為例，雖然美英法指出所射導彈完全命中目標，但那些成為廢墟的「武化儲備設施」及「科研中心」等，肯定早已空無一人一物，不然「武化儲備」被炸毒氣毒物不會不擴散造成重大災難。敍利亞政府顯然做好一切部署，看阿薩德總統於空襲後翌日在大馬士革接見到訪俄羅斯執政黨代表團表現的自信，展示敍利亞在俄羅斯支持下，不會「炸不還手」，就此偃旗息鼓。這令人想起當年美軍狂炸北越，目的在逼其與南越談判，可是，美機愈炸愈瘋狂的結果是北越的鬥志愈旺、「武鬥」升級，最終美國被迫草草鳴金收兵……如今敍利亞戰事的發展亦可能循此模式，何況該國還有俄羅斯及伊朗為後盾，這兩股「外國勢力」，都是基於本國的重大政經利益而參與其間，不會輕言退出，令那位被「無端」辭退的聯邦調查局局長科米（J. Comey）稱為有「道德缺陷」（morally unfit）的特朗普總統，可能作出正常人不敢想像比如出動核武「剿滅」在敍利亞盤踞的「伊斯蘭國」的決策。順便一提，科米去週日接受美國廣播公司（ABC）電視訪問時，高度讚揚特朗普具有「超逾一般水平的智力」（above average intelligence）和「精神狀態甚佳（絕無任何精神病病徵）」，惟直批、痛斥他道德有問題，不宜、不配當總統！

殲滅「伊斯蘭國」也許只是表面理由，骨子裏是特朗普的政治生涯正面臨嚴峻考驗，因此不得不「轉移視線」。聯邦政府特別檢察官米勒（R. Mueller）負責的「通俄門」調查，連特朗普的私人律師都不放過，特朗普可能無法脱身；而民調顯示今年11月的國會中期選舉，共和黨可能喪失多數黨地位，在在動搖特朗普競逐連任的勝算；加上現在特朗普的近臣皆為「真．賽月娥」的好戰分子，而外交主將尚未上任（國務卿提名人龐比奧〔M. Pompeo〕能否就職有待參議院通過〔PSC〕），那等於説制度健全的國務院雖然如常運作，但外交決策無首，在這種情形下，特朗普受博爾頓輩的「建言」影響機會相應提高。博爾頓嫉「惡」如仇，當年堅持伊拉克可能擁有「大殺傷力武器」（至今仍無法拿出證據）的看法，促致入侵伊拉克的海灣戰爭，與如今聯合國尚未對巴沙爾政府有否施放化武屠殺平民作出結論前，美國便聯同英法「導炸」敍利亞，是否如出一轍，相信很快有分曉。無論如何，空襲敍利亞已對美俄關係造成重大破壞，使區內本已非常緊張的局勢升溫，並令人有核戰迫近眉睫的恐懼！

2018年4月17日

＊ 美英法空襲簡介

摧毀目標

A. 霍姆斯附近的化武儲備設施

B. 大馬士革附近一處科研中心及一處儲備設施與指揮所

出動武器

美軍　B-1B轟炸機、戰斧巡航導彈、聯合空對地距外飛彈（JASSM）

英軍　旋風式戰機（Tornado GR4s）、暴風影導彈（Storm Shadow）

法軍　陣風戰機（Rafale）、幻影2000戰機（Mirage 2000）、暴風影導彈、海軍巡航導彈

俄方說法

- 西方聯軍發射103枚導彈中的71枚遭敍國防空系統攔截
- 被攔截的導彈包括射向大馬士革附近兩個空軍基地、霍姆斯附近一個空軍基地及一個機場

不記舊仇廣泛合作
武力攻台下下之策

一、

中東局勢高危，遠東形勢卻有緩和之象，在美朝正式接觸之前作此揣測，當然有點不切實際——如果金正恩肯無條件「棄核」，朝鮮半島和平可期，不然便怕半島有「血光之災」。

重啟因「釣魚島（尖閣列島）」被日本公然「國有化」而停了八年的中日經濟高層對話，可說是北京向日本釋出的最大善意，希望兩國在「戰略互惠廣泛合作」及於「科技創新、高端產業領域」上，大有所成；在尚未或無法收回自古以來即為中國領土的「釣魚島」主權而有此舉措，北京顯然是在外交上跌了一跤，但當局審時度勢，終於擱下此小島的紛爭，希望中日「對立的立場變融和」。這種息事寧人的策略，以當前的形勢，倒是正道。事實上，中日坐下商談，對任何一方以至全世界，都是有百利而無一害！

對於周邊小國，北京亦宜採取比較寬和的態度，這不是甚麼近交遠攻或遠交近攻的問題，而是處此多變和人人對一黨專制獨裁政權怕得要死之際，北京決策者應該揚棄國人與生俱來的優越傳統或劣根性，以平等之心對待外國特別是近鄰「諸小」。錢穆先生的傳世巨構《國史大綱》第十一章〈統一政府之對外〉，有這幾句北京當局應細讀慎思的話：「中國（按：指秦漢統一後）以民族之優秀，疆土之超越，使中國國力常卓然高出於四圍外族之上，因此中國史上對外之勝負、強弱，幾乎完全視國內政治為轉移。」意為秦漢以來，國力日強，中國遂睥睨「四圍外族」，全面崛興、兵強馬壯，便不把「諸小」放在眼裏……，結果當然是國境之東西南北經常「有事」。李光耀未必讀過錢著，惟其必有「切膚之痛」，令他二三十年前便指出國人尤其是高官那副俯就屈尊高高在上的傲慢嘴臉，是中國無法令外人口服心服的致命傷！如今和中國有經濟交往（在北京心目中她們因此興旺起來）的國家（地區），莫不走政治靠美國之路，便是憂懼一旦經濟上依賴中國，便不得不聽中國的話、認同其價值觀以至最終失去自主和自由！

中國的強大興盛，令「遠近外族」提高警惕的底因在此。

國務委員王毅外長訪日，在會見「對口官員」河野太郎時，強調他此次「應邀」而去，是「中方對日方一段時期以來採取積極對華政策的回應」。可是，連那個小島的主權仍未解決（近日日本還公開宣佈「建軍」以保護該島），說甚麼「積極回應」，毋寧自欺欺人；而《中日和平友好條約》締結四十週年又有甚麼好慶祝！在筆者看來，王外長的訪日，既為李克強總理和習近平主席去訪搭橋鋪路，同時顯示中國有自知之明，終於願意放下身段和「四圍外族」搞好關係。

二、

北京可以不理國土被外國「國有化」而和日本以「新視角規劃合作」（日外相河野語），但獨立走出台前的台灣民進黨政府，則肯定無法獲此「禮遇」，真的令人嘖嘖稱奇。近來中國一而再對台灣展示懾人的海空兵力，台灣亦不示弱，除引進美國建造潛艇的技術及總統蔡英文於外訪前首度登艦「視察」之外，應對將於今天（18日）解放軍在台灣海峽舉行的艦隊實彈射擊軍演，台灣的應對是「陸空加強監控　艦艇泊港待命」。面對中國壓境的龐大軍力，軍事條件相對薄弱的台灣膽敢「迎難而上」，其獲得美國（和日本）的撐腰，盲人可見。在這種情形下，如果有人以為趁「中東多事」美國無法從敍利亞脱身因此「無暇東顧」而對台灣動武，便可能因為誤判而成尾大不掉之局。

去年底，倫敦伯貝克（Birkbeck）學院政治學系一位高級講師，寫了一篇題為〈戰場已死〉的長文（A. Bousquet: ‘The battlefield is dead’, bbk.ac.uk），述說戰場的規模（大小）因武備現代化而不斷萎縮。一句話，在「古時候」，參戰國必須動用大量人力（軍隊），才能拉開戰線，據已有完整數據參考的美國南北戰爭，其時一個士兵「照顧」的戰場面積僅為二百五十八平方公尺，二戰時提升至二千四百七十五平方公尺，至1991年火箭導彈橫飛的波斯灣戰役，已達四十二萬六千四百平方公尺，那等於說隨着武器日趨犀利，戰場上所需士兵相應減降。這種情況，展示現代戰爭不是人多好打仗，武器是否具大殺傷力才是關鍵；不但如此，核武互射的戰爭根本沒有傳統認知的「戰場」，誘敵深入圍而殲之的古老「戰術」已派不上用場。顯而易見，環球駐軍在遠東可說處處有基地的美軍，並無員額及武備不足，因此無法開闢第二戰場的缺失。

北京不圖把香港「雍齒化」以吸引台灣，改以經濟（優惠台商）及軍事（導彈對準台灣以至近來的戰機戰艦繞台示威）雙管齊下，威逼利誘，但眼見北京如何落實香港的「一國兩制」，台灣人尤其是年輕一代，抗拒內地之心愈切，在「明獨」的民進黨領導下，台灣已走上了不歸路！如何令台灣回心轉意，要看全權在手的習主席有甚麼一般人意想不到的好策略；港人知道的是，動武絕非良方善策，以人們會問，何以固有領土被日本霸佔而不採取行動，卻要對同為中國同胞的台灣下殺手。「有關當局」恐怕無法正面回應這一問題。

近來「坊間」有此傳聞，認為有俄羅斯助陣，美日有忌憚，不會「協防」台灣，以免惹禍上身。此說本來便甚難成立，以中俄歷史上絕非「合作夥伴」，加上本月初新任國防部部長魏鳳和明確表示其訪莫斯科之行的目的要「讓美國人知道中國與俄羅斯軍隊之間的緊密關係」！這可真的漏了底，兩國關係密切與否和官員互訪有甚麼關係？從比較頻密的外交活動看，中俄關係不遜從前，現在有共同「假想敵」（美國），更有走在一起的必要；不過，要俄羅斯「出手」協助中國，是另一回事，因為俄軍目前聚焦在中東，而「一帶一路」途經若干前蘇聯加盟共和國，當中不少仍被俄羅斯視為「後院」，中國在這些高踞貪污排名榜的國家大興土木，有關官員袋袋平安，政治上難免傾向北京，那豈非分薄了莫斯科的影響，這種現象，普京肯定不願見。在這種情勢下，要普京出兵協助中國，恐怕不是易事！

2018年4月18日

棄政攻民生 議事鳥籠寬

一、

在非建制派無法循議會選舉執政的政治結構下，近日——其實是近年——香港「政壇」的吵鬧，說明本地「持分者」仍然極度關心香港的現在與未來，足顯「人心未死」，是值得鼓舞的事。事實上，「政壇」上的糾纏，無論對言文港獨應否容忍、教科書應怎樣遣詞用字才「政治正確」，而應林鄭市長之邀來港「宣教」的內地法律權威（全國人大前法委會主任委員）喬曉陽強調不容許在香港宣揚「港獨」（因為這不屬言論自由範疇）及不允許散播顛覆社會主義制度的言論等，雖然正反雙方舌槍文劍，各擅勝場，但「槍桿子裏出政權」是古今中外顛撲不破的「真理」，最終與北京同鼻孔出氣的腔調佔盡上風，不難預期。「上風」在這裏指的是未來的立法和法庭判決，都和建制派的主張同調！

建制與非建制隔空過招，十分熱鬧，正好彰顯香港仍有北京容許、有不少禁區不得擅進的言論自由，而一點民主氣息由此而生，令香港對外的觀瞻仍未社會主義化；「一國兩制」與「高度自治」的靈魂雖然出竅惟軀殼尚存，那對保持香港作為金融中心地位——大灣區的「金融城」——肯定有大幫助。眾目所見，在北京的「把玩」下，港人顯然不會「伏伏貼貼」，但香港亦不致成為大灣區的負累！

香港的非建制派（泛民?!）應醒悟當前北京如此強勢，欲在香港真確地落實《基本法》賦予港人的民主權利，已隨中國的全方位崛起而變形且消於無形。不過，這不等於非建制派沒有生存空間，只要放棄「有朝一日可能上台執政」的幻覺、妄想，甘於為維護、爭取港人的正當民生權利出聲，即「泛民主」改為「泛民生」，便有很廣闊的活動空間。非建制派議員昨午在「一地兩檢」條例草案委員會會議上的表現，便令港人鼓掌！換句話說，「從政」仍是一種不錯且可能名利雙收的職業。經過「釋法」或替香港「立法」之後，在香港「從政」肯定不是一種有崇高理想的「志業」，卻是躋身低端中產（「從政」數年後，在一般情形下，憑着收入增加〔如擔任企業顧問或董事〕及知名度提升，升級為中端中產，非不常見）的有效敲門磚。有種種有形無形利益且能在民生上為港人發聲出力，有「志」於此者數不會少，因此，即使在政治上諸多受限受制，有心「從政」的港人仍如恆河沙數。

二、

中聯辦王志民主任昨午開導港人：「中國行的是中國共產黨領導多黨合作及政治協商制度」，代入北京要「牢牢掌控」的香港，中共領導無名有實，那等於說不能涉足政治的香港「政客」，在與港人福祉有切身關係的民生事務上仍可發揮重要作用，而監督官、商不得濫權徇私和行賄中飽功能，是不容忽視的特點。英國殖民者雖有萬般不是，其制定的缺乏民主內涵卻彰顯公平公義的典章制度，令此間的權貴不敢明目張膽魚肉人民。「權」指的是官員，「貴」當然是說富商巨賈（有錢不一定「貴氣」，為行文方便，這裏只是泛說而已），無論港英或特區，這裏均有一些「權貴勾結」瞞騙港人各竊所需的事例，然而不算普遍，且若遭揭發，涉案人士肯定得付沉重代價。大體來說，香港（回歸前後）官員都守官常、規行矩步，遑論非法斂財；而財閥巨賈在英治或「高度自治」時期，都有把其豢（培？）養的幹才送進行政局立法局的先例，惟這些「政治代理人」不能、不敢違法行事。換句話說，大富之家的確「高」人一等，但這些年來未見不可告人的大醜聞，那不能不歸功於議會及輿論的監督。現在有「民選」機制，雖然與「雙普選」相去二萬五千里，但看議會的鬧哄哄，總算有點「民主協商」的氣氛，在此特殊環境下，泛民議員因此應「了解做人的倫理，參政的政治倫理」，負起「民主監督」政府運作的責任。當然，在北京的鋪排下，政治的事管不了，但身負爭取港人福祉重任的議員，仍有發揮「服務港人」的空間，因此不可不作為！

代議士雖被拒諸政治門外，但他們議論民生、監督政府，亦即昨天王主任所說的「促進和監察政府施政」，不僅可令港人受惠，且起了粉飾民主的作用，對社會的健康發展居功不少，當局因此要不斷增加「從政」的誘因，有形的當然是定期調整（提高）薪津福利，無形的則是增加各式「勳章」名額，令更多「從政者」得以光耀門楣，不難想像，試圖通過現行制度「選舉」從政的人愈多，等於說北京給予特區香港的民主成分不低，「民主監督」發揮效用，香港作為外商可以信賴的金融中心的地位便能保持！顯而易見，如果黃之鋒勝選，當上立法會議員，料世界主要媒體都會以香港民主的勝利為標榜，黃之鋒進入議會，成為北京允許香港政治實行與內地迥異的制度，並非虛語，足以彰顯「一國兩制」的「不走樣」……在這種情形下，有誰還敢說北京不信守對香港的政治承諾。

議員「民主監督」政府，使其行事不致溢出正道常軌，當然少不了傳媒的如實報道及持正不阿的論述，為了香港的「不變」，捍衛新聞和言論自由，業界和民意均不可放鬆，而政府更應幫上一手，以傳媒的自由在樹立特區政府正面形象上起了積極作用。可惜，去週末香港眾志在其臉書上貼出「再發現教科書有篡改情況」，如在「大眾傳媒功能」章節項下刪去「監察政府」和「揭露社會問題」之句。如果這是出自有關當局的授意，預示傳媒的功能正被裁削、新聞自由開始退潮。這股規限傳媒自由的歪風若不受有限遏制，後果不僅是傳媒而且是整體香港甚至北京的損失！

2018年4月24日

處心積慮尋釁　忍氣留後較量

一、

中美的貿易糾纏，拳來腳往（嚴格來説，美國發炮中國亮劍），惟這幾天來的幕後斡旋，雙方都「釋出善意」，比如美國財長努欽（S. Mnuchin）在公開場合表示樂意和中國尋求共識，且為此願意訪華一談；對此中國商務部表示歡迎。表面看來，這場由於美國片面徵收中國鋁鋼進口關税而起、因中興通訊被罰巨款而聞火藥味的中美貿易衝突，遂有降溫之象。不過，美國不懷好意，處心積慮，這些年來，用明明暗暗的手法，蒐集了不少對中方不利的人證物證，看來不會就此偃旗息鼓，和中國再作「互利互惠」的自由貿易。

從美媒的報道，美國政府除了會尋求國會批准啟動1977年針對「流氓政權」而立法的《國際緊急經濟權力法案》（IEEPA），賦予總統全面限制中國在科技「敏感領域」的投資之外，還有《美國外國投資委員會》（CFIUS）已強化對中國在美投資的審查（主要看這類投資會否對美國安全構成威脅）。美國準備在貿易上和中國大打一場的意向，十分顯然。

不過，天下沒有不能解決的經濟問題，這是市儈港人無人不曉的硬道理，准此，在美財長的提議下，如果雙方進行談判，由於中方自知有太多「把柄」落在美方手上，也許會作些以「罰款」出之的讓步；據23日《立場新聞》：〈國資委報告狠批中興愚蠢、無誠信　陸媒轉載後刪文〉，北京自知理虧，不難理解，而國家與犯事企業劃清界線，已成慣例。不過，即使中方願意賠錢，美方不一定會就此「了事」，因為「貿易戰」不過是特朗普政府找到一個現成的理由便藉之作為打壓中國的手段，因此斷不會收點罰款便與中國「和好如初」，繼續「你中有我我中有你」大做生意！

二、

美國擔心甚且可說憂懼的是甚麼？一句話，她最怕中國可能在人工智能電腦科網的「軍事用途」上有重大突破，因而絞盡腦汁要「及時」把她壓下去。中國在南海島礁軍事化上展示的先進導彈等科武，屬「反介入和區域阻絕武器」（Anti-access and area-denial, A2/AD），是對美國作為「世界霸主」地位的一大挑戰。中國所以有此耀眼成就，據五角大樓的《2017年考慮中國因素的國防發展》（Military and Securing Developments Involving the People's Republic of China, 2017；下稱「報告」），中國間諜竊取美國及歐洲企業的「知識產物」（IP）及「商業秘密」，如虎添翼，令中國有關研究突飛猛進，美人怕怕，並非無所本。美媒揭露解放軍總參謀部第三部（Third Dept；下轄十二個行動組）負責「電腦間諜活動」。2014年，美國司法部曾編彙一份五名解放軍盜取威斯汀電器、美國鋼鐵等美企「知識產物」明細表的文件；2015年7月太空總署公佈的資料，則顯示在2009至2014年間，中國的「電腦間諜」入侵六百餘家美國企業及政府部門……。美方為此「發惡」，曾發放「經濟制裁中國」的空氣，最後撮合習近平主席和奧巴馬總統2015年9月在華盛頓的會談，雙方同意「停止經濟間諜活動」（Halt economic espionage），至翌年6月，「中方在美的經濟間諜活動明顯減少！」

但「減少」不等於「終止」，去年美國官方及民間研究機構（智庫）公開的系列報告，在在顯示中國的「經濟間諜」於亞洲、拉美及北歐「如常運作」，在西方國家（The West）的相關活動則明顯萎縮；不過，資料顯示從2014年，中國電腦「黑客」的活動開始活躍，入侵美國、日本、法國及英國等國的十五大企業的電腦，竊取「商業情報」，不在話下。2017年被美國破獲並起訴的中國「經濟間諜」有兩起——最新一宗在11月，為三名替廣州博御信息技術有限公司工作的「經濟間諜」盜取美企的「知識產物」。這種情況，北京當局肯定充份掌握，不然習主席不會在4月20日於北京召開的「全國網絡安全和信息工作會議」上，作「自主創新推進網絡強國建設」的指示，美國禁售多款電腦「零件」，中國只好「自主創新」了；而兩位科網巨賈馬雲和馬化騰神速回應習主席的指示，分別指出「中國必需擁有核心技術的超級公司」及必須「擺脱技術受制於人有迫切性」。顯而易見，兩馬都知道究竟發生了甚麼事！

三、

上述所引，可説只是冰山一角，卻已足説明中國科技產業大有所成，當中確有一點「被竊取的外來技術」因素；由於國人聰明能幹，觸類旁通本領特強，把這些科技運用在軍備創新上，便有令美人提心吊膽的突破性成就；除了A2/AD，高超音速「飛行器」研發有成，更令美國軍方如芒在背、坐臥不安，以美國仍未把針對超高音速武器防衛系統部署完善化，意味國防面對二戰後未遇之危局。這種情況，加上中國經濟增長持續不衰，去年國民毛產值達二萬四千四百餘億（美元．下同），外貿增幅達14%成四萬四千多億，其石油進口量平均每天八百四十萬桶，超逾數十年來高踞首位美國的七百九十萬桶（耗油愈多經濟愈旺……）。面對這個真是非常厲害的中國，特朗普政府欲藉徵取中國進口貨的關稅，挑起連串針對中國的經濟甚至軍事較量，趁美國仍保「軍事一哥」地位的現在，把價值觀迥異且有把她趕出亞洲及與她「平分天下」雄圖的中國壓下去，不足為奇。想起恩格斯有關戰爭的看法（稍後説之），筆者對當今的世界局面，非常不樂觀！

中共雖非一黨專政，但權力高度集中，十分顯然，這種不必通過層層議會反覆論辯而領導人能「當機立斷」一言而為天下法的制度，的確超高有效率，在當前美國咄咄逼人（落實於美國在台協會新館派駐海軍陸戰隊便是近例）而國人反美情緒漸漸高漲之際，保持冷靜行君子報仇之計，以免吃眼前虧，是為上策。

美國擺出不惜與中國打一場貿易戰，只是姿態甚至是虛招，特朗普政府有更大的圖謀，盲人可見。

2018年4月25日

仇中派北京空手回 美朝會談亦難有成

一、

雖說是「事後孔明」，但在筆者的「分析架構」中，美國派往北京的「五加一」貿易談判代表團，必然無功而返，以代表團除了出身華爾街的投資銀行家（意味此公見錢開眼且很易在權力之前屈膝）的財長努欽，其餘四人皆為欲藉貿易保護主義打壓中國的健者，商業部長羅斯（W. Ross）、貿易談判代表萊特海澤（R. Lighthizer）和首席經濟顧問庫德洛（L. Kudlow）均曾公開表示要中國「不管用甚麼方法」都得削減對美的貿易盈餘，其欲規範中國對外貿易，彰彰明甚，而白宮貿易政策顧問納瓦羅更是大家熟知的「仇中派」主帥；忝陪末座的是美國駐華大使布蘭斯特（T. Branstad），這位當了十六年艾奧華州長的政客，表面「親華」，如今已肯定走上「反華」之路。以這些人組成的談判代表團，和中方代表不能談出互惠的結果，十分正常。

美國擺出這樣強橫的陣勢，等於展示所謂「談判」，不過是向北京發出貿易「哀的美敦書」，事實果真如此，有論者甚至認為美方提出的苛刻條件，效果有如奧匈帝國皇儲斐迪南大公被刺後同年7月23日奧匈向塞爾維亞（Serbia）發出的「最後通牒」（外交史稱之為「一國對另一國發出最可怕的文件」），實際上是奧匈對塞爾維亞宣戰；第一次世界大戰由是於1914年7月28日爆發。

特朗普總統雖然口口聲聲說習主席是他尊敬的朋友，不過，觀其行，為了美國的利益，他「公事公辦」，其加諸「朋友」身上的壓力，與時俱進、有增無已。比方原來要中國減千億（美元．下同）貿盈，此次向北京提出的加至二千億（今年6月及明年6月的年度各削千億），又要中國禁止國企或其操控的私企停止盜竊美國的「智能產物」（IP）……不但如此，美國提出的條件，還明文規定面對上述種種約束，中國不得藉對美國貨物徵收關稅或以其他手段限制美國貨對華輸出作為報復……面對這種豈有此理的「不平等條約」，劉鶴副總理沒有拍案離場，已盡了「地主之誼」。美貿易團行前華盛頓放出該團將獲習近平主席接見的消息，當然只是「空氣」——別說北京無法吞下這些無理取鬧的條件，就算美國提出的「條件」可以進一步商談，習主席亦不會接見以寫《給中國害死》（Death by China）成為反華大旗手的納瓦羅！

美國派出這樣一個反華代表團，以目前特朗普內閣要角絕大部份為「蘭德信徒」，可說是自然的選擇（蘭德對特朗普政府的影響，見2016年12月29日作者專欄；收〈狂人登龍〉），蘭德鼓吹「專門利己不管他人死活」的哲學，完全反映在美貿團提出的條件上！

二、

客觀環境如此，中央外事工作委員會辦公室主任、外交名宿楊潔篪「應約」與美國新任國務卿蓬佩奧電話對談中美雙邊關係，除非中方肯作重大讓步（接受美國的苛刻條件），不會有正面成果。蓬佩奧亦為蘭德的虔誠信徒，曾公開說《巨人聳肩》的主角蓋爾特（J. Galt）是他的榜樣——曾涉獵過這本厚著的人都知道，蓋爾特是「人為自己而活」、「人的最高目的在追求理性的自利」，是所謂「自私的快樂」的典型；受特朗普「美國優先」、「順差寵壞中國」及揚言要「給中國難受」的牽引，蓬佩奧必會把「專門利己」的哲學發揮得淋漓盡致。如此不顧他人榮枯，又能談出甚麼成果？

在這種背景下，以和中國對着幹為「職志」的美國參議員魯比奧（最近的創舉為提名「雙學三子」競逐諾和獎），揚言很快會向國會提出《強制中國落實公平貿易法案》（Fair Trade with China Enforcement Act），據《華盛頓郵報》透露的訊息，「法案」建議禁售「敏感性科技或IP給中國企業（Chinese entities）」、對中國投資者投資美企美股加設上限（不讓中國人持有超過一定限額的公司股權）、修改1984年與中國簽訂的稅務協定以便「合法」地對中國投資者加徵「預扣所得稅」（Withholding tax on...earning investment dividend income），此外，還要對中國為達成「中國製造2025」所需的資本財課以額外關稅……。魯比奧此項等同向中國「亮劍」的提案，察美媒的看法，在當前反華氣氛瀰漫國會山莊的政治氣氛下，獲兩院（參議及眾議院）通過的機會甚高……。白宮對中國之不懷好意，人所共見，但美國國會亦擺明是打壓中國的強硬鷹派（...even more hawkish towards the PRC），將使中美關係短期內更難望好轉。貿易問題涉及的主要是金錢，在資本主義制度下，金錢問題絕對可以解決，然而，因貿易問題而起的中美關係所以日趨惡化，談判愈談愈麻煩，美國當然要負很大責任，北京也許應冷靜思考究竟當前的政策有何錯失!?

三、

4月27日北韓世襲獨裁者金正恩跨越三八線步入南韓，獲南韓民選總統文在寅熱情歡迎，「交談甚歡」後，後者應邀跨進北韓；南北領袖「互跨」國境，頗有南北一家親效果，成為歷史佳話。此後雙方連串示好的動作，尤其是金正恩帶稚氣的笑臉，贏得不少人好感更燃起不少人對朝鮮半島無核甚至南北韓統一已近的希望。不過，在這種和平氣氛和歡欣鼓舞場景下，政治糾結一點未變，無論「無核化」或「統一」，都可望不可即。

美國要求的「無核化」，是要北韓無條件放棄所有與核武有關的設施，並非關閉一個據説已不堪再用的試驗場便了事，而要達美國的「無核化」，一定要經過美國委派的視察人員逐一實地檢查；如果「小飛彈人」答應讓「國際觀察員」這樣做，他在國內威望豈非馬上降至零下，他又如何能安坐獨夫之位。僅此一端，便可預見「無核化」將枝節橫生……。

對於美朝會談地點，筆者本以為蒙古首府烏蘭巴托是個不錯的選項（見3月14日作者專欄），因為有乘飛機恐懼基因的金正恩可「安全地」從陸地前往。經過這一兩個月來的「磋商」，昨天傳出會談地是新加坡，這便有點強金氏所難，以除了必須「乘飛機」，還有北韓根本沒有一架像樣的飛機（國家元首專用座駕），若要借用中國或南韓的飛機，金正恩哪有面見世人（國人則不知道）。換句話説，捨烏蘭巴托和板門店而提出遠隔重洋的新加坡，頗有「不來便拉倒」的徵兆。

不過，以目前的政治條件，美朝元首會談，亦不可能得出世人樂見的結論；國家領袖會談不歡而散，非無先例，1986年美國列根總統與蘇聯戈爾巴喬夫總書記冰島（與莫斯科及華盛頓的距離差不多）限核會談，便無疾而終。如今的世局比90年代更複雜，因此即使金正恩爽快答應出席會議（不論會址在哪裏），亦不等於便會得出大家滿意的結果。

　　對於中美關係（不僅限於貿易）及朝鮮半島無核化前景，筆者均不作樂觀之想！

2018年5月8日

劉鶴「回訪」有分曉
日不落國槍出頭

一、

美國「五加一」的貿易談判代表團剛返抵國門，白宮便宣佈習近平主席的首席經濟顧問、國務院副總理劉鶴將於下週訪問華盛頓，繼續中美貿易磋商，「希望達致對彼此有利的結果」。有談判遠勝彼此不瞅不睬，以後一情景很易「動武」，那肯定是自知武功不如人的一方所不願見！

昨文指美國代表團對中國拋出的條件，等於提出「哀的美敦書」（「最後通牒」、下戰書），以為用詞過份，哪知昨天《金融時報》評論此事的「社論」，說得更「難堪」，它指美國拋出那些「非理性」令人無法接受的「辣招」，等於直接抨擊中國的經濟政策，更認為中國的外交「有毒」而法律則具「破壞力」……。值得注意的是，當數天前美國代表團在京時，《金融時報》突然發出一項中方未予否認的訊息，報道中方已完成在南沙群島（島礁）部署多種導彈（大概便是最先進的「反介入和區域阻絕武器」〔A2/AD〕），與五角大樓關係密切的智庫蘭德一名專家說，中方對在南海的軍事活動不再猶抱琵琶（Unambiguous），當然旨在顯示實力。不過，此舉如有令美國生怯意而在貿談上不再太咄咄逼人的用意，顯然起不了半點作用！

美國主導的這次「貿易摩擦」（有關雙方都避免「貿易戰」），雖然仍有商談餘地，而對於劉副總理再度赴美，美方亦「樂觀其成」；然而，從公開的資訊看，中方若果不作重大讓步即接受「最後通牒」中的大部份條件，恐怕談不出「互利互惠」的結果（當然，如果習主席說服相隔四十多天便再度訪華的北韓獨夫「真．去核」，立一大功，美國也許會稍為鬆手）。正因為中美對何以兩國貿易會嚴重不平衡的看法，南轅北轍，美媒才會把今年定為中美關係「考驗年」（Testing Year）。至於她們能否通過「考驗」，劉副總理下週美國行後應見端倪。

關於中美貿易不平衡問題，「禍首」當然是美國，以其政府和人民，長期「先使未來沒有的錢」，主要貿易對手因而錄得足以媲美天文數字的貿易順差（盈餘），理所當然。美國這種未能量入為出的消費習性，本來可以遏制（當然不是易事），可是，在70年代（1976年諾獎得主）已享大名的佛利民，三番四次指出貿赤對出現逆差國利大於害，一句話，美國可以印鈔票購買「舶來品」，何樂不為。此說確令不少經濟學家口服心服，消費者（尤其是引誘消費者消費的金融機構）更大喜過望，因此人人做「大嘥鬼」，結果當然年貿赤動輒過千億美元。問題是，這些「赤字」換成世界流通外匯，可以收購環球有形及無形的資產，北京對「最強國」美國的百業興趣最大，大事收購投資，不數年便動搖「美國國本」。克林頓、布殊四十三（為免與其父混淆加此以示為第四十三任總統）及奧巴馬對中國存有幻想，對中政策遂無大成，令中國憑「貿盈」坐大，且因此信心大增而堅決另闢天地，終於令內閣集仇中反華分子大成的特朗普總統，痛定思痛，趁武功未廢，對中國痛下殺手以遏制其崛起。中美的糾纏，看來很簡單，一切皆因「貿赤」而起，但要擺平中美間的矛盾，不是易事。中國人勤奮強幹，善於模仿，偶有創新，便沾沾自喜，而民族性與英國人的「內斂」相反，加以念念不忘「自古以來」曾有過的輝煌歲月，在家底「薄積」的現在，已信心滿滿，有帶領世界走中國之路的雄圖。特朗普若未能為他尊敬的朋友鋪好下台階，中美貿易摩擦恐難善了。

二、

寫了這麼多年時評，瀏覽（不敢說細讀）了若干文章專書，愈來愈相信毛澤東的「槍桿子裏出政權」，是古往今來中外「合用」的「定海神針」。處此亂世，沒有勝人一籌的「槍桿子」，千萬別強出頭，遑論指點他國江山。

複述上面數十字老話，是於5月4日《史丹福新聞》（Stanford News）讀到題為〈戰爭促成十八世紀的英國工業革命〉（War drove 18th-Century Industrial Revolution in Great Britain）一文。迄今為止，幾乎所有的人（包括學者）均相信紡織業的興起、蒸汽機的發明及煉鋼技術研發成功，促成了英國工業革命；然而，史丹福大學現代英國史教授百麗雅．息娣婭（Priya Satia）提出更具說服力的看法——她的新著《武器帝國——武鬥造就工業革命》（Empire of Guns : The Violent Making of the Industrial Revolution）雖未到手，惟她對《史丹福新聞》記者所作的簡介，印證了筆者過去多番在專欄述說的觀點，頗近事實。爬梳研究軍火交易的史料，息娣婭教授發現伯明翰葛爾頓（Galtons）家族經營當時英國最大規模的槍械製造廠的文件，顯示在1795年之前（及之後），幾乎所有伯明翰的金屬工業（作坊）都與製造武器有關，比如煅銅煉鋼養活了無數金屬工人，他們製造的「小玩意」原來都是槍械零件，而這些武器令英軍東征西討，成功征服散佈世界各個角落的殖民地——由於軍事開支俱出自納稅人口袋，因此可說當時英國全民都為武器製造業服務！

息娣婭同時發現，18世紀英國官員對武器製造與工業革命的關係，了然於胸，那即是說，武器對工業發展極之重要，因此，當年英國政府千方百計阻止（actively discouraged）其他國家，包括已「歸順」英國的印度不要發展武器工業，一切都可由英國供應——英製武器不僅賣給印度，與英國為敵的國家（具體情況有待收到該書後再說），亦不禁售——英國這樣做的目的，在令這些國家（友、敵）失去自製武器的誘因。如此這般，英國便在某種程度上壟斷了軍火市場。

筆者常說，1776年阿當．史密斯主張自由放任的《原富》出版後，雖然英人奉為圭臬、視為「聖經」，可是，貫徹自由放任貿易政策，要待近百年後才啟動；在這些年，息娣婭指出，英國政府需要大量武器以征服那些後來成為其殖民地的國家，目的當然在「自由貿易」。由於有此實際需要，作為最大的買家，英國政府遂多方鼓勵英國軍火工業創新、研發「大殺傷力」武器及提高生產力！結果不僅造就英國成為「日不落國」的帝國霸業，而工業革命亦成為改變世界的重大成就。

沒有足以震懾對手的軍力，無法開拓海外市場（遑論「自由貿易」），是放諸古今中外皆準的「真理」。息娣婭的書，為大家提供了有力的「旁證」。

2018年5月9日

一黨獨大病入膏肓
星馬合併時機再現

一、

馬來西亞「政治變天」快一週，相關論述涵蓋了該國的政治生態和權力嬗變，當中尤以兩位政治學學者鄭赤琰及沈旭暉為《信報》撰寫的大作（分刊5月11日及14日），甚具參考價值。

此次「變天」的主角為1981年至2003年五擔任大馬首相的馬哈蒂爾（Mahathir Mohamad, 1925-）*，他領導反對黨派（人民公正黨、民主行動黨、土著團結黨及國家誠信黨）於2016年組成「希望聯盟」（Pakatan Harapan〔Alliance of Hope〕），與其他同路而未結盟的獨立參選人，於9日的第十四屆大選下議院二百二十二席中，共取得一百二十二席；執政的「國民陣線」（「國陣」，Barisan Nasional）僅取七十九席（2013年的十三屆共一百三十三席），「國陣」成員之一的馬華公會更從原本七席減至只有一席。選前極盡所能引誘選民投其一票的「國陣」領導人原首相納吉布

（Najib Razak, 1953-），一早承認敗選，聲稱尊重「人民的裁決」，拱手讓出執政地位。由於沒有任何政黨取得絕對多數，首相任命交由蘇丹選出的國家最高元首蘇丹莫哈末五世決定，後者很快同意任命馬哈蒂爾出任首相。馬來西亞行的是世上少有的「選舉君主立憲制」，全國十三個州中，九個由世襲蘇丹（土皇帝）統治，在「君主立憲」基礎上，他們互選聯邦最高領袖——名義上的君主（The King）。

馬來西亞1957年脫英獨立後，成功團結華、巫、印三大族群的「國民陣線」權傾一時，新首相此前在此位長達二十二年。一黨獨大，不論在甚麼社會和行甚麼制度，肯定是弊病叢生，大馬當然不能例外。不過，在馬哈蒂爾治下，該國在經濟和外交均有令人矚目的成就，馬來西亞這個向來予人——特別是華僑——以憑蕉風椰雨取勝的農業國家，由於經濟快速增長，竟然在不數年間便躋身「亞洲四小虎」之一；在外交上則對東盟有舉足輕重的影響，這不能不歸功於馬哈蒂爾的領導有方、權謀有術。馬哈蒂爾如何能連任五屆首相，選民的一票當然不可或缺，但他「促使」議會制定「內部保安法」，讓他可以合法地把「異見人士」一一捉將官裏投諸牢獄，他雖然因此有「獨裁」之名，然而，設非如此，在民選政制下，任何人都無法連續執政二十二年——不少大規模的長期經濟建設，可能要蹉跎多年才可有成。

落選後不一日便被禁離境的前首相納吉布，本為馬哈蒂爾親信心腹，但上台後與「政治教父」因政經利益分配不均及施政路線有差異而鬧翻。表面證據顯示納吉布貪腐劣績斑斑，最廣為人知的是「挪用」國營投資基金「一馬發展」（IMDB）六億八千一百萬美元入其私人戶口……。納吉布2009年4月當選，同年7月成立國家主權基金「一馬發展」，納吉布兼任顧問委員會主席；2013年3月傳該基金約七億美元「匯入納吉布私人銀行戶口」……2015年9月美國聯邦調查局及司法部，以至瑞士司法部宣佈對「一馬發展」展開調查。總而言之，該主權基金的賬目一塌糊塗……。

大馬政壇常見的口號是「馬來西亞乜都掂（做得到）」（Malaysia boleh〔Possible〕），惟欲把之貫徹，恐非易事。一黨獨大令貪腐之根深植，加上貪婪成性的納吉布十年為相，更令沉痾病入膏肓，不可能因「新人」上台便有根本性改變！重建各族互信、修補國家裂痕，除了要有「天下為公」的領導人，尚須時間和努力。

二、

馬來西亞「政治海嘯」後數小時，其「最親密的鄰居」新加坡總理李顯龍便於「臉書」發文，除代表星人向馬來西亞送上最良好的祝賀，亦期望與新一屆政府「發展有建設性的關係」。這雖為例行的外交詞令，但因星馬兩國關係非比尋常（1963年由馬來亞、沙巴、砂拉越及新加坡組成聯邦，但李光耀發覺該國義務多權利少，1965年便退出立國），她們真的發展並建立「建設性關係」，可能性不低！1996年，時已退任新加坡政府「內閣資政」的「新加坡國父」李光耀，公開表示「新加坡與馬來西亞合而為一的時機又至」，但馬來西亞的反應「不太熱中」；李氏於2007年的一次訪問中，又舊事重提，他還強調該國在馬來西亞國境之南柔佛州白沙港（Pasir Gudang，巴西古當，柔佛第一馬國第二大港）的投資，「互惠互利」，各有所得，在此基礎上，加上汲取了多年經驗教訓，兩國商議「合併」，肯定不會重蹈覆轍。李光耀的看法確有遠見，以今年1月柔佛一項民調顯示，69%柔佛人歡迎新加坡的投資，認同中國投資（僅物業投資便達一千五百多億坡幣）的只有56%……。見微知著，馬哈蒂爾競選期對外電說一旦上台，便重新審批納吉布政府與中國簽訂的投資協議，並非沒有民意支持。

在政局初定前景不確定（清除納吉布及其黨羽尤其身居制服部隊要職的高官，不可能一蹴即就；「一馬發展」報失的資金達四十五億美元，落入納吉布戶口據說不足七億，可見貪腐十分普遍嚴重）的現在，說星馬回到五十多年前的合併，看似天馬行空，卻非無的放矢，將於下月初出獄獲特赦參選後當上首相應無懸念的安華，和馬哈蒂爾一樣，亦有這種想法。兩國合併，困難當然數之不盡，惟她們均承受了英國的普通法和議會民主制度（都經「優化」至對執政黨最有利），因此，建立一種如「一國兩制」的合併，絕非妙想天開。

星馬合併不僅有「互補」效應，現在還有外在因素應考慮。大灣區的開發成功在望，「如無意外」，聽聽話話的香港將受益匪淺，沒有大後方（hinterland）的分工與支援，新加坡將「獨木難支」；不但如此，令新加坡垂涎不置的是馬來西亞年輕化的人口（三千二百多萬人中，14歲以下的佔百分之二十五強）……。最低限度，以馬哈蒂爾和安華為首的馬來西亞，和早有此意而現在更有迫切需要的新加坡，建立某種互利的經濟聯盟，並非不可能的事。

2018年5月15日

* 馬哈蒂爾（Tun Dr. Mahathir bin Mohamad, 1925-）：馬來西亞第四任首相，1981至2003年在位。他是有印度血統的馬來人，本身是執業醫生，曾因反對開國首相東姑阿都拉曼而成為反對派，後來輾轉進入權力核心，當選首相後行威權政策，一方面大興土木，帶領馬來西亞現代化，另一方面在國際舞台別樹一格，提倡亞洲價值觀，希望提高國家地位。反對派批評他濫權獨裁，也沾染裙帶資本主義作風，不過在繼任人納吉的大規模貪腐下，已經顯得清廉。

貿易磨擦美有得着
前嫌將釋舊賬後計

一、

自從3月1日美國總統特朗普高調引爆國際貿易摩擦、其後逐步收窄徵收關稅範圍以至最終把矛頭獨指中國以來，基於種種無可辯駁的數據及有真憑實據，諸如中國企業竊取美企的商業、特別是科研機密的事實，美國在硬性削減與中國貿易的赤字和保障美國國家安全的藉口下，懲處中國企業的霹靂手段，師出有名。雖然自由尤其是放任自由的國際貿易，對貿易國的經濟發展最有利，然而，當美國發現對手國在貿易上做了手腳令其受害，便趁國力仍盛，把「國際法」拋諸腦後，單邊實行在外人看來蠻不講理，惟對奉「理性追求自利」哲學為圭臬的特朗普及其同鼻孔出氣的決策團隊，便顯得那麼理直氣壯、得理不饒人。

對此「大變」，筆者作了多番評論，由於深明自由貿易是炮艦「開發」的，因此並未重彈阿當．史密斯揭櫫的老調，只關注槍炮的實力，認為弱方不宜「堅持真理」，應該咬緊牙關，不怕吃眼前虧，「忍氣留後較量」，行「君子報仇」之計。事實上，這是保存實力、繼續發展，以冀日後扳回一局的最佳策略。

前天傳出的消息，《信報》昨天認為「華府吹暖風 劉鶴落實今（15日）訪美」，判斷正確；華府的「暖風」，見諸特朗普於美東時間5月13日下午十一時零一秒的「推特」，意謂在他和習主席的共同努力下，為免中國出現大量工人下崗，中興公司將恢復營業；他已指示商務部作適當處理。特朗普關心中國的就業情況，令人不勝駭異，以中興「涉嫌」違反美國法例、「私通」伊朗，才是問題的關鍵。據美媒的報道，中興違法事例早於去年3月被告上法庭並同意交罰款……。在這種情形下，特朗普卻突發善心，關心起中興面臨停業引致的失業問題，美媒嘩然，不難理解。

非常明顯，本月上旬美國貿易談判代表團赴京，無功而回，代表團返抵華盛頓之際，中國國務院宣佈劉鶴副總理「下週訪美」、繼續未了的貿易談判；這一週來雖然傳出不少兩國官員幕後折衝斡旋的消息，似乎都在為劉氏赴美「求和」找下台階（比如說美若不讓步，劉氏會取消此行），對於當局全方位充滿自信卻擔心人民自信心不足的中國，這樣做大有必要。無論如何，筆者相信劉氏此行將有具體成果，美方也許會縮短削減對中興禁售敏感零件的年期、出售一些不致令中興就此停業而又無損美國國家安全的科技產品，中方則以收回對美農產品課報復性關稅作回報！表面上看是雙方達成「平等互惠」的交易，實際上美國無所失而對中興以至國家均有所失——中興付出了「違法」的有形代價，國家則為監管不力（未能牢牢掌控）而蒙羞！

劉氏上回訪美，特朗普避而不見；此次劉氏以習近平主席特使的身份成行，想來特朗普非見之無以對經常掛在他口邊的「親密朋友」表示敬意。特朗普見劉鶴，當然相見甚歡，不過，經此一役，兩國短期內可暫忘前嫌惟舊仇仍然謹記！

二、

中國確是辦外交的斲輪老手，看其不圖於此時和美帝硬碰的同時，不斷在世人（主要對象是國人）面前展示先進「武備」，便令人擊節欣賞，以這些頗為緊湊的「軍演」，如突然公開在南海島礁的導彈部署、多種戰機巡視東南海及繞台灣飛行（順便一提，北京對武力恫嚇台灣不收成效〔知道美國不會袖手，台灣官民因此等閒視之〕，早已了然，因此，在展示武力之外，還會打利誘牌，據外媒消息，北京特別優惠台灣商人及識字分子的政策很快出籠），在在強化內地人民對「我的國、厲害了」的觀感，令民族情緒保持高溫；在展示實力之餘，又對日本強奪釣魚島一事再「不消提」（領導人訪日根本沒有把這在1978年曾令兩國幾乎斷交的大事當作一回事）！眾所周知，任何外交動作，都是為了國家利益，中國在這方面真的做得天衣無縫。

不過，當前這場貿易糾紛，雖然未有演變為貿易戰，但不要忘記，特朗普突然對中國「痛下殺手」，根本原因是憂懼中國在科技武器（比如高超音速「飛行器」〔如飛機及導彈之類〕）上的成就很快便會威脅美國的「世界霸主」地位，因此對中國十分不利的「三○一條款」（貿易代表辦公室的《特別三○一報告》），以至由「仇中派」議員魯比奧主催、目的在規範中資機構在美活動的《強制中國落實公平貿易法案》（對中國禁售敏感性科技產品的立法）快成事，在在針對中國——崛起得太快又缺乏Understatement的涵養，加上堅持走自己的道路惹的禍——那意味中美間的貿易摩擦沒完沒了。不過，盱衡世局，目前中東因美國片面撕毀與伊朗簽署的《關於伊朗核計劃的全面協議》及在耶路撒冷設使館而大亂（以伊熱戰隨時爆發），除非迫不得已（比如繞台飛行的內地戰機不是為示「緊抱台灣」而是投彈轟炸），美國只要得點甜頭以應付國內仇中選民，便不想遠東有事，以免分散在中東的注意力或戰力。因此，即使稍後劉特使訪美有成（及獲特朗普接見），亦不等於中美關係從此順風順水。

2018年5月16日

取悅選民談判關鍵
中興誤國應再教育

一、

中美貿易談判第二輪會議已於去週五「圓滿」結束，中美達成主要是「不打貿易戰」的共識*，京媒因此說是中美兩國的「共同勝利」，然而，這不過是雙方的「願景」，能否達致是未知之數。筆者循着過去數月評論此事的思路，着眼《中美聯合聲明》的內容，認為兩國同意不火併但暗戰在副總理劉鶴特使未離開華盛頓時已開展！無論如何，中美願意繼續坐下談判，總較亮劍擺出互砍的架勢，令人對前景有所憧憬。不過，所以有此令京媒認為「中國又一次迎來了和平」、「中方守住了不可退讓的三大底線」此類似自慰的評論，主要是由美國財長努欽這位前華爾街要角、擔任美方首席代表有以致之。眾所周知，投資銀行家見錢開眼且念念不忘為其商界友朋製造賺錢商機，加以努欽今年才55歲，「退食」後仍有不盡的發財機會，他當然不會做出得罪未來大主僱的傻事，因此才會滿意於有「共同路向」而無具體結果的結論。美國智庫「奮進學社」（aei.org）於談判結束後即貼出〈財長之得美人之失〉（Treasury Secretary Mnuchin wins, America loses）的短文。顧題知意，內容不必引述了。事實上，由於北京第一輪談判中表現「太勇猛」，幾乎令談判不歡而散。因此，如果讓一度盛傳「劉鶴不想再見到他」而當不上代表團成員的納瓦羅主其事，結果肯定不一樣。

在白宮的堅持下，事與北京意欲違背，納瓦羅仍參與第二輪談判，雖非主其事，惟在中方「有微詞」之下，他仍坐穩白宮貿易政策顧問之位，中美未來的有關談判多艱甚且可說不樂觀，不難預期。以筆者的看法，惟有那些能夠討好美國選民的協議，美方才會接受；特朗普希望藉此讓共和黨在11月中期選舉中操勝券，如此他才能確保獲黨全力支持於兩年後競逐連任。

二、

中美達成暫時不啟動貿易戰的共識，稍有分析能力的人，都知道是北京作出尚未具體化的相當讓步才能達致，而且其所作讓步，較筆者揣測的更大（見5月16日作者專欄）。筆者以為在美方縮短對中興禁售敏感零件的七年年期及出售一些不致令中興停產而又不影響美國國家安全的科技產品後，中方才會收回對美農作物徵收報復性關稅，哪知美國未作這類承諾中方已放棄對美的「報復」。

《中美聯合聲明》的六項共識，目的在減少中國對美貿易的順差，至於具體數額多寡及以甚麼方法及購買甚麼貨物達此目標，有待兩國進一步磋商。特朗普總統經常信口開河，他一再說中國對美順差達五千億（美元·下同），是誇大之言，以去年為例，美國購入值五千零五十六億的中國貨，中國輸入的美國產品只值一千三百零四億，憑這些數據，中國的順差為三千七百五十二億，美方若逼中方減二千億貿盈，意味中方必須購進比正常需求多約一倍半的美國產品，在不少高科技產品對中國禁售的局限下（美方對此寸步未讓），中國欲達標，不是易事；另一方面，當前美國產銷趨於平衡的產能及接近全民就業，經濟條件甚佳（特朗普為此沾沾自喜），如何能頓時提供這麼多貨物外銷？

「供應鏈」固然可能出現求過於供的問題，同時且因需求突增，推高價格令通脹回揚，最終要由美國消費者承擔進而左右選民投票意向的大問題。

依照當前的情勢，中國有的是錢，其需要且有意增加進口的能源、農作物及肉類等，增加產量需長時間，現在的供應肯定無法應付；另一方面，中國要買的美國未必肯賣……換句話說，迄今為止，除了這幾天美媒仍口口聲聲譴責中方過去多年「盜竊」其科技產品，中美貿易均基於市場運作，即於「互惠互利」原則下達成；而日後的貿易，卻加進了為達削減貿盈而增購的項目，對計劃經濟的中國，不應有問題，但對徹頭徹尾市場經濟的美國，如何迎合顧客的需求，必有一番周折。

單純從經濟角度看，中美貿易談判成果已不易測，若加進政治因素，便不知如何落筆。北韓固然可能生意外，南海緊張局勢正在升溫，釣魚島和台灣的紛爭且「按下不表」。在這種情形下，最駭人的揣測是中美商務官員在談判（北京或華盛頓）但上述最危地區的某處已炮聲隆隆⋯⋯。

三、

假設中美在商言商，商貿談判有商有量，順利展開。筆者以為下述數事的發展值得注意。

甲、中興「誤」蹈美國法網受罰，為中國帶來沉重的有形及無形損失；痛定思痛，北京應趁機整頓國企，特別是對其負責人進行「再教育」，改造他們以為國家全方位崛起有國家為後盾便可任性行事的傲慢。

乙、談判期間，真假消息必然滿天飛（中國會增購甚麼商品賣方能否供應以至價格高低等），看新聞的人也許嫌太多「假消息」，但肯定會受資本市場中人歡迎；大起大落的熾熱炒風令股市呈旺盛之象，炒家和教唆及替他們買賣的經紀生意興隆，他們的消費已足撐起半個高端市場。

丙、美國對高科技產品出口的限制，比前愈嚴，在這種緊繃繃的環境下，拿了中央財政科技計劃經費、負擔國家科技研究項目的在港（肯定只有少數有香港人身份）科學家，千萬不可在「為國効命」的口號下做出任何連累香港成為美國「禁運」地區的蠢事！

2018年5月23日

* **中美2018年就經貿協商發表的聯合聲明**

2018年5月19日，中美雙方發表聯合聲明，主要內容包括「將採取有效措施實質性減少美對華貨物貿易逆差」、「中方將大量增加自美購買商品和服務」、「雙方同意有意義地增加美國農產品和能源出口」、「雙方就擴大製造業產品和服務貿易進行了討論，就創造有利條件增加上述領域的貿易達成共識」等，得出「不打貿易戰」的結論。上述內容留下了大量詮釋空間。

• 原載2018年5月23日《信報》

北韓去核半島太平
南韓美國政經兩利

一、

美朝峰會「唔開又開」，以美國總統特朗普長於爾虞我詐出爾反爾找對手便宜的商業談判伎倆及北韓世襲獨夫金正恩底氣不足而又陰晴未定的性格，定於6月12日新加坡之會又有變卦，不足為奇。從目前的地緣政治形勢看，「特金會」是否開成，對北韓（也許更精準地說金氏王朝）「被棄核」後走向末路的命運，已無法逆轉。當然，如果「特金會」順利舉行，無核北韓的經濟會在美國的「誘導」下進入正軌，緩慢向前，人民生活必勝從前；若會議開不成或開成卻不歡而散，以當前美國戰意高揚的內閣及民意（5月24日的民調顯示，支持特朗普北韓政策的民意52%、反對38.7%），加上國務卿蓬佩奧甫上任便説服特朗普讓他委任仇中且多次高調聲稱美軍已做好在南海與中國較量準備的前太平洋司令部司令、四星上將哈里斯出任駐南韓大使（特朗普今年4月已宣佈委任他為駐澳洲大使），北韓境內有戰事甚至「核意外」，可能性不容抹殺。十多年前，在「六方會談」之際，作者專欄曾以〈朝鮮半島非核化可帶旺亞洲經濟〉為題（2003年9月1日，收《港人驅魔》），認為北韓大有機會藉放棄核武，以換取在美韓協助下全力發展經濟、利己益人；如今加入中國因素——美國要對付的主要是中國——這種機會已甚渺茫！不過，單純從學術角度，張五常認為無核的北韓在經濟上應該有一番作為；有興趣的讀者請參閱張教授去週二（22日）及本週二（29日）在《蘋果日報》的「燃犀集」專欄。

和中共領袖一樣，北韓的「開國元勳」金日成，亦深明沒有槍桿子沒有發言權（對國內和國際皆如此）的大道理，因此，早在上世紀50年代中期，便取得蘇聯領導人赫魯曉夫（1953至1964年在位）的同意（「俄酋」所以如此，則因處於冷戰初期，蘇聯有意培植有核子牙的衛星國以壯聲勢），派遣大批科學家前往蘇聯接受「製造原子彈（特別是提煉相關原料）訓練」；他們「學成歸國」後，成為成立於60年代中期（具體日期不詳）的「寧邊原子能研究中心」（Yongbyon Nuclear Research Center）的骨幹分子。「寧邊」的研究進展緩慢，然而可說頗有所成，具體成果是新世紀以來六次「核爆」（2016年1月及2017年9月為氫爆，其餘四次為原爆）。這個人均國民毛產值不足六百美元（2014年數據；南韓近二萬八千美元）的小國，真正是寧要核子不顧人民的肚子。經過約半個世紀的努力，北韓終於成為擁核國——為向國人邀功（讓他們多年過着飢寒交迫生活的悲涼心情好過一點），金正恩驕傲地對外宣佈，北韓在他英明領導下，已成為可和美國比肩的核武大國！

除了擔心會被「突襲」的南韓，世上恐怕沒有國家把北韓核武當成一回事，以其爆炸力與射程均屬「納米級」，不過，那卻是北韓投入大量人力物力超過半世紀（可說是把國家弄得一窮二白）的成果，如今美國堅決執行1994年10月簽署的《核框架協議》，要求北韓定期「無核化」，在連中國亦無法予以有效保護的惡劣環境下，金正恩「扭盡六壬」，同意以「棄核」換取美國保證其政權安全及協助其發展經濟。美國當然一口答應，問題是，北韓的「棄核」和美國構想的大有差距。金正恩高調炸毀豐溪里核武試驗場，以為這便是「棄核」，可惜在炸毀前一天，英國《衛報》發表長文，指出試驗場早已報廢（具體描述被棄置多時的四五條坑道的情況），炸與不炸對北韓核武研發及是否保存核武，無關宏旨。不難想像，美國情報當局知之更詳，那正好說明在炸毀豐溪里同日，特朗普「突然」宣佈取消「特金會」……。

二、

雖然六．十二「特金會」的籌備工作煞有介事，如火如荼，但是面對美國苛刻的條件如「棄核」必須全面、可驗證、不可逆轉和銷毀（CVID），金正恩如何

「消受」?!這幾天媒體盛傳北韓擁有的數十（？）核子彈頭得「送往外國銷毀」，等於北韓「一鋪清核」；可是，「最辣招」是那些已有相當經驗的核武技術人員今後的去向，美國不想讓他們遠赴伊朗，更別說為鄰國所用，意味他們日後的行蹤得向美國主導的監察「棄核」機構報告！除非「特金會」真的無限期押後，開不成，不然，金正恩必然有此心理準備，已撕破臉皮的特朗普把比北韓強大百倍的核武放在談判桌上，根本沒有討價還價的餘地。可是，答應美國的條件，金正恩會得到甚麼回報？按照美國的「規劃」，南北韓不可能統一，如此這隻牽制、監視中國的棋子才不致變形、走樣；在經濟上，北韓將成低端工業國，且會被規劃為低稅出口特區，以利美國企業。當然，金正恩和他的「親朋戚友」有資格成為美企的在地合夥人，非常明顯，此一「無牙」統治階層，只能仰華盛頓的鼻息過日子！

值得特別強調的是，南韓對促成「特金會」，非常熱中，比如昨午《信報》網站便貼出題為〈南韓外交部：傾力助美朝峰會成功舉行〉一文。南韓所以如此賣力，皆因此會的目的在迫使北韓「棄核」，北韓的核武雖未入流，卻足以令南韓成為廢墟，此威脅一除，南韓無後顧之憂，行之數十年、令人民怨聲載道的強迫徵兵制因而可以取消，讓人民鬆口大氣，總統文在寅民望暴升，理當如此；他不僅因此有望連任，且可能分享「諾和獎」，為公為私，他遂戮力以赴。另一方面，南韓的常規武備及作戰能力，與美軍磨合多年後，應付無核的北韓，綽綽有餘。換句話說，北韓無核，南韓便可在大減軍事開支的條件下，更積極地拓展經濟改善民生！

對於特朗普總統來說，朝鮮半島因「無核化」而達致「永久和平」，及把北韓打造為廉價勞工之國，正中美國人（選民）下懷，這是他的民望突然回升的底因。事實上，11月國會議員改選（中期選舉），共和黨已打出「和平繁榮」（Peace and Prosperity）的口號。當然，「擺平」北韓不能保證特朗普成功連任，但對他的連任可看高一線，幾可肯定。

2018年5月30日

貿易糾紛吃虧事小
武力衝突不容有失

一、

中美的貿易糾紛雖然因為雙方談判沒完沒了而未進入「戰爭」狀態，但全面審視有關資訊的人，不管有甚麼先入為主的政治立場，只要保持客觀獨立心態，不難得出中方已輸一局的結論。事實上，作最樂觀的推論，中興問題將以賠款及「割讓」管理權及限購美國零件收場；美國對總值五百億美元國貨徵收關税的落實日期尚未公佈，然而，看美國民情（及國會「仇中」情緒升溫），為了保住11月中期選舉的共和黨選情，看來亦只有極微小的商量餘地。美方連串不友善的「攻勢」，只取守勢的中方，當然不是甘之如飴，在形格勢禁之下，只好和血吞下。

對於全方位崛起並在各方面充滿自信因此躊躇自得顧盼自豪的當兒，被橫蠻卻講理（在貿易上，中國佔了太多美國的便宜；有關細節説之已屢，不贅）又不給中國「面子」的特朗普總統（和貿易顧問納瓦羅）殺個措手不及，中國固然氣上心頭，但承認吃「敗仗」，如何向國人交代？顯而易見，這有損牢牢掌握全權的習近平主席的威望，因此只好發表一些諸如「內地消費者高興才會多購美國貨（以削減貿盈）」及「華警告美勿施制裁」之類的言文，以示強勢——此時此刻仍對美國發出警告，沒有強而有力的反擊力量，又焉能對強橫霸道的對手發出警告！

除了「言文」，在行動上，近日來北京亦動作頻仍，在在顯示目前的貿易窘局，絕非「弱國無外交」的產物，因此，種種足以彰顯中國國力強盛的軍事活動，日有所聞，比如中國海空軍繞台灣的「巡邏」、擴建吉布提（Djibouti，非洲亞丁灣）海軍基地（消息指中國將在納米比亞瀕大西洋的華維斯灣〔Walvis Bay〕建第二個非洲海軍基地），在南海島礁部署尖端武器（如反艦導彈、防空導彈、電子干擾設備及新型轟炸機等），以至高調宣佈建成新航母等……。看這些等於展示軍力雄厚的軍事活動，「弱國」形象盡褪，意味中國在貿易上「讓步」，並非屈服於美國的威脅，而是為了顧全大局甚至是為了維繫世界自由貿易即可讓全人類受惠而作出忍讓！

北京用心良苦、招數高明。不過，這種值得讚賞的做法，同時埋下不安因素。值得讚賞處是吃點眼前虧擺平中美貿易糾紛，待事件平息後（不引發貿易戰便不難平息）再作定奪。古賢雖有好漢不吃眼前虧的「訓示」，但此時宜行的是君子報仇之計！不過，連串展示軍威的活動，也許的確可讓昧於國際形勢（所以如此，皆因沒有新聞及言論自由）的內地同胞的自豪感不致淡化。然而，看「美帝及其幫兇」近來咄咄逼人的言文及耀武揚威的軍事活動，不由得不令人看到亞洲局勢高危，而這方面萬一生意外（或被意外），與貿易談判完全不一樣，其後果可不是北京「出口術」、擺姿態便能遮蓋的。

二、

中國一再聲稱「永不稱霸」，説者神情穆肅、態度誠懇，然而，信者似乎無有，特別是投靠美國的「亞洲群小」，即使那些要討中國經濟便宜的，肯定因為「觀其行」而不敢輕信。剛成過去的新加坡「香格里拉對話」，據與會的沈旭暉教授昨天在《信報》的大作，會議結果是宣示「印太時代」正式來臨！對「印太事務」有興趣的讀者，勿錯過這篇有第一手資訊且條理分明的特稿。

把「亞太區」擴大至「印太區」，在去年11月上旬特朗普在菲律賓出席東盟峰會時已見端倪（見11月7日作者專欄：〈擴大圍堵中國範圍　北韓可能納入其中〉）；知道這點「歷史」的人，對美國今年不再邀請中國參加環太平洋軍演，絕不意外。美國的用心，當然是要把印度納入圍堵中國的核心，印度對中國怕得要死（印度肯定不相信「永不稱霸」的說詞），因此一招手未拍即合。也許為了展示非弱國，中國近月來頻頻在固有領土的南海島礁有這樣那樣的軍事活動，不利有關海域放任自由式的航行，已惹來環海諸國如越南、澳洲（4月中旬三艘戰艦經此赴越南受中方艦隻飛機攔截〔Confront〕），甚至公開膜拜北京財神的菲律賓的不滿；她們有否向「大佬」投訴，不得而知，但自稱「世界警察」的美國已多次公開抨擊中國在南海的軍事部署，顯然是為了令「諸小」安心。

美國這種政策，非自特朗普始，歷屆政府均在言文上表示不滿，但中國置若罔聞，以為經濟旺盛是「銳」實力，遂「變本加厲」，令美國及其「盟友」不安。援攬蘭德信徒「仇中派」入閣的特朗普政府，有見及此，終於放棄過去數屆政府的「懷柔」而採取強硬手段。大家應該記憶猶新，前國務卿蒂勒森，甫上任便揚言要摧毀中國在南海島礁上的軍事設施！這顯然不是這名商業奇才的「個人意見」，而是特朗普政府的政策——如今強硬的「仇中派」健者博爾頓任國安顧問，難怪除國防部長馬蒂斯在「香格里拉對話」會議上公開抨擊中國在南海的佈防，「目的在恐嚇和威脅」沿海「諸小」，此舉有礙「亞洲安全」，美國決不袖手；美國參謀長聯席會議主管麥肯齊（Kenneth McKenzie），去月底更罕見地公然指出美國有能力有實戰經驗足以摧毀中國南海島礁上的軍事建設……

三、

以中國的實力，要拿下台灣不難。台灣軍隊基本上未做好作戰準備（這許是深知一旦有事美國會出手因此疏於訓練有以致之），那從經常出意外見之，昨天又有一架「高價」的F16戰機演習時墮毀，予人以台軍不能有效「實戰」的觀感。幸好美國保衛台灣的姿態，在特朗普任內可說逐月增強（美國「仇中派」的理由很簡單，自由台灣不能落入不自由中國之手），去月底眾議院高票通過、同日獲參院軍委會認可的包括對台售武以增強台灣防禦軍力及「鼓勵」美台高層軍事互訪的《國防授權法》，勢必擴大對台售武範圍，美國國防工業「聯合海事服務集團」（AMS Group）已於去月底宣佈將在台灣設分支，「看好台灣的商機」，看情形和台灣「自製潛艇」有關；而軍事高官互訪，所談何事，還不是如何抗禦中國。加上美國在台協會新辦公大樓將於「特金會」之日的6月12日揭幕，屆時有美國高官出席主禮，不足為奇……。美方這類「表態」，把解放軍飛機艦隻向台灣作武力宣示主權的效用完全「消化」。去年11月7日，筆者認為北韓可能成為圍堵中國的一隻棋子，今年3月14日則進一步指出北韓可能趁機投進美國懷抱以擺脱北京的擺佈，看近日美韓朝三國有商有量，這種可能性不容抹殺。所有種種，都可說衝着北京而來！

在貿易談判上，北京自鋪下台階，難度甚高但北京手法高明，但在軍事上，千萬別率性而為，因為稍有差池，勝負立現，以今日的資訊，是無法「修補」的……。美國「仇中派」害怕「永不稱霸」的中國崛起會分薄美國的政經利益，因此近日常見這批好戰分子説甚麼要給視南海為私海的中國一點教訓；由於知道中國的厲害，因此除非不動武，一出手便要「絕不手軟予以痛擊」（Strike First, Strike Hard and No Mercy；這是拳擊術語）。這批好戰分子真是喪心病狂，中國雖然「厲害了」，亦要小心防範！

2018年6月5日

守護實用價值　大灣區加港澳

一、

2017年10月，李克強總理宣佈籌劃拓建「粵港澳大灣區」之後，有關工作全速進行，負責此事的韓正副總理（兼中央港澳工作協調小組組長），5月20日起一連三天訪粵，除考察若干重大基建及「前海深港青年夢工場」外，尚於深圳主持「擴大開放工作座談會」，強調「大灣區建設是國家主席習近平親自謀劃、部署和推動的國家戰略，要規劃好大灣區，建設成國際一流灣區、世界級城市群」。

在習主席的設想中，香港這個國際性大城市是組成的一部份，令「大灣區」十一個城市*的經濟力如虎添翼，令人憧憬，國際矚目。以2016年數據，包括香港在內的「大灣區」人均國民毛產值為一萬九千四百八十四元（美元．下同），比起「大東京灣區（首都圈）」的四萬一千零五十八元及「三藩市灣區」的十萬零五千二百六十三元，當然有所不及，然而，與東京和三藩市的「灣區」由私商主導不同，有國家為後盾，「大灣區」不必經歷沒有政策和缺乏資金篳路藍縷的開荒期，發展一日千里，不難預期。

在十九屆人大會議前兩三個月，高力國際房地產代理（Colliers）發表一份《大灣區物業拓展前景報告》（和所有的經紀公司一樣，當然隱憂揚善大大看好），指出區內的國民毛產值（GDP）將從2015年的一萬三千億元增至2030年的三萬六千億元，僅此一端，「大灣區」便躋身世界大經濟體之列（參考數據，2016年日本不足五萬億、英國二萬六千億、新加坡未及三千億、香港三千二百餘億）。經濟增長甚速，前景璀璨。相信北京以一國之力無事不可成的投資者、特別是地產投資者對區內的物業深感興趣，不在話下。事實上，在國家規劃下，隨着經濟旺盛，區內的人口將迅速膨脹，物業需求當然亦相應緊張；2017年，「大灣區」人口近七千萬，至2050年，估計將在一億二千至四千萬之間。和其他行業一樣，物業市場發展潛力之大，不難想像。

二、

有關香港如何融入「大灣區」的議論，雖然韓正副總理的視察報告未出（北京早有全盤計劃，有關具體細節所以遲遲未見，一說是受中美貿易糾紛令前景可能有變遂押後公佈），但這些日子來，半官方訊息時有所聞，看此間狀若內地幹部的高官紅買（昔稱「紅頂商人」）全力「促銷」，香港肩負協助發展「大灣區」的重任，「責無旁貸」。眾目共睹，作為在科爾尼顧問公司（A. T. Kearney）編製的年度「世界最具影響力城市榜」名列第五的香港（參考數據，上海第十九、北京第九、新加坡第七、東京第四、巴黎第三、倫敦第二、紐約第一），香港確是具有可以協助內地經濟發展的重大潛力，以此間為國際人士認同、信賴的法制及金融架構，仍有效運作。筆者認為這令香港對「大灣區」可發揮一如「金融城」之於倫敦的作用（見3月28日作者專欄）。那即是說，未來區內官企民企的財務融資作業，可假香港進行。根據過往數十年的經驗和成績，這該是香港能夠勝任的工作。

可是，國家有意加諸（分配給）香港的任務如科技創新等，以本港人才濟濟（他們多半不是香港人），筆者當然不敢說事不易成，惟此中存有重大不確定性且有政治風險，令香港進入「大灣區」的前景蒙上陰影。眾所周知，自由市場的事並非憑領導人一句話便能成事（下屬為討上級歡心而用行政手段「成事」，肯定要付沉重經濟成本），何況如今美國不懷好意，虎視眈眈，科研工作不能有半點差池，以免招惹美國的干預，是不得不認真面對的現實。換句話說，此時此地在香港搞創新科技，而且獲得內地資助，國際注目，易生麻煩。至於港人前往「大灣區」其他十個城市工作，欲有所成，以目前的條件，更屬一廂情願的想法。

立法會去週四辯論林健鋒議員（經民聯）提出的無約束力動議「加強區域合作共建粵港澳大灣區」，當中林議員提議當局應向赴「大灣區」工作的港人發出特殊工作簽證，讓他們享有稅務優惠（只繳付香港稅項），有如前海已於2013年開始向「境外專才」提供的稅務補貼，令他們不必落入內地稅網，只須繳納15%稅率（香港稅率）。此說甚有見地，然而，一個更簡單且有迫切性的問題是，現在「有關當局」號召港人前赴「大灣區」工作，但「大灣區」各地是否付得起香港的薪酬？如要赴「大灣區」工作的港人減薪，他們如何有財力養活在香港的家人!?只要有選擇自由，港人赴內地工作連家人亦移居內地，不是壞事，但香港人口萎縮或赴內地工作的人口由內地新移民補充，那香港肯定會起質變，如此一來，其作為「大灣區」「金融城」的作用便可能淡化甚至蛻變。另一個同樣令人迷惑的問題是，成為「大灣區」一分子後，港官與區內的公務往還必然更為頻仍密切，但港官與內地同級官員的薪酬，相差仍至十倍——收入有重大差距的官員如何能以平等地位「衷誠合作」!?

三、

全國港澳研究會會長徐澤去週四在一個有關中國改革開放四十週年的研討會上發言，指出國家改革開放這麼多年，香港已完成「成年禮」（大概是指香港受惠於改革開放社會已快速成熟吧），現在正是「與祖國共同邁向新時代的歷史時刻」；去週六《信報》以〈徐澤：

港「成年」應融國家發展〉為題報道此事，可說一題中的！中央交給香港的任務，香港當然沒有選擇餘地，而融入「大灣區」，對香港並非沒有好處。然而，筆者以為這雖為國家交給特區香港的任務，惟務實地看，更佳的安排是香港實際融入但名義上保持原來面貌，也許才是達致「雙贏」的較佳安排！在上述立法會有關辯論中，專業議政議員莫乃光的説法遠較實際，他認為特區香港應保持固有的獨特優勢，「守着法治及專業人士的誠信，吸引企業人才來港……」不過，若果真的如此，豈非分薄了區內其他十城的人才庫。

筆者的構想是，香港仍然保持不變，即保持與內地（「大灣區」其他城市）有別的獨特性（當然不是獨立），比如應好好守護對「大灣區」的經濟活動最具實用價值的司法及金融制度，而達此標的唯一方法，是令香港獨「善」其身。「大灣區加香港」（GBA Plus HK〔& Macau〕△），相信遠較「粵港澳大灣區」（GDHKMC）實用！「實用」指的是香港對內地仍有利用價值，最低限度，香港的強項如法治與金融業應保持在國際人士看來不變形不走樣，如此才能對「大灣區」的形成與拓展發揮積極功用。香港「被利用」的價值仍在，那正是香港仍能不走樣不變形地繼續生存的關鍵！

2018年6月6日

* 廣州、深圳、珠海、佛山、中山、東莞、肇慶、惠州、江門、澳門和香港。

△ 避免區內官民自由進入澳門賭博及洗錢，澳門不可劃入大灣區。本文原題下句「大灣區加香港」，為此改為「加港澳」。

南海戰雲密佈「意外險」最難防

一、

枝節頻生的「特金會」，終於定在本月12日（下週二）上午九時在新加坡聖淘沙島的嘉佩樂（Capella）酒店舉行（但願友人的家有喜事不會受影響），最民主和最封建的兩位作風「脫俗」的國家領導人，在經過數月的幕後交易後有機會一室面對面會談，雖然現在無人能預知結果，但有商有量肯定帶有積極意義；一次沒有結果，只要不是不歡而散、互不瞅睬，便後會有期，那意味朝鮮半島逃過核戰一劫，應無懸念。北韓順美意「棄核」，換來朝鮮半島和平，美國印鈔廠漏夜開工援助北韓發展經濟可期！有凱恩斯的教誨，強國沒有財源緊絀經濟拮据這回事。

「特金會」的結果雖不可測，然而，從這幾個月來的公開外交斡旋，清楚可見北韓並無討價還價的餘地；形勢比人強，金正恩只有接受特朗普開出的「價碼」，以換取美國導其經濟自由化的安排。美國奮進學社（AEI）前天在一篇未見甚麼新意的評論中，有這句可圈可點的話，說明何以月前才自詡他領導的北韓已成為可與美國比肩的核子大國的金正恩，有如漏氣皮球，不得不接受美國「城下之盟」，導致這種「突變」，皆因世人（當然包括金氏本人）相信特朗普是「來真的」——他既作好一言不合戰場相見的準備，同時衷心樂見無核化也即南北韓盡歸美國「版圖」的朝鮮半島和平繁榮。無時無刻不為金氏王朝「持續發展」籌謀的金正恩，在考慮本國和「保護國」的實力後，明智地選擇「次佳之路」，只要金氏的政治權力和身家性命獲得「大哥大」的保證和保障，便甚麼都可商量、會答應。

非常明顯，如果下週二之會「圓滿」結束，北韓會有序地「棄核」轉而逐步「經濟化」，人民物質生活必有明顯改善，但要進入衣食足境界，不是一蹴可就，北韓人均國民生產值要達中國遑論南韓水平，尚須各方長期努力。應該一提的是，金正恩月前曾率商（？）團訪問中國、參觀大有所成的經濟建設，中方亦表明會協助其經濟發展。不過，爬梳美媒的有關報道，筆者相信北韓的經濟發展將仿效西方資本主義方式而不會染上社會主義特色的色彩——美國軟硬兼施、千方百計迫使北韓就範後許其走其宿敵中國之路，你以為特朗普和他的貿易顧問納瓦羅是真傻?!

經此一會，北韓領袖與美國總統對等會談，鏡頭前言笑晏晏狀若取得重大成就（特朗普若得其所哉還會擁抱「小飛彈人」亦說不定），從此刻開始，北韓成為一個有國際地位的合法國家，一洗過去予人以殘民以逞、暗殺擄人無惡不作而為國際社會唾棄的惡棍形象。這種類似「從良」的慘淡轉變誰最受惠，美國智庫威爾遜國際中心（wilsoncenter.org）現代汽車基金韓國研究所負責人李菊茵（Jean H. Lee）的說法最中肯，北韓「升級」為國際社會認可的合法國家，金日成和金正日父子九泉之下必會開「派對」慶祝——因為這正是金氏家族夢寐以求的「國譽」。

二、

無論如何，看「特金會」如期舉行，說朝鮮半島和平可期，相信不會離事實太遠；不過，「從歷史高度看」，當前的世局真是危危乎，防不勝防，各國都要提高防範意識。第一次世界大戰的深層因素是1873年至1896年的大衰退；第二次大戰則是20年代大蕭條遺禍引致。如今世界則為2008年華爾街金融「海嘯」引發世界金融危機的陰影所籠罩，在美國聯儲局及由以美國為主、西方主導的國基會及世界銀行不顧後果（受凱恩斯「長期而言我們一命嗚呼」的影響，有一定任期的政府都只顧眼前管治方便）的「宏調」下，表象繁盛勝昔惟底子腐朽待斃。

在底氣不足的環境下，中國的全方位崛興，加上牢握全權的習近平主席雄心億丈，把「聖諭」韜光養晦拋諸腦後，領導世界潮流、打救全人類，難免要挑戰「道不同」的西方強權對世界經濟的壟斷地位，看非洲、亞洲以至拉美諸國，不少能從國基會及世銀以外的渠道獲得條件優渥的融資進行經濟建設，經濟勉強前行的「老大帝國」，於是面臨兩個選擇。其一是拱手把「話語權」讓予中國，其二當然是趁武功未廢設法把中國壓下……。看特朗普的張牙舞爪（是寫實不是小說）、英法日澳等雖在貿易上吃虧亦不得不以行動（如派軍艦到南海巡航）表示站在同一陣線、一致抗共，以保住既得利益。

新世紀以還，地區性戰爭此起彼落，美國、英國和法國可說征戰連年（Permanently at War），南斯拉夫、阿富汗、伊拉克、利比亞、馬里、敍利亞以至也門，不是烽火不息炮聲不歇嗎？本來，經濟問題可以用經濟手段（分贓）解決，如今這些動不動便舉起人權大旗的發達文明國家，所以撕下臉皮轉趨「好戰」，牛大史學家普列斯蘭的剖析最到家，在《商人、軍人和哲人》一書（D. Priestland: Merchant, Soldier, Sage; A New History of Power），他指出主宰近代世界的本為商賈及哲人輪流「做莊」，但2001年紐約「九一一慘劇」後，在「反恐」前提下，「戰士」已有「奪權」之勢。十分顯然，如今軍人左右甚至主導一國政策，以波斯灣戰爭啟其端，負責此事的美國國防部長（拉姆斯菲爾德〔D. Rumsfeld〕1975年至1977年及2001年至2006年共兩任）下達「進攻令」的理由，竟然是「阿富汗太小，不足以彰顯我軍威力；我們要炸掉一些舉世矚目的大目標，讓敵人知道我們的厲害而不敢再和我們玩遊戲（Push around）」。

筆者近日反覆強調，當前亞洲特別是南海的局勢，極度危險，「癲狗」之外有「好戰儒將」（Warrior Monk）之稱的美國防長馬蒂斯針對中國的言論，頗有拉姆斯菲爾德之風，不免令筆者心感不妙……。不過，「最不妙」的是台灣軍人的業餘化、兒戲化，繼數天前F16於演習時墜毀機師喪命後，前天的「漢光演習」竟有軍人於點火發射靶機時「意外引發山火」。在解放軍海空軍頻頻「光臨」台灣領空領海的現在，如果台機台艦臨近監視，戰士或驚惶失措或戰意高揚或心緒不寧而撳錯掣發錯炮，便會釀成大災難鑄成大錯甚且引發大戰。這種「意外險」真是防不勝防！

2018年6月7日

無法DQ 西方政客
中國只好自我AQ

一、

看美國總統特朗普的連串外交攻勢，筆者從開始便指出其矛頭直指中國，事態的發展果真如此；美國通過貿易、朝鮮半島無核化以至提升與台灣關係的招數「制華」，迄今為止，顯然已佔上風！崛起的中國所以無法招架，根本原因在於崛起並不全面，經濟上仍需「賺美元至上」，科武上則未見有令敵人聞風喪膽的發明，加上人民幣在國際上的認受性仍大大不足。有這種種局限，美國遂着着領先。若干年後，史家審視特朗普上台後的中美外交，也許又有「弱國無外交」之嘆。這個事例教訓世人，欲在國際舞台上創造新風、帶引世局，除了要會作賣膏藥式的誇誇其談，沒有令人望而生畏的武力是不行的。

中國人本熱愛和平，又有「永不稱霸」之國策，因此全力發展經濟以改善民生，卻因此疏忽了軍事建設，或這類建設只足以引發國人的愛國自豪感、有「我的國，厲害了」之思，然而，做了數十年霸主、不斷南征北伐以世界戰場為武器實驗室汲取了充份實戰經驗的美國，不當一回事；她認為中國「不守法」，佔了美國不少便宜，不再扮「天真」的特朗普便處處「露核」，令中國不暇應付。從北京「牢牢管治」香港的手法看，她本應為國際法「釋法」（把違法行為合法化）、把要賺錢又不聽使喚的外國政客DQ，但要達此標的，有銀彈之外還要有無可抗力的炮彈（最好是核彈），可惜北京現在「雙缺」（沒有一流武器及沒有世界流通的硬貨幣），加以強橫有力帶着流氣霸氣的「老大」不假詞色……面對美國的咄咄逼人，終於領悟到「講理」（簽訂多邊協議）年代已終結於奧巴馬任內的北京領導人，如今只有找尋體面的落台階，以免在國人面前失威！換句話說，北京無法DQ西方政客，只好A（H）Q自己了——連昨起應邀訪華的仇中派健者、美國防長馬蒂斯先赴中國後訪韓日，亦被視為「外交勝利」！

特朗普和他的蘭德信徒團隊，所作決策，最終目的莫不為了「美國優先」，美國利益先行，他國受惠與否，各安天命；這種做法，與雷鋒同志「專門利人毫不利己」的「哲學」，南轅北轍、迥然有異。顯而易見，特朗普破壞了兩百餘年來主流美國社會鼓吹大愛包容的普世價值，有違祖先（和上主）的教誨，如此離經叛道，舉世皆曰可殺；不過，「舉世」並不包括美國選民在內，以他們對特朗普於競選時強調的一套，完全受落，才會把他捧入白宮。從「特金會」後的美國民調看，特朗普的民望算得上「強勢回升」；至於西方世界那些一度對特朗普大表不滿的「盟友」，雖然為了自保（美國不再無條件保護她們）屢有和北京「行埋」的表演，但這僅限於「經濟往來」，一旦觸及政治軍事，她們必然又會投入美國懷抱。眾所周知，中國確有帶領世界持續繁榮發展的雄圖和決心，可惜在實力上自我評估過高，因而並不順利；加以北京特別是在習主席任期不設限之後，走的道路與眾明顯不同。道不同不相為謀，這是美國和對特朗普嘖有煩言的「盟友」均不希望有個國力可與西方世界頡頏的中國的根本原因！

二、

在朝鮮半島無核化上，特朗普顛覆傳統做法，「紆尊降貴」（事實上未必如此，惟此舉的確烘托出金正恩已具國際合法性地位），在新加坡開「美朝峰會」。會議的結果，筆者認同多數論者的說法，是成功的，其「聯合聲明」為人詬病處是沒有提及北韓「去核」必須「全面、可驗證、不可逆轉及銷毀」（CVID），惟這與2005年9月美韓簽署的「聯合聲明」一樣，以當年北韓代表一再強調，若把CVID寫於「聲明」之中，北韓領導人「無臉見國人」，絕不會接受，因而等於「會議的終結」（show-stopper）；事實上，據美媒報道，金正恩較早前在平壤會見「突訪」的美國國務卿蓬佩奧

（彪）時，已被告知任何「去核」都必須做到CVID美國才會解除禁運。從「聲明」的遣詞用字，可知美國的目的真的在「去核」，以她若想大打一場，便會堅持寫進CVID……換句話說，為了金正恩在人民面前的威權（有如戰後保留日皇的地位以利管治），「聲明」遂有留白處，但北韓心知肚明，一旦落實「去核」，便非CVID美國不會收貨！值得留意的是，有關北韓的核武專家「去核」後的去向，「聲明」當然不會寫得這麼具體，惟美國不准他們去中東為「伊斯蘭國」服務，更不想他們去中國工作，是人所共知的事。

《經濟學人》說「特金會」最大贏家是金正恩，因此改其名為金正勝（Kim Jong Won）。金正恩放棄七十多年竭全國財力智力的「造核」成就，換取「麥當勞專營權」（經濟利益），令人大惑不解，但金正恩藉此「棄核從商」，以滿足北韓人民日漸高漲的改善生活的訴求，從而鞏固他的地位；更重要的是，北韓可藉此擺脫中國的長期羈絆。與一切可公開商量的美國為伴，加上特朗普承諾保證其政權安全（具體內容未見公佈），金正恩遂趁機走出中國操控的陰影……中國雖對北韓恩重如山，但中國官員那種李光耀最痛恨最不以為然的高高在上傲慢無禮當送見面禮物為朝貢（Condescension）的劣根性（未富先驕財大亮劍〔豈止氣粗這麼簡單〕是另一例），受者一有機會便會不惜代價「逃脫」。金正恩有此想法，不足為奇。

在不足一百天內，有外訪恐懼症的金正恩三度訪京，那當然與營造中國為其靠山的觀感、進而希望可提高和美國談判價碼的效果有關，這樣做是否成功，筆者不得而知。金正恩於「特金會」後約一週的20日訪京，獲習主席熱切接見，則恐怕是流於形式的「彙報」，此舉雖然令北京臉上有光，惟稍後北韓若提出美國不願聽不想見的要求，北京難免又會成華盛頓指摘的對象。事實上，「特金會」後，金正恩已毋須通過習近平主席和特朗普溝通，因為特朗普於17日無意間（？）向霍士電視記者透露他可隨時和金正恩通電話（I am going to be actually be calling North Korea... I gave him〔Kim Jong Un〕a very direct number），等於說他們之間已有「熱線電話」——迄今為止，白宮與中南海仍無「熱線電話」之設！美國成功「收買」北韓，盲人可見。

2018年6月27日

減價徵稅民怨稍紓 填海造地望天打卦

一、

林鄭市長於上任一週年前夕的6月29日，推出題為「三個目標．六項措施」的新房屋政策，重塑市民「置業階梯」，治標未治本卻稱得上正面回應市民有關房屋的訴求。據香港電台委託中大香港亞太研究所在6月8日至20日對一千名居民的電話「民調」，顯示市民最不滿的政策範疇是教育（不滿意達53.8%），其次為房屋政策（不滿意為50.7%）。前者是政治問題，歷史包袱甚重，是根深柢固的老大難，恐非特區政府所能圓滿解決。根據學者的考證，歷代王朝均曾在消除南北語言隔閡上立過法、盡過力，可惜成效不彰。「統一語言」的顯例有雍正六年（1728年）皇帝老子下旨成立「正音書院」，教南方人講「官話」（正音），結果似是不了了之，全國依然南腔北調、不同不和；至1928年，蔣介石北伐成功，為了同一理由（聽過蔣介石「訓話」的人，當發會心一笑），國民政府陸續實施包括「消除各地語言隔閡」的系列政策，當然亦是無疾而終*。

將於稍後提出的《施政報告》，當然不能不提及重中之重的教育（「普教中」）問題，惟審時度勢，恐難有多數人認同的可行之法。至於房屋問題，筆者認為當局已有為市民紓困的決心，其所提種種措施，既得利益階層不會同意，但若能貫徹始終，再配合稍後在增闢住宅用地上有突破性進展，應有解無殼蝸牛於倒懸的效果。香港的樓價實在太昂貴，且平均住宅面積太狹小，別說「大有為」，「小有為」政府亦要排除萬難作出「宏調」。

有關調節物業市場的新措施中，筆者以為降低一手居屋售價（從市價七折降至五二折〔呎樓由八千六百八十一元下調至六千四百四十九元〕）及徵收一手樓空置稅（稅率為應課差餉租值200%），均切實可行！降低居屋售價，不等於所有人都能夠負擔，亦不意味政府能夠提供充份供應滿足需求，然而，以減低政府歲入換取對「低端人口」的優惠，肯定可提升政府在民間的認受性；至於一手樓空置稅，正如筆者數天前在這裏指出，旨在營造公平合理的市場環境，理性的業商和市民都不應反對！惟其對樓價的影響，只有間接關係，因為在香港這樣的自由市場，商品價格由市場決定，政府有關措施當然有「指引性」，卻無決定性。非常明顯，如果「熱錢」繼續源源湧入，同時市民認為「麵包肯定比麵粉貴」是永恆真理，空置稅率對樓價的消極作用馬上被消化……

筆者認為在上引兩項措施，當局的做法正確；至於能否從源頭截斷高樓價之根，要看當局闢地的做法！

二、

無可避免地，「新房屋政策」會招惹一些「劣評」（既得利益階層及認為政府應主導市場去向的人），但京官「運籌西環」，特區政府「用武之地」局限於民生，此次推出的政策，雖然只有短期效應，已相當不錯，以其的確給「低端人士」帶來有能力有機會購買居屋的一線希望，當可暫息民怨；不過，市民置業的美夢能否成真，看來仍有不少變數。林鄭市長不愧是老於官場的「公僕」，她把當局是否能夠推出「足夠」土地的「任務」，交給正在進行公眾諮詢的「土地供應專責小組」定於今年年底提出的報告。「有趣」的是，林鄭公開「責成」該「小組」，以出於行政需要的理由，要求「小組」在報告完成前向她呈交結論，讓她「可以預先在今年10月《施政報告》中提出土地供應的方向」。至於「土地供應的方向」，她在同一場合「大膽地說香港要增加土地供應，就得靠填海」！又振振有詞叫口號似的說「為香港、為未來，要填海」。「小組」是建制的組織，其眾多由當局委任的成員中，有人希望做出令領導人稱賞的「好成績」，以便繼續為港人服務，有的則存獲得甚麼勳章之望……在領導人如此露骨的提點下，

「小組」不可能不達成「填海是造地的最佳選項」的結論!?根據陳帆局長的說法：「一旦填海造地，相信範圍比沙田更大！」未來的土地供應非常龐大，為各位「無上車」的市民帶來無盡的希望。

填海造地可增土地供應，是誰都知道的「硬道理」，問題是規劃需時（僅是環境評估保持自然風貌便頗費時日），其提供的土地，不僅肯定救不了「近火」，輪候「上車」的人龍因而無法縮短；不但如此，由於未來不明朗因素太多，比如大灣區是否硬性包括香港（和澳門），以至當前的地緣政治衝突會否惡化等等，均對大規模填地——市場對物業的需求——的成敗，有決定性影響！

從「功能性」角度考慮，當局在「專責小組」仍在諮詢階段，作出「填海造地」是唯一增加土地供應選項的「指示」，應有「中和」削減新居屋樓價及徵收新樓空置稅對物業市場消極影響的作用，因為把增加土地供應的希望寄託於成效沒有保證的未來，必可大大減輕上述「利民二法」對市場的「震撼」；事實上，作出「大規模填海造地」，是極聰明的決策，因為未來填海是否有成效以至有新填地應市時是否仍有需求，作此主張的官人已不在其位。凱恩斯那句人人知曉的「長期而言」，真是妙用無窮。

「新房屋政策」在政治上對建制——特區政府及親政府的政客——頗為有利，相信這可反映於民調及選票上；泛民政黨和政客應從中汲取教訓，北京要「牢牢地掌握香港」，此間政客爭取真普選的抱負難伸，在為香港好進而爭取選票的前提下，因此應多做點對港人有實利的工作！

2018年7月3日

* 資料見鍾寶賢的〈國語運動與大戰前後的香港粵語電影業〉，收文潔華編《粵語的政治——香港語言文化的異質與多元》，中文大學出版社。

北京口出惡言
貿戰火上加油

一、

中美貿易戰已於去週五（7月6日華盛頓凌晨、北京中午十二時）開火互轟。美國盛氣凌人；中國看似被動，卻自信「站在國際自由貿易的道德高地」，因此打算「和美國打一場持久戰」。

「中美利加」正式拆檔，大事一樁，可是，《人民日報》只把此事刊於第三版，反映了見慣世面、經常被「列強」欺負如今自信財雄勢大的中國，早已做好準備、底氣十足，不當來自美國、宣揚已久的經濟攻擊是一回大事！

北京不僅對美國加徵中國產品關稅，一如過往所說，要「以牙還牙」，馬上報復性地徵收美國產品的關稅；官方機構（如商務部）及媒體（如英文《中國日報》）還出「惡言」，把撩起事端的美國臭罵一頓。前者稱美國強徵關稅是「典型的貿易霸凌主義」，後者則指此舉與經濟上勒索中國無異，就像為非作歹的流氓所為。中美實質關係顯然已倒退一大步。

康奈爾大學的印裔經濟學私座教授、布魯金斯學社高級研究員、數年前出版《美元陷阱》（"Dollar Trap"。2008年金融危機及人民幣「崛起」，令不少人看淡美元；此書持相反立論，認為美元會因此進一步牢牢主宰國際經濟命脈。現在已證實作者看法正確）而享大名的普拉沙德（Eswar Prasad）馬上在該學社網站貼文，指出中美如今撕破臉皮，捲入一場「醜惡的貿易戰」，由於兩國都「理直氣壯」，因此貿易戰升級的可能性大於降溫草草收場！特朗普總統雖然經常出爾反爾，惟其打壓、遏制中國崛興的決心，從白宮決策層已換成清一色蘭德信徒上看，只會進一步強化而不會走回頭路。換句話説，他早前揚言中國若真的「以牙還牙」，對美國產品徵收報復性關稅，美國便會「加碼加辣」，分期對另外五千億（美元．下同）中國產品課稅。特朗普同時強調「這是針對中國的舉措」，以示「親疏有別」，以免美國的「盟友」如坐針氈或與中國「結盟」。

對於中美貿易戰的發展，筆者憂心忡忡，以認為美國目的在打壓中國而加徵關稅不過是「前奏」；早於3月6日，筆者便在專欄指出「貿戰事小熱戰升溫」。現在的情況似正朝此方向發展！

二、

中國於2001年12月11日正式成為世貿組織（WTO）成員後，恪守規章，逐年調低關稅。「入世」之前，中國的平均進口貨關稅為14.1%，「入世」後即調低為7.7%，2016年降至3.5%。以一個新興國家（國際組織仍視之屬「第三世界」），不能不說中國全面配合世貿組織的要求，在削減關稅上盡了最大努力。中國這種表現，相信是讓2002年至2017年兩屆美國政府四任總統對中國崛起心有所危，因而處處提防卻找不到「痛下殺手」藉口的原因！

特朗普在競選時已把矛頭直指中國，這當然與他的顧問多為仇中健者有關；然而，在美國這樣公開透明及有健全制衡機制的政治體系下，除非找到確鑿證據，不然無法以行政手段對中國施壓。非常明顯，目前仍沒完沒了的「中興事件」，觸犯美國及國際法例，令仇中派有重拳出擊的法理。

然而，啟動美國對中國發動「貿易戰」的導因是華銳風電（Sinovel）被控盜竊美國公司「商業機密」，該案已於美國對華「開火」之日定讞。華銳被控竊取美國超導體公司研發的科技（見4月10日作者專欄），經過連年纏訟（於2013年6月初被起訴），威斯康辛的麥迪遜地區法庭終於判華銳罰款一百五十萬及賠償金五千七百五十萬，從較早前美媒盛傳賠償金額將達十二億，今次判決可算是「輕判」。不過，罰金多寡並不重要，重要的是美國因此案確定中國經濟發展所以有大成，與出橫手收買甚至盜竊美企技術成就有關。特朗普口口聲聲說中國盜取美企科技機密，華銳案便是有目共睹亦令中國無法「駁回」的例子。

三、

中美展開這場「史上規模最大的貿易戰」，按照「常理」，其對世界經濟的消極影響，很易把仍未從2008年金融危機中復元的西方經濟，推進衰退循環*；這對股市有「不良影響」，不在話下。可是，去週五重徵中國產品關稅宣佈之日，美國股市仍「穩步上升」近百點，而昨天亞洲特別是上海和香港股市，走勢可人，更是出人意表，令人不期然以為中國和香港是這場「貿易戰」的受惠者！

事實當然並不如此，因為「一國」令香港無法不受中國經濟牽連；中國本已處於「增長放緩期」，現在加上「貿易戰」帶來的不明朗不安定因素，無論從哪一角度看，內地和香港經濟都不能避免受創。昨天股市勁升的原因之一，當然是有人「趁壞消息入貨」，但有心人炒高趁機出貨的可能性高於一切。當然，如此升市，亦有中國是這場「貿易戰」勝方的意涵——內地和香港股市上升，北京領導人臉上有光。

無人得益的「貿易戰」和聯儲局有從QE（量寬）

轉為QT（量緊），即從鬆銀根低息率轉為銀根比較緊息率比較高的意向，已足使美國進而西方經濟發展大幅放緩且有步入衰退之勢。如果「貿易戰」深化引致「熱戰」，不管規模大小，美國必會凍結非美籍華人在美財產，世界尤其是中國以外的亞洲各地「熱錢」必會湧進美國「避難」……。美國股市因此不宜因「貿易戰」而看淡。

為了挽回民心，特別是農業產區州份的民心，特朗普大事投資興建、改良美國基建的競選諾言快將實現，此中不少重工業、醫健、科技及軍火工業公司的股票，相信仍會吸引投資界的興趣！

• 中美「貿易戰」預示的悲觀世局．三之一

2018年7月10日

* 經濟放緩首當其衝的行業是航運。對貨運需求突降説明一切。金融危機前的2007年，建成下水的貨輪（主要是貨櫃船）共重八千五百三十萬「標準噸」（Compensated Gross Tonnage〔CGT〕），2017年已減至二千零二十萬噸。產能佔GDP 6.5%的三家南韓造船廠（三星、大宇及現代重工），在中美「貿易戰」開火前已陷入訂單不足生產停頓的困局，如今情況危殆，不在話下。

美國強橫不講理
北京處境如香港

一、

單純從「貿易戰」着眼，結果將如週一《信報》社評的結論：「時間相信應站在中國的一邊」，即假以時日，「相信」中國「應該」成為贏家。在中共領導下，國人「凝聚起抵禦外敵、救亡圖存的共同意志，必將取得最後勝利……。」眾志成城，中國有足夠「底氣」打贏這場「貿易戰」。

可是，在特朗普登台的一年多來，美國政府在經濟上（和政治上）不按傳統智慧（牌理）出牌，其目的絕非要達成世界大同式的全球化，而在痛擊全方位崛起卻不同道（價值觀及政治信仰有雲泥之別）又有與她平分世界霸業雄圖的中國。因此，當前這場「貿易戰」，肯定不是互徵關稅、誰有較佳耐力便能贏取勝利這麼簡單！

表面上威風凜凜的美國，已「渾身是病」。先不說「內鬥」甚劇的政治，其經濟線上有待解決的死結實在不少。簡單概括，美國以四度量化寬鬆（QE量寬）令2008年的金融危機（華爾街海嘯）不致搞垮美國、禍延世界；可是，印鈔票、零利率、「無限量」擴大財赤，治標未治本是權宜之策，這情況不能無止境持續。

美國如何能夠挽救本國走出經濟困局？鋌而走險，趁武功未廢，發動一場戰爭，也許是次佳的選擇。當然，這場戰爭可以發生在歐洲（北約與俄羅斯較量）或中東（美俄介入的代理人地區性戰火蔓延），但在遠東爆發，才符合美國摧毀已和平崛興中國的計謀（仇中派對北京信誓旦旦「絕不稱霸」的中國怕得要死）。美國對中國把若干南海島礁軍事化、對台灣的軍事威脅升級以至「包庇」北韓等，當然大為不滿，惟在特朗普之前的三屆政府，僅以言文攻擊作回應；特朗普上台後，治世理念迥異，美國千方百計欲以行動打壓中國的圖謀，呼之欲出！

去週美國國務卿蓬佩奧赴北韓敲定「去核」細節，熒幕所見，彼此相見甚歡，當然外人不知美朝負責官員談了甚麼和達成甚麼協議，惟據蓬佩奧稍後在首爾的說法，他相當滿意此次會談的「進展」；可是，不旋踵北韓便公開指斥美國橫蠻霸道如流氓……。對於北韓的突然變臉，相信美國會視之為受北京教唆——有北京幕後全力支持，北韓才敢如此「放肆」！這種揣測頗合「常規」，6月27日作者專欄談及百日內金正恩三度訪京時已有此「預感」，說金正恩突然第三度訪京，「雖令北京臉上有光，惟稍後北韓若提出美國不願聽不想見的要求，北京難免會成為華盛頓指責的對象」。經此一役，美國會如何回應北韓的「辱罵」，很快有分曉，而特朗普懷疑他的「親密朋友近平」從中作梗，進而對中國採取更強硬的態度，不難預卜。

二、

綜觀中美兩國策略性發展的後果，對中國似乎較為不利。「世界和平、經濟繁榮」是一句有「普世價值」的口號，在實踐上則大異其趣，以兩年前中國在杭州二十國峰會上揭示的理念，是要帶領世界在自由貿易的基礎上進一步繁榮，這當然是值得讚賞的宏願，但筆者當時已指出沒有軍力為後盾，這種努力將難底於成（2016年10月6日作者專欄有〈自信大國前路崎嶇〉之題〔收《狂人登龍》〕），因為自古（有歷史）以來，軍事先行「理想」後至，已屬必然。

古代帝王都以武力開疆闢土，遠的不說，中世紀以還，沒有數度「十字軍遠征」，天主教只是區域性宗教；打出通商經貿大纛的荷蘭和英國的東印度公司，亦是先軍事（掠奪性鎮壓性）後商貿（逼我國和日本「開埠」的當然亦是堅船利炮）。中國雖然多方面充滿自信，但在軍事上遠遜近數十年來「打遍」天下難逢敵手、實戰經驗豐富的美國（甚至日本亦不把中國放在眼內，這是她有膽強奪釣魚島的根本原因）。印度「南亞分析家」（southasiaanalysis.org）週一（9日）有長文〈中國排擠美國（出亞洲）的博弈成功嗎？〉（China's Game Plan to Ease Out US-Suceeding?），冗長乏新意，不過，它指出中國算有遺策，沒料到特朗普如此強蠻不講理出牌帶來巨變。中國看中於1992年把蘇比（克）灣軍事基地交還菲律賓後的軍事空隙，即沒有基地美國「干預」南海的軍力有限，因此才有在南海島礁大興土木之舉。顯而易見，中國的盤算周密卻打錯算盤，因為特朗普與其前任動口不動手不同，除了命令太平洋艦隊經常派出艦艇在區內巡弋，還動手「修補」此缺口，據今年4月22日《馬尼拉時報》報道，美菲於早一日奠基修建位於呂宋邦平牙（Pampanga）的空軍基地。美國海空軍在區內的活動，目的正在化解中國南海軍事部署對區內「諸小」（大都是美國的附庸）的威脅。值得一提的是，菲總統杜特爾特口頭愛（比「親」更甚）中，惟所行亦是一般「小國」經濟求中國、軍事靠「美帝」之策（和中國簽雙邊經貿協議的國家日多，但她們在政治上均靠攏美國）。何以人人怕「永不稱霸」的中國？北京應深思。

近年中國充份自信、信心滿滿，盼顧自雄，便思「牢牢掌控香港」，事實上，只要北京按本子辦事、體現「一國兩制」精神，並無不妥當；但她自恃已登上世界強國榜，有財有力，便任意推遲、刪改早已寫進《基本法》的民主進程，更數度以內地的一套為香港「釋法」和遂己意DQ不合其意的代議士。此間有識（無力）之士，雖起而反對但終歸無效。京官京意所以在香港如入無人之境，予取予攜，一句話，是相對而言，內地武功蓋港，港人只有認命聽命……。在二十國杭州峰會上中國揭示的理念，絕對有利於世人且符行之數十年的「國際法」，但特朗普一手把之推翻，中國理直氣壯，起而抗爭，卻無人呼應……；所以如此，皆因美國滿口核子牙，北京的處境便如面對北京的香港——有理說不清只有迎合要求以撐持！

• 中美「貿易戰」預示的悲觀世局 · 三之二

2018年7月11日

錯判特朗普　中國陷困局

一、

改革開放四十年，中國確是進入歷史「盛世」，難怪領導人躊躇自得、充滿自信，其平等、互惠、合作、共贏的外貿政策，獲得大部份國家的認同。在這種情形下，即使「逆全球化」思潮抬頭，貿易和投資保護主義升溫，中國和她的經貿夥伴仍對前景充滿信心，攜手前行，期待一個快將來臨的開放創新、持續發展的世界。

可是，特朗普當選美國總統，令以中國為核心的世界前景蒙上陰影。說來真是諷刺，內地對特朗普的競選政綱，雖然大不以為然，然而，仍樂見他當選，因為有一種相當具說服力的看法，認為這位炒家出身、見錢開眼的業餘政客，在巨利之前，一切均可商量；換句話說，只要誘之以利，中國便不會吃虧。哪知並不是所有有錢人都想更有錢，特朗普和他的管治團隊當然不是與錢有仇，惟他們意識到道不同的中國有在世界舞台上與美國「平分秋色」的雄圖，一旦得其所哉，美國便後患無窮。面對這種可能性，他們遂暫時性撥開經濟誘惑，集中火力遏制中國的冒升！

當前這場「貿易戰」，北京可說是處處被動受制，困阻重重；然而，細看特朗普的「治國方略」，在非經貿範疇上，其對中國的負面影響可說是更為深遠。在筆者看來，口口聲聲說習近平主席是「親密朋友」的特朗普，肯定是中國邁開大步向前走的絆腳石。

互相「加碼加辣」的「貿易戰」，已令戰意昂然的中國疲於應付，但看特朗普大舉在國防（軍事）上的投資，中國如何因應，問題更大！當然，和大部份國家一樣，中國可以按部就班，走自己的路；可是，在軍事建設若不急起直追，很快便會失去與美國「平起平坐」的資格。換句話說，在國際事務上，如果中國無法在短期內變成客觀意義上的軍事強國，便會喪失對世界事務的「話語權」。

二、

在國內進行大規模基本建設，雖然於競選時及當選後經常被提及，但種種跡象顯示，特朗普重軍事基建輕經濟基建的意圖，愈來愈明顯。在軍事上投入龐大財力，目的在主導世界大局、打壓與美國無論在政治意識和價值觀均背道而馳國家的崛起，其矛頭直指中國，彰彰明甚。

今年2月上旬，特朗普重提大搞基建舊事，非正式地透露未來十年的基建投資達一萬五千億（美元．下同），然而，此一「史上最大規模的基建投資」，據賓大華爾頓商學院（特朗普的母校）的分析，用於經濟建設的僅二千餘億，餘額都會用在軍事基建上。

府會不和，是彰顯美式民主的「戲碼」，惟此次在軍事開支上，白宮與國會罕見的一致，足以說明「軍事工業綜合體」（MIC）仍牢牢掌控國會山莊。未來十年，五角大樓的預算在六萬億左右（「追加」是常態），現年度國防部及掌管核武的能源部的預算達非戰時最高紀錄的七千一百六十億。府會同意大增軍事開支，是為了應付日趨「猖獗」的俄羅斯（鯨吞克里米亞）、中國（在南海建島設基地）、伊朗、北韓及「恐怖分子」。近年美國政界的主流想法是世局這樣混亂，戰火隨時點燃，軍事上放軟手腳等同政治自殺。增加軍費因此在天文數字的赤字下仍大幅增長。

雖然軍事建設有不錯的經濟效益（能源消耗、研究工作及軍火製造均有經濟回報），加以在2008年的金融危機未根治的陰影下，私營部門投資比較謹慎，增加軍事開支正好補此不足；這種做法完全符合凱恩斯的財政政策——凱恩斯肯定意想不到的是，美國府會把大量資源用於軍事上，經濟學家還為此鑄造新詞「凱恩斯主義武器化」（Weaponized Keynesianism）。凱恩斯不惜先使未來錢以刺激增長的學說，早為多國政府所用，一句話，在經濟發展「滯後」時，大規模軍事投資（研發和製造武器）等於為經濟注入活力，政府固可利用這些武器發動戰爭掠奪海外資源，同時又可販賣武器給「盟友」。這種所謂「軍事凱恩斯主義」在戰後已成為美國「軍事工業綜合體」最常用以杜悠悠眾口指國防工業沒有經濟效益的「武器」。

特朗普上台後，「推翻」了不少國際多邊協約，而最重要卻少人提及的，似為於1967年由一百二十三國簽訂（或確認）的《外太空協定》（The Outer Space Treaty）。6月18日特朗普宣稱他已指示國防部成立目的在於令美國有力主宰（dominance）太空的「太空部隊」（Space Force），那是有違協定寫明「外太空為全人類共享」即外太空屬公共財的原則。美國三軍加陸戰隊橫行地表，「太空部隊」亦有此「功力」，因為五角大樓認為在開發太空科技上，「中國落後三十年而俄羅斯缺乏足夠財力加入競爭」。「太空部隊」能否成軍，有待國防部擬出具體計劃，當然還要國會批准。不過，看目前戰意高揚的「民意」，成事機會甚高。國防部長馬蒂斯公然反對特朗普此議，皆因其經費要從現有軍事預算撥出⋯⋯。

「貿易戰」已令中國經濟元氣大傷，加上要應付美國的軍事威脅，南海台海固然風高浪急，現在還加上外太空爭霸快白熱化，中國必須大幅提高近年已有明顯增幅的國防預算，對當前出口因「貿易戰」而不明朗且公私企業債台高築的情況，說中國於「貿易戰」啟動後突陷困境，應是接近現實的說法。經貿之外還有軍事建設必須迎頭趕上的迫切性，無論在財力上科技上，都是不易克服的挑戰。

• 中美「貿易戰」預示的悲觀世局．三之三

2018年7月12日

收伏香港損國譽「科款」強軍保平安

一、

為了「牢牢地操控香港」，為了把人大常委就「一地兩檢」的決定合法化，中聯辦法律部王振民部長去週六在「《基本法》研討會上」，發表以「新憲制帶給香港甚麼變化」為題的演説，據《信報》昨天報道，王振民強調「香港回歸後的憲制新秩序，是以國家憲法為根基、以《基本法》為補充」。又説「香港特區有獨立的法律和司法制度，但絕無可能擁有獨立的憲法或獨立的憲制秩序，無論如何都要進入國家的憲法體制和憲法秩序中」。報道生動地描述王部長用廣東話説：「『一國兩制』就係咁樣，否則會變成『兩國兩制』！」

王部長有法學教授身份，説法論法，頭頭是道，可惜，他的「説法」，完全漠視了他口口聲聲説香港特區有「獨立的法律和司法制度」，而這是《基本法》賦予香港特區的。如果他由衷地相信香港獨立的法律和司法，「一地兩檢」合法與否，便應由這些獨立法律和司法制度作出裁決。全國港澳研究會副會長饒戈平在同一場合指出「港人治港」及「高度自治」的準確説法，應為「中央管治」和「中央授權予香港的高度自治」，兩者必須互相結合，「否則是忽略和架空國家對香港全面管治權」。在國家如此強勢的環境下，所謂「結合」，不過是香港的「一制」為內地的一制「吸納」。至於同場演説的全國港澳研究會理事、深圳大學港澳基本法研究中心教授宋小莊，則指「司法解釋和立法解釋不是平行，立法解釋高於司法解釋」。當然，立法非指香港立法會而是北京人大，而司法是香港法院。宋教授還強調「不論在甚麼情況下，全國人大常委都能夠進行立法解釋」——人大常委有需要便可為香港「釋法」！

王部長、饒副會長和宋教授的論斷，招來本地政壇元老民主黨創黨主席李柱銘、自由黨創黨主席李鵬飛的抨擊以至民建聯創黨主席曾鈺成的質疑。誰是誰非，港人心中有數。

京官淩駕本地法律和司法制度的「説法」，雖然扭曲了《基本法》的原意，但強權勝於公理，自古皆然，便如馬英九政府的副總統吳敦義在任時所説，與把手槍放在桌子上（飛彈陣對準台灣）的中共談判，手無寸鐵的台灣肯定討不了便宜（台灣因此愈走愈遠）。香港近年亦面對這種情況，北京有財有槍，縱然其説為毫無港人尤其是法律界人士認同、信奉的「法理」，亦會因為

「形勢比人強」令港人必須奉行！

京官「收拾」香港，得心應手，讓「上面那一制無端伸過來」（楊岳橋語），輕易便超額完成了「牢牢掌控香港」的最高指示；可是，在外人眼裏（別忘記迄今為止香港仍是名副其實的國際城市），這不過是北京強力打壓擺佈香港的結果。最近筆者數度指陳，西方國家以至亞洲「諸小」，所以對中國敬而遠之，只求經濟利益而在政治上排拒中國，皆因口中常宣「永不稱霸」及「不干預他國內政」的中國，實際上卻用盡種種手法滲透他國內政以遂己慾，這類事例如今不少已經曝光，令中國臉上無光；而北京用內地的一套「打造」香港，雖然無權無勇的香港人「反抗無效」，不得不「甘之如飴」，但國際間怎樣看待中國，難道北京無知無覺!?所有強加於香港的「惡法」，是塑造「醜陋中國」的原材料！換句話說，京官把香港收拾得伏伏貼貼，但陪葬的是中國在國際上的聲譽和地位！

下次召開「《基本法》研討會」，希望北京考慮邀請香港法律專才出席；和內地的專家來一場公開辯論，是說服港人和世人的最佳方法。

二、

美國總統特朗普這次歐洲行（出席北約峰會訪問英國及赴赫爾辛基與俄國總統普京會談在本文見報時應知結果），四處樹敵、風評甚劣；粗看他在「峰會」上的表演以至在英國的「鬧劇」，《金融時報》去週六以「災難性」（Disastrous）形容此行的「成就」，可算最接近現實！

「北約」（北大西洋公約組織North Atlantic Treaty Organisation〔NATO〕）1948年在蘇聯封鎖柏林、東西陣營啟動「冷戰」時匆匆組成，當時離二戰結束僅三四年，歐洲元氣未復，此事由美國主導，順理成章。在二戰中得以「置身事外」的美國，戰後不僅「武功蓋世」、財雄勢大且有統率「自由世界」的雄心，指揮「北約」的「歐洲盟軍最高司令」（SACEUR）因此牢牢掌握在出錢出力的美國手中；而為了工作的「方便」，此職俱由駐歐美軍司令兼任。

二戰後歐洲滿目瘡痍，經濟上要靠美援（歐洲復興計劃，俗稱馬歇爾計劃），軍事上不得不借助已全方位崛起的美國之力。事實上，當年的確只有美國才能把歐洲「諸小」團結起來，她們加入「北約」，受美國的保護以防範蘇聯的滲透、侵犯。為了保障「諸小」的安全，「北約」明文規定任何一個成員國（由最初十二國增至如今的二十九國）受攻擊，「北約」有反擊的「義務」；數十年來，「北約」諸國總算大致無礙，相當太平，直至2001年9月11日發生阿蓋達（基地組織）恐怖分子騎劫民航機撞毀紐約世貿中心雙塔，造成重大傷亡，「北約」才不得不尾隨美國、採取「反恐」行動，為成員國美國「報仇」、為自由世界除害！

可是，「北約」準備不周財力不足的弱點，在「反恐活動」中充份暴露。不但如此，「北約」的歐洲成員還對「反恐」不熱中，那可能是認為美國遭「恐襲」皆因其介入阿富汗及伊拉克戰爭惹的禍，與歐洲關係不大，因此沒有積極投入。不過，這種消極反應，直至攻打利比亞出師失利，才顯示問題嚴重性。

去週六美媒有〈「北約」應從摧毀利比亞中汲取教訓〉，說的便是這回事。這令筆者想起寫於2011年6月30日的舊作（〈無傷亡不算戰爭　美大兵成本百萬〉，收《禍根深植》），提及以英法為主力的「北約」軍隊入侵利比亞後，英國和法國馬上發現「無艦隻可用」，且彈藥供應不足，「空中封鎖」利比亞只兩三個月，便後繼無力後勁不足，不得不向美國求援（英國海軍大臣說戰事若拖至10月，他在調動軍艦上會面對「重大挑戰」；法國軍方則說經過此役，其唯一的航母「戴高樂號」須入廠作為期一年的大修）。原本想隔岸觀火的美國，只好調機遣艦以至派出軍事顧問「運籌帷幄」，協助其歐洲盟友「脫險」。

沒有美國參與的「北約」，所以出師不利，主因是軍費不足有以致之。歐洲北約成員國的「目標軍事開支」本為GDP 2%，但她們「愛好和平」，加上在國內大派「免費午餐」，財政左支右絀，軍事開支可省則省，打起仗來無法得心應手；2012年，英法的國防開支均不足GDP 1%，和美國3.6%相比，她們的軍備捉襟見肘，十分顯然。是年6月16日，行將卸任的美國防長蓋茨（R. Gates）在北約會議上「面斥」其歐洲盟友，指她們在軍費上投入不足，差點誤了大事……。沒想到七八年後，英法德等歐洲大國的軍費雖大幅提升，但那些小國窮國仍是「大落後」，經常口出狂言的特朗普不客氣，情理中事。

比其多屆前任現實，特朗普不尚空談（理論基礎貧乏？），只求實際，要「北約」二十八個歐洲成員國無錢亦要出錢（撙節他項開銷）。「北約」武備一定要「現代化」，才足以「嚇退」野心勃勃的俄羅斯，而資金充足與否，是「現代化」的關鍵。近年俄羅斯大有與包括美國在內的「北約」分庭抗禮的意圖，拿下克里米亞，面不改容，歐洲安全大受威脅，特朗普上台後多次坦言強軍是保障安全的唯一手段。特朗普今趟歐洲行之後，「北約」全面擴軍勢所不免，一場軍事競賽已隨特朗普離歐而展開。

2018年7月17日

港獨祭旗無中有
大懲大戒擺京威

一、

保安局局長李家超昨天行使《社團條例》第八條第一款賦予的權力，宣佈基於維護國家及社會安全的理由，接納警方建議，考慮禁止香港民族黨運作；至於保安局會作出甚麼決定，有待該黨在保安局設定二十一天內遞交的「書面抗辯」。

香港民族黨於2016年3月底成立，主要黨綱包括「香港應脫離中華人民共和國，建立獨立和自由的香港共和國」及「廢除未經港人授權的《基本法》，香港憲法必須由香港人制訂」等。顯而易見，如此主張是不能見容於「統屬」北京的香港法律，如果民族黨在「書面抗辯」中不廢除或大幅修正黨綱，保安局便會註銷其社團註冊、禁其運作，違者會被罰款二萬及監禁十二個月……。保安局作此決定，有根有據，因為《社團條例》中「國家安全」的定義為「保衛中華人民共和國的領土完整及獨立自主」，而特區政府多次表示「港獨」

是不可觸及的「底（紅）線」，民族黨的有關「黨綱」直接挑戰此「底線」，保安局不出手「干預」才是怪事。

《社團條例》中有此規定，既顯示法例的周密而事實上亦有此需要，因為不論甚麼性質的社會，人民享有自由而非「放任」（即毫無約束的自由），奧國學派巨擘米賽斯在其傳世巨構《人的行為》（Ludwig von Mises: Human Action），指出自由應有約制，有如公路須有斑馬線和交通燈之設！自由若完全不受規限、欠缺操守範圍，一些危害公共安全和利益的言行便會出現，其對整體社會的負面衝擊，不言而喻。

二、

港人對此事的反應，起而錯愕繼而有點激動，這不僅僅在於「取締社團註冊」為回歸後首宗，且有當局藉之作「政治打壓」以討好「上意」的可能。莫乃光、楊岳橋、毛孟靜、區諾軒以至朱凱廸諸議員，先後抨擊保安局的做法「完全不合理」及「對言論、集會、結社自由的諷刺」，因此「擔心特區政府會引用《社團條例》處理政治組織」，反映港人的憂懼。可惜，當前的「政治需要」令當局不得不提高警惕，以免本地政治社團可能觸犯中央「三紅線」（任何涉嫌破壞主權、領土完整及分裂國家行為）而惹禍上身。在香港這樣自由的地方，褒貶不論國籍的政黨或政客，本為常態，可是如今處「高度敏感期」，有關當局只好「倍加努力」了。

值得特別一提的是，港獨本是「幻影」，是有心人借故「打造」出來以遂合理干預香港事務的「偽命題」；可惜，民族黨硬把「港獨」寫進黨綱，衝向霉頭，若不及時作合理修訂，其受取締重罰便勢所不免！在強權出真理的社會環境下，這是誰亦無法扭轉的。

三、

香港人享有言論及結社自由，何以一個主張脫離中央的社團（公司註冊處以「政治原因」拒絕「香港民族黨」申請成為註冊公司）會危害一個人口近十四億的大國的國家安全？以筆者的理解，主要原因正如羅貴祥在〈中國少數民族的認識論：「邊緣」的視角〉一文（收彭麗君編輯的《邊城對話》。中大出版社）所說，是北京視港人為「另一種邊疆的少數民族，中央考量的因此不僅僅是中央與地方『對弈』，還有『邊患』與『外部勢力』的干預等問題」。這觸及「統一」這個大是大非的命題，非常敏感，一有機會，便打壓、鎮壓。特區政府不得不聽從授權來源的話辦事，保安局對香港民族黨「諸多留難」，絕對正常。可是，說該黨的言行會影響國家安全，上綱上線，則言過其實，令人啼笑皆非。保安局也許可以用「香港民族黨的出現會破壞特區政府與中央的關係」為由，施加禁制。這種與奉命中央不盡相同，惟精神無異的說詞，既不會有違中央意旨復能說服更多港人，又可體現特區政府心存「兩制」的獨特定位。何樂而不為！

輿論對保安局有意取締香港民族黨的決定，一如既往，正反都有，且所說不是全無道理。不過，筆者認為公眾人物尤其是政治團體應審慎言行，以在當前的「特殊（因中美貿易戰而生）」政治氣氛下，很易被入以「危害國家安全」罪，因此「表達意見」的言談舉止，不能率性而為。香港人已失去了不少自由，而國際政治舞台彤雲密佈，大家應盡力迴避挑戰已被老美「逼瘋」並給台灣「氣死」的北京！

2018年7月18日

特朗普知錯即改
俄羅斯悶聲發威

一、

美國大陪審團去週五在特朗普總統已敲定赴芬蘭與俄國總統普京開峰會的關鍵時刻，突然決定起訴醞釀已久的俄羅斯干預上屆總統大選所謂「通俄門案」，涉嫌俄諜十二人，他們被控以入侵民主黨參選人希拉莉（克林頓夫人）本人及其競選團隊的電腦，目的在於干預是次大選。顯而易見，「干預」云云，是指這批「黑客」非法蒐集有關希拉莉的「黑材料」，以協助特朗普勝選。

普京總統數度否認有此不法勾當，如今「俄特」被告上法庭，兩國關係「陷入低潮」，民主黨及相關媒體，因而認為特朗普應取消此次會面；可是總統不聽勸告，照原定計劃赴約，早與特朗普「勢不兩立」的主流傳媒，鋪天蓋地皆為負面訊息；到了特朗普於會後「站在俄羅斯一邊」，公開質疑美國司法部的有關調查，那等於是說美國不是，為普京開脫，惹來民主共和兩黨及美媒的猛烈抨擊！《紐約時報》甚至直指特朗普是「叛逆的賣國賊」（Treasonous Traitor）。該報與特朗普「有過節」，人所共知，但如此「劍指」在朝總統為「賣國賊」，真是前所未見。

本來以為一如舊貫，特朗普會來一場「反擊戰」，破口大罵《紐時》，哪知他回國後第一件事是改口承認「講錯嘢」（說錯話，Misspoke），強調他接受導致十二俄諜被起控的有關調查：「俄羅斯的確干預去屆大選。」特朗普知錯即改，而其「錯」可能是他和普京兩人及各一名譯員「密會」時，譯員誤譯所累。特朗普不通俄語，外人當然不知道他何以會達致錯誤結論，為此，民主黨兩名議員（參院眾院各一）已要求傳召「特普密會」的美方譯員赴國會「聽證」（被議員詰問）。究竟是特朗普因為有先入為主的成見而「擺烏龍」還是譯員出錯，很快便有分曉。

寫了數百字「閒文」，是有感而發！從這段總統與傳媒的言文交鋒以至總統公開認「低威」，可見真普選下的民主制度和憲法「牢牢保護」言論自由之可貴。除了英美等幾個「老大帝國」，真不敢想像傳媒有直指總統是「賣國賊」的膽識；而大權在手、盛氣凌人且十分囂張的總統，不是「聞過即怒」，馬上派出「錦衣衛」把妄議者捉將官裏，而是「聞過即改」，公開更正……。在某些人看來，美國政府「壞事做盡」，但何以世人（尤其是國人）仍當美國為求學、移民、藏富之上國，其理在此。

二、

美俄兩國領袖首次面對面會談，舉世矚目，何以世人特別是西方媒體隆重其事，皆因困擾世界的「頭條新聞」如核擴散、軍備控制、東歐亂局、伊朗核問題、敘利亞內戰，甚至北韓的「去核」等影響世局的衝突和不安，均有俄羅斯「身影」；換句話說，要「圓滿解決」那些「國際問題」，沒有俄國參與，不易成事。

美俄在國際事務上舉足輕重，在這個「強權出真理」的世界，從她們的「擁核量」可見一斑。據「原子科學家簡報」（Bulletin of the Atomic Scientists）的統計，迄去年底，全球有核彈一萬四千九百二十三枚，其中美國和俄國依次有六千八百枚和七千枚（已部署隨時可發射的依次為一千八百枚及一千九百一十枚；「擁核」的參考數據，法國三百枚、中國二百六十枚、英國二百一十五枚、巴基斯坦一百四十枚、印度一百二十枚、以色列八十枚、北韓估計是八枚）；核武這麼多，隨時出「意外」，美國原子科學家因此憂心忡忡……。無論如何，美俄若承「冷戰」餘緒，繼續動口不動手，以免「同歸於盡」（Mutual Destruction），令世界變成廢墟；換句話說，短期之內，世有區域戰爭而無世界大戰，那意味苟且偷生有地，值此核彈處處政局高危之世，算是最佳願景了。

特朗普和普京一共談了四個多小時，具體內容未見透露。按常理，如果美俄決策官員很快定期會晤，那等於說兩核子大國有商有量，世界大局底定，不難預期。

俄國總統普京，以筆者的外行眼光看，是當今世上最厲害的政治人物，他已四任民選總統、一任總理，是非民選的大獨裁者史大林以還掌權最久的政治領袖；其政治野心是令俄國恢復舊日光輝，保住世界強權的地位。普京在擴張俄國勢力上，比美國的南征北伐，不遑多讓，處處擺出與美國「平分秋色」的架勢。「九·一一慘劇」後不數年，美國入侵阿富汗和伊拉克，及後公開支持格魯吉亞和烏克蘭這兩個前蘇聯加盟共和國的「顏色革命」；普京不動聲色，於2008年出兵「拆散」格魯吉亞。2009年美國主導的「北約」吸納本屬蘇聯東歐衛星國的阿爾巴尼亞、克羅地亞和黑山共和國……；2014年3月，普京一口吞下克里米亞。他不想美國成為世上獨一無二的強國（Unipolar），野心是把俄國打造成可與美國在世界舞台上並肩的大國！

不過，成為可與美國平起平坐軍事大國，並非普京的極終目標，在經濟上，以俄國豐富的天然資源，普京博士早有憑此令俄羅斯成為經濟大國之志（見2014年4月23日作者專欄〈普京學以致用　重建蘇聯霸業〉，收《高稅維穩》）；他相信西方經濟制裁很快結束，2020年起預期俄國國民毛產值增幅將達5%，據俄國經濟學家的推算，至2026年，俄國將成為世上第五經濟大國。

俄國不會放棄核武，惟近年已把大部份資源投入經濟建設且見成效，俄國2016年人均GDP（購買力平價美元）八千七百多元、2017年一萬零七百餘元，雖不及被制裁前2013年的一萬六千多元，已有明顯增長，受西方經濟制裁而經濟仍穩定向前，於茲可見。

普京「低調」入侵多國且在中東扮演重要角色，無法不令人對他另眼相待。比起北京已有與硬吞釣魚島的日本「不計前嫌」之勢，對愈走愈遠（已追不回矣）的台灣亦束手無策，大國強國云乎哉，不過是往自己臉上貼金，普京才是世之強人。說起台灣，未知北京有否後悔沒有把香港「雍齒化」，香港若成雍齒，除了少數打算入深山打游擊的深綠，樂於「回歸」的台灣人肯定十倍於現在！

2018年7月19日

內部矛盾歐美談談打打
敵我矛盾中美不共戴天

一、

去週五《信報》頭條題為〈美歐貿易休戰　集中火力抗華〉，內容揭開美國發動貿易戰的底牌！作為一名自信完全獨立的新聞評論員，筆者從開始（二十國杭州峰會）便認定中國不能在這場「商戰」中討到便宜，原因不在中國堅持的自由貿易和多邊主義沒有道理，而是在中國沒有足以令對手懾服的力量——金錢（通貨）及武器；這兩樣致命工具均掌握在其「對家」美國的手上。中國有關官員即使對源自西方的自由貿易學說背誦如流（料有美英蛋頭擊節讚賞），可惜互通有無互惠互利的自由貿易，對現階段的美國大為不利（或白宮的貿易團隊認為對美國不利），高舉「美國優先」大纛的特朗普總統遂老實不客氣，堅定走貿易單（雙）邊主義和保護主義的回頭路。

美國與歐盟上週「意外地」就貿易爭拗（互徵關稅）達成「休戰」協議；說「意外地」，是因為歐盟主席容克（Jean-Claude Juncker）赴美前，歐洲瀰漫着一片無法談攏的悲觀氣氛，作為資深政客（1995至2013年任盧森堡首相），容克亦有不成功便成仁（無法連任歐盟主席）的預感。哪知美歐巨頭兩個多小時的會談，雖然有論者認為有如兩個幫派頭子的「講數」（「攤牌」），沒談細則、只講「交情」，便達成對西方社會有益有建設的「協議」！

從「牌面」看，美國並無作出任何讓步，只有歐盟同意買多點美國大豆及液體天然氣，以具體行動削減對美貿盈；大豆和天然氣是兩種平平無奇的「期貨」，惟此際歐盟同意「加碼」，對美國來說具重大政治意涵。多購前者可令剛獲政府現金補貼的豆農「雙喜」臨門，有現金收入又有訂單，特朗普在農業重鎮Dubuque的農業大會上對與會代表說剛剛為他們打開了一個龐大的市場的大門，他的腔調和身體語言誇張低俗，惟所說確是實情，此舉有利共和黨「中期選舉」選情，不言而喻；後者等於歐洲減少對俄羅斯的依賴，在美俄政治角力方殷之際，這有如增加美國的籌碼，難怪特朗普民調又上揚。說美國在與歐盟的貿易談判中佔了上風，並非溢「美」之詞。

令人對容克另眼相待的是，他達成個多月前德國總理默克爾和法國總統馬克龍盛意拳拳接踵專程赴美國和特朗普商談卻談不攏的貿易問題，但不等於美歐關係從此進入坦途。美國與歐盟仍有許多待決的難題，舉其犖舉大者有北約的「權利與義務」，而「重頭戲」的美國重徵鋼和鋁關稅如何「發落」，亦是未知之數。因此，特容在貿易上達成沒有細則的不打貿易戰協議，引起馬克龍的公開質疑，不足為奇，因為他必須面對「經常發脾氣」兼手握大量選票的巨賈和工會，此時不乘機「抽水」為他們「爭取利益」，便太不識時務！

二、

容克和特朗普並非一見如故，但他們肯定「相談甚歡」，不然不會在記者面前「攬頭攬頸」，作親熱狀；「特容相見歡」，完全符合美國的「佈局」，那即是說，如今美國認為孤立中國的大局底定，遂放開懷抱，與歐盟「互通有無」。事實上，美國是以「主內弟兄」的基督仁愛精神處理與歐盟（以及英國及澳洲等國）的政經矛盾，即視之為「人民內部矛盾」，因而不難理順；但和中國的矛盾，不論性質、不管輕重，由於一個信奉資本主義與基督教（新教，不是天主教*）及行政黨輪替民選政制，一個膜拜馬克思且領導階級為無神論者（百姓則多為多神教信徒）同時行一黨專政及領袖任期不設限，意識形態、政治權術與行政手段，在在背道而馳、處處南轅北轍，有衝突時必然會拚個你死我活。因此，美國以「敵我矛盾」視中美間的問題，正常之至，這正好解釋了何以特朗普和中國談貿易時大耍狡猾手法的底因。大家應該記憶猶新，美財長努欽5

月中旬率團赴京商談後，説中美貿易戰「暫停」（Put on hold），但不旋踵特朗普便出「辣招」，稍後且一再「加辣」，這既可看出努欽具投資銀行家只求做成生意一切有商量的本色，同時突顯了特朗普（尤其是他「近身」如納瓦羅和博爾頓）當中國為「敵人」的成見已融入美國的對華貿易政策、更精確地説是美國國策之中！

「內部矛盾」不易解決但最終必能在「互諒互讓」之下和平解決，這是何以特朗普與容克達成沒有具體內容（雙方將進行全面磋商協議）而市場有美歐「和好如初」在望的共識。美歐相信很快進入艱難的貿易談判，但在未正式談判之前，一度與美國唇槍舌劍的歐洲國家，已以實際行動「集中火力抗華」。曾幾何時，李克強總理、劉鶴副總理和王毅外長在不同國際場合呼籲（倡議）歐洲應和中國結成「戰略同盟」以抗衡美國在貿易上「回到從前」，官媒對「聯歐抗美」亦發出「凝聚共識、拓展共同利益、攜手應對挑戰」的最強音。可惜，若干歐洲國家以實際行動（如德國和英國在與中國企業交手時提高警惕），表明這僅是北京一廂情願的構想。習近平主席在南非「金磚＋」領導人會議上的發言，鏗鏘有力，確有領引世界向前的風範，但還是那句老話，由於沒有通貨沒有最犀利的武器，其所倡導的「理想」，很快便會消於無形。去週倫敦《經濟學人》的社論更指出中國藉「一帶一路」的開拓以挫西方鋭氣的盤算不會成功……

今年是內地經濟改革開放四十週年，在國力全方位崛興之下，北京肯定有大規模慶祝活動；不過，於歡欣鼓舞信心滿滿之餘，北京領導層應明白其所走的路與西方世界完全不同，因此不能以源自西方的理論打造心目中的「新世界」。縱觀數千年歷史，任何勢力擴張，不論是政治、軍事、宗教以至經濟，都憑槍桿子主導；西方在成為世界霸主之後，各種仁愛與人為善均享財富美化霸權的學說才出現才受尊奉。未窺此中竅妙，中國如今才會陷入四方受敵的困局！

2018年7月31日

* 據法蘭克在《潦倒無產階級及低端發展》（A.G. Frank：Lumpen-Bourgeoisie and Lumpen-Development）這本百餘頁小冊子的說法，同受歐洲列強殖民，南北美洲的政經發展所以有雲泥之別——北美繁榮興盛文明、南美愚昧落伍衰頹——主因為引入北美的是新教而南美的是天主教（頁17）。筆者有不少「教徒」（有的且肯定是真．教徒）友人，就此打住不作理性分析。
對法蘭克（1929-2005；德裔美籍，芝大經濟學博士〔導師為佛利民〕長期在北美及南美大學任教）學說有興趣者，除了他的著作，可參閱2014年10月15日《信報》「政治經濟學」欄主黎則奮的〈突破傳統階級框框的「雨傘運動」〉；有意進一步探究Lumpen-Bourgeoisie的，請讀2016年2月17日《信報》「大講堂」堂主王于漸教授的〈「流氓資產者」與「流氓無產者」〉。

美國向伊朗開火
中國不從代價高

一、

中美貿易戰熾烈，令筆者所見的本地媒體很少有美國退出俗稱「伊朗核計劃」的《聯合全面行動計劃》（JCPOA）的報道，直至美東時間週二凌晨，白宮宣佈「時限已到」對伊朗制裁生效，一般人（包括筆者）才覺事態嚴重！美國於5月8日宣佈分兩階段對伊朗作經濟制裁。第一階段即於宣佈制裁後九十天（所謂「冷靜期」）的8月6日生效，從這一天開始，美國單方面禁止伊朗購買美鈔、飛機及汽車，不准其進行貴金屬、工業材料（如鋼及煤）、科技軟件及外匯買賣。美國的「禁令」並未獲國際（聯合國）確認，但這並不重要，以滿口核子牙的美國聲稱，任何不遵守此「禁令」的國家，美國便會「家法」伺候，那即是說，在禁期內任何國家與企業，若和伊朗進行禁令所不容的交易，美國會予重罰。

由於美國是個令人無法抗拒的大市場，其金融體系又主導世界財經活動，因此，雖然各國（特別是在伊朗有重大投資的歐盟及日本諸國）政府大聲反對，可惜「力」有未逮，「反對無效」；再考慮2015年4月底，美國聯邦法庭以法國巴黎銀行「違禁」與蘇丹、古巴和伊朗「做買賣」（涉及款項約一千九百億美元），罰款八十九億美元，有此先例，在伊朗有「重大經濟利益」的企業如港人熟悉的法國石油巨無霸道達爾（Total）、丹麥航運公司馬士基（Maersk）、法國車廠標緻（寶獅）及德國車廠戴姆勒，已先後宣佈「退伊」。這些大企業所以不理會本國（和歐盟）政府反對美國「片面退出伊核協」的聲明，答案「你懂的」！

由於美國「來勢洶洶」且有重罰「違禁」公司的紀錄，加以近日對中國猛出重拳，令「圍觀者」心驚膽跳，跨國企業紛紛撤出伊朗，似為唯一選項（據昨天報上的消息，非能源範疇的逾百家外企已同意「退伊」）；由此觀之，在第二階段禁令（主要是不得與伊朗進行石油、航運及造船業交易）於11月4日生效前，外資陸續撤出伊朗，幾成定局。當然，這裏的「外資」，不包括中國企業在內。迄今為止，據彭博報道，中國無意減少遑論中止向伊朗購買石油，中國不怕美國罰款？也許，買不買伊朗石油，會成為北京和美國「貿談」討價還價條件之一!?

二、

眾所周知，伊朗總統魯哈尼（Hassan Rouhani）對美國的「亮劍」，反應與北京對美國「加辣」的貿易戰一致，顯示了「水來土掩」的氣勢，然而，其「底氣」比起中國，大有不如。當初聞美國落實「禁令」時，伊朗即以魯哈尼總統政治顧問的名義，向仍口口聲聲信守「伊朗核計劃」的歐盟發出「求援」之聲，後者作出高調正面回應，表示美國此舉「非法」（illegal）、堅定站在伊朗一邊，但反對之聲止於言文，看來與伊朗關係密切的北京，亦不會在此際向美國撥油。美國的「片面制裁」，雖被批評得體無完膚，但她罔顧世界輿情，如期制裁，特朗普的國家安全顧問博爾頓，昨晚接受CNN訪問，甚且揚言會向伊朗施加前所未見的壓力（Unprecedented Pressure on Iran），對着盛氣凌人的美國，世人只有乾着急而無法伸援手，孤立無援，伊朗必會陷入不能自拔的政經困局。伊朗經濟衰敗，可從其貨幣里亞爾（rial）匯價長期下行反映，僅今年第一季（美國尚未正式公佈退出「核計劃」）便挫三分之一，去週五企於四萬二千里亞爾兑一美元，「比4月跌去一半」；貨幣貶值意味購物力萎縮，受薪階級以至中小企業處境之難，不難想像。如今伊朗國內反建制活動此起彼伏，失業率創新高工人為爭取救濟金上街、教師為薪金低至「無法生活」罷課、企業則為貨幣貶值而罷市，德黑蘭社會失序，不難想像。

在過去大約十年，由於美國對中東事務意興闌珊（disengagement），加以阿拉伯諸國亂成一團，伊朗乘機而起，對區內影響力日大；其對也門、巴林、阿富汗以至波斯灣的政局，隱隱然有主導之勢。特朗普政府「重回伊朗」，表面理由是要懲罰其支援恐怖組織及顛覆親西方的中東國家，當然，力逼其「棄核」是為了以色列的「國家安全」。不過，説到底，是美國不願見這個資源豐富地緣重要的國家走上反美之路。迄今為止，美國希望通過經濟制裁迫使伊朗「棄核」（請參閱《信報》8月1日社評〈美伊假若握手言和　儼然北韓模式翻版〉）一旦成功，伊朗對中東地區的威脅淡化，以色列便能在無後顧之憂的條件下「理順」巴勒斯坦等問題……。

三、

看這一兩天來的反應，包括歐盟和中國，「得個講字」，即僅出聲明反對惟沒有半點實際行動，因此，美國的制裁，肯定會令伊朗經濟甚至政治陷入危機，為了避免美國干預下出現「政權更替」（regime change），當權派一定會坐言起行，集結力量，作「殊死鬥爭」。按照「常理」，美國勝券在握，然而，美國的「片面制裁」未能獲得國際尤其是盟友的支持，意味這些國家都作壁上觀，美國即使最終得遂所願，亦會付出重大代價！

對中國來說，美國經濟「制裁伊朗」確是個不得不接卻不易處理的燙手山芋。本身正受美國變相「制裁」的中國，沒理由逆世界輿情作出支持的決定，但不支持又會令其與美國的關係進一步惡化。雖然目前北京仍不會「聽美國的話」取消購買伊朗石油，但若逆美國之意繼續與伊朗交易，「後果難料」。特朗普於美國宣佈制裁伊朗生效後，在其「推特」上這樣寫道：「任何人（anyone）和伊朗做買賣，美國都不會和他做生意。」於「收伏」伊朗同時警告中國，特朗普不是鬧着玩的。

以當前美國「亮劍」直指中國的情勢，不論中國在此事的立場，美國對中國都不會「鬆手」，原因非常簡單，美國最怕最忌的是已崛興而彼此因價值觀南轅北轍而無法分享「道義、忠信與名節」，即擔心甚至憂懼其世界霸主地位會被不同道的中國侵蝕甚至取代，因此有意趁中國在科技及武備上未登絕頂之前把她壓下去。有敵如此，北京領導人其頭甚大（但願不會當香港為「出氣袋」），還用說乎！

2018年8月8日

美國政經雙炮齊發
投資市場資金氾濫

一、

美國貿易委員會昨天宣佈將於本月23日起，第二次徵收中國進口貨關稅。第一次徵收關稅已於7月6日實施，對象為三百四十億（美元．下同）進口貨，稅率25%；第二次徵收的為一百六十億元進口貨，稅率亦是25%。在第一次至第二次徵稅的約一個半月期間，中美雖未正式磋商，但幕後斡旋時有所聞，如今美國定期「加辣」，中國必然作出同級反擊，意味中美貿易戰升溫升級。

未知是巧合抑或故意安排，幾乎在貿委會作此公佈的同時，美國國防部助理部長（亞太事務）薛瑞福（R. Schriver）在美國奮進學社（American Enterprise Institute, AEI）發表演説，指出美國會在東南亞尋求更多夥伴，以確保南海一帶的航行自由；和以往美國官員「不點名批評中國」的慣例不同，這一回，薛瑞福把矛頭直指「習近平的中國」。在經濟（貿易）和政治（軍事）上對中國的不友善取態，令人看到中美關係進一步惡化。特朗普一再向世人表明，他的政府不是「金錢外交」便能「擺平」！

美國敵視中國的政策，一般人認為不過出於「狂人」特朗普及其仇中顧問團隊，其實非是，是舉國皆然。那從本月初國會通過《國防授權法案》（NDAA）的投票結果可見。該確定高達七千零八十億元的2019財政年度國防預算的法案，在眾議院是一百三十九票贊成、四十九票反對，筆者對眾議院投票情況甚為陌生，美國論者指這是「罕見一面倒（Landslide）」，說明「窮兵黷武抗中國」深得民心；參議院的投票為八十七票（共和黨四十六票、「倒戈」的民主黨四十一票）贊成、反對只有十票。國會如此順利通過國防經費《授權法》，為1978年以來首次；顯見美國政府覺得事不宜遲，不然難以遏制中國。該法案有待特朗普簽署，相信他很快會大筆一揮。

美國大增軍費，原因有二。其一是為了應付在高科技武備有重大突破的中國。美國情報機關相信獲得可靠情報，知道中國已成功研發「乘波體高超音速武器」（wave-riding hypersonic weapon），這種超音速六倍（Mach 6）的武器，每小時飛行速度達七千三百四十四公里（從北京到紐約只需半小時）！而且據前天《環球時報》的說法：「攔截難度極高」，令美國現有的「導彈防禦系統」相形失色。不管中國的高超音速武器是真是假、是否於極短期內便能「投入服務」，肯定成為美國防部增加經費的藉口。其一是《授權法》第一千二百四十三項有關台灣部份，指出鑑於現實需要，美國與台灣今後將會舉行聯合軍演，美軍會參加台灣的漢光軍演，台軍則會被邀參加美軍在亞印地區的軍演；美台軍方會加強人道及災難救援合作，美海軍的醫院船會「年度訪台」之餘，尚考慮派遣參加「人道救援」的海軍艦艇訪台。非常明顯，美國從「不過問」台灣事務到如今要直接參與台灣「防務」，有關開支相應增加，而不分黨籍的國會兩院絕大多數議員支持這種發展，足以顯示「厲害了」的中國，真的令美國政府生怕很快會失去其「宇宙最強」地位，繼而斷送了其在亞印地區的政經利益！

從這種大趨勢看，即使沒有貿易戰，中美在台灣海峽以至南海的衝突已不易避免！

二、

中美就貿易問題拳來腳往，加上對伊朗的「禁運」可能斷了中國的「油路」，在這種緊張氣氛下，昨天《信報》有題為〈上月中國外儲三一一七九億美元　兩連升〉的新聞，報道中國雖然和美國「過不去」卻增持其即印即有的鈔票，看起來有點諷世的味道。

中國必然是有需要才增持美元資產，如果有增持後賣出可以左右美國決策的存心，則肯定會大失所望（見

4月19日作者專欄〈貿易摩擦愈演愈烈　拋售美債無人受惠〉）。事實上，三萬多億不過是美國債務的十一。美國總負債高達二十一萬一千五百億，而且債務在不斷增加中——中國增持數量在比例上肯定追不上美債的增長。

各國央行的外匯儲備，莫不以美國國庫券（政府債券）為主要構成，這是因為其有固定利息及從未「無法贖回」，令人放心持有。迄5月底，外國投資者（央行及私人投資者〔主要是各類「基金」〕）一共持有六萬一千七百億美債，當中持萬億以上的，為中國和日本。應該一寫的是，中日等反覆增持美債，俄羅斯卻「悶聲賣美債」。迄今年3月，俄國持有值九百六十一億美債，但5月已降為一百四十九億，「微不足道」，上不了美財政部的「持有美債外資榜」。

俄羅斯的美債「不見了」，那可能受美國經濟制裁的影響令外匯收益萎縮不得不「食老本」，不過，看情形當中有部份換成黃金的可能性不低。俄羅斯外匯儲備中的持金數量，逐年增加——從2015年的一千三百五十二噸，穩定上升至今年7月的一千九百一十噸；同期中國的存金則從一千七百零九噸如樹獺般爬升至一千八百四十三噸（2016年7月錄得一千八百三十噸後可說毫無增長）；昨天《信報》上述那段消息指中國現有「黃金儲備五千九百二十四萬盎斯」，比國基會的數字應約為六千五百萬盎斯略少。數字些微差額是應有之象，因為外匯儲備不是「如期如實」上報國際組織，此中既有「微調」復有延後呈報的「小動作」，因此我們只能知其概梗。中國持金量增長肯定遠遜其美債增長。

值得注意的是，俄羅斯存金逐年增加，是否意味這個「產金大國」（今年預期產三百二十八噸；參考數據，中國2016年產金四百六十三點七噸）看好金價前景？這是個不易有正確答案的問題。

世局大變，熱門投資項目亦與昔不同。處此亂局，過去人們持金保值保命，如今也許「比特幣」更吃香；至於股票，升完可以再升不是「反話」，以美國稅務調整對企業盈利有利且上市公司今年回購股票數額龐大，據高盛前天公佈的數據，將在一萬億美元左右，包括九成九上市公司市值的羅素三千指數總值約三十萬億，一萬億是「零頭」，不過，有此「大水喉」入貨，被看中公司的股票不會大跌，還會牽動大市向好；而萬一南海台海「有事」，難保「熱錢」不會湧去美國避難，有部份流入股市，華爾街便不愁寂寞⋯⋯。

2018年8月9日

紕漏百出造假馬虎
層層監察不如《蘋果》

一、

港鐵沙中線醜聞頻傳，反映了特區政府不僅用人不當，且於出事後護短包庇，試圖蒙混過關——若非傳媒揭秘式的密集報道，涉事官員及企業負責人，仍會好「官」我自為之。

有人說工業革命發源地英國，是工程師的搖籃；有人則指出先有許多傑出的工程人員，才造就了一場改變人類文明的工業革命。對於筆者這個外行人來說，哪種因果關係才對，無從置喙，筆者知道的是，英國工程人才的優良傳統，聞名遐邇，令包括香港在內的殖民地，受益匪淺。

英國人撤離香港，留下的法治、公務員制度和廉潔風氣等，深受各界（包括內地）讚賞，港人當然更為珍惜，但較少人提及工務建設的嚴謹可靠，相信是大家以為這是「理所當然」之故。事實上，從五六十年代開始，為了因應不斷湧入的難民，香港的「基本建設」有翻天覆地之變。眾目所見，香港從漫山遍嶺盡是木屋茅舍，瞬間變成絕對可稱為巍峨的徙置大廈及廉租樓林立，這種變化，既改善了原居民的住屋問題，同時紓解人口突增的住宅不足危機；而連串如供水系統、築橋闢路、地下去水管道、污水處理、移山填海造地開拓衛星城市的「尋常工程」，均於無聲無息間落成啟用，把這塊借來租來「荒山不見房屋」的光禿禿岩石（Barren Rock，出自開埠時英國外相亨利．譚甫〔H. J. Temple〕之口）打造成處於世界前列的現代化城市，香港有今日之「硬實力」，絕對是英國訓練出來的工程人才的遺澤！

中國經濟開放改革後，大事規模宏大、數量眾多的基本建設，制度未完善加上沒有英國人的「深謀遠慮」（把可能貪污徇私因素考慮在內，相關的規例特別嚴格），「豆腐渣工程」遂時有所聞，惟以內地幅員之廣，城鄉參差之大，加以發展迅速、急於求成，這種情況不易避免，但總體而言，內地的工程建設，還是有過人之處，相比之下，回歸後香港的工務工程，卻弊病叢生，諸如大幅度超支、延後完工，以至違規建造等等，愈來愈多，這些看在對香港仍深深眷戀者眼裏，心痛之餘，還有香港已經墮落的感應。對於這種種虛擲公帑以至不顧未來人命安危的工程，有人諉過、歸咎用內地工程人員（外國和本地公司中標後外判給聘用內地人員的公司）的影響；不過，香港引進外來包括內地的工人及專才，早已不是新鮮事，何以現在才那麼慘不忍睹？一句話，就是最高當局用人不當也即人謀不臧的結果！

二、

特區政府人謀不臧，始於梁振英任內。

曾蔭權當行政長官七年多，雖然政績良莠不齊，但港人仍然看到規模宏大現代化的政府總部建設如期不超支落成，這不能不說是督導有功。至梁氏組班，當年政務司司長林鄭月娥女士大力推薦她的舊部、對工程範疇非常嫻熟的麥齊光出掌發展局局長，卻於「人事傾軋」間犯官非而出局。「改朝換代」新班子換上新臉孔是常態，然而，有良好工程專業往績的麥齊光被踢出局，換上向在教育界任事的張炳良當運輸及房屋局局長，預示特區政府用人不唯才，造成如今不知如何收場的窘局，真的與此無關？

沙中線醜聞的「內幕」，可謂揭之不盡，由剪短鋼筋、削薄結構牆、縮減支撐架、鋼筋接駁位造假、大規模沉降，以至私自更改圖則等，真的百孔千瘡，令人感知香港已淪落而不勝悲痛（唯一好處也許是讓不諳工程如筆者的港人「一日一詞」從新聞報道中學會不少工程術語）。回想當初港鐵主席馬時亨目空一切趾高氣揚地回應記者問，說：「我哋話你聽OK就得」（他哪裏知道在這種事上說OK等於有關問題的PK）、行政總裁梁國權、時任工程總監黃唯銘（已有六十多名工程師學會成員聯署罷免其主席資格）等故作權威，不惜向政府呈交涉嫌偽造的報告；再看看如今港鐵終於叫停會展站工程、千億鐵路通車無期以致港鐵「五高層」黯然下台。這齣高潮迭起的悲劇，前後不過兩個月，時間甚短，賠上的卻是數十年的專業信譽。這事倘發生半年前，恐怕沒有港人會相信。

比起這些「專業」人士有辱其專業身份的做法，有關政府高官的表演，亦不遜色。運房局局長陳帆5月時曾為沙中線質量保駕護航，稱港鐵「察覺問題後即時跟進，是非常負責任的表現」；但日前一眾「北京的公僕」包括陳局長，卻為求脱身紛紛棒打落水狗。先有陳局長公開譴責港鐵有不可推卸的責任（即指示其轄下的港鐵要「孭鑊」），要求港鐵解除涉事員工的職務；路政署署長鍾錦華接着指出對沙中線高層無信心，渾然忘記陳帆正是港府派駐港鐵的非執董，而鍾氏本人更是負責沙中線項目監管委員會。若追究失職之責，陳、鍾兩位豈能置身事外……。

至於堪稱不知所謂、莫名其妙的立法會議員，更如恆河沙數，李慧琼、劉國勳便是此中翹楚；而盧偉國更指「沉降根本是一個自然現象」，但「自然」（或「人為」）現象便不應查究嗎？對這類「灰色地帶」若發揮「差不多」精神，輕輕放過，不當一回事，「沉降」愈來愈深，未來造成的悲劇，誰來負責?!

三、

沙中線醜聞反映出香港工程界存有極大問題，但求準時完工、收錢，置安全、質量於次要，而監察機制則淪為官官相護。當然，有關部門官員及港鐵管理層不能親身檢驗每一細節，但受政府委託進入港鐵董事局的馬時亨主席和陳帆董事，是否自甘當花瓶？毫無疑問，政府要為監察不力負上最後責任；陳局長該鞠躬下台。至於一再被林鄭市長「慧眼」挽留的馬時亨主席，為公為私應堅決求去，以其港人肉眼所見的才能，他有何德何能負起遴選新任行政總裁的重任!?

沙中線醜聞在群情洶湧輿情抨擊之下，林鄭市長已表示要成立獨立委員會「五方面追究沙中線造假」（田北辰議員則建議成立法定機構以監管港鐵），但願「所託外人」——請個精於業務且有公正不阿聲譽的「老外」主其事，相信更有公信力和達成市民接受的報告。

近年香港傳媒處境艱難，從盈利角度看是「夕陽行業」，但沙中線醜聞之所以能大白於天下且迫使當局不得不正視並設法處理，皆因傳媒（尤其是《蘋果日報》）「擠牙膏式」逐日揭露，對涉事人來說，當然有受傳媒「步步進逼」之感，但是站在市民的角度，則希望傳媒能把隱藏於密暗室的「真兇」找出來示眾。無論從承辦商落手剪鋼筋、地盤監工如何巡視、工程師為何簽收、管理層的審核，以及承辦商私改圖則等牽連甚廣，幕後黑手眾多……希望本地傳媒能繼續負起「見政府所未見」的「扒糞」工作！

這宗醜聞的揭發，益證新聞自由對社會進步之重要（內地若有新聞自由，那些誤黨誤國的假大空言論早被駁斥推翻），但願政治打壓媒體的舉措會減至最低。與此同時，筆者認為當局應仿效先進地區立法以保障向傳媒揭露內幕的「告密者」（「吹口哨者」），他們為公眾利益冒着被辭退被歧視甚且被控告的風險作出義舉，應受法例保護。

2018年8月14日

諮詢民意必要之惡
禁亂發炮免壞國事

一、

到了今天，中美貿易戰已進入第四十七日，個多月來的交鋒，客觀地看，孔武有力強橫霸道滿口歪理的美國，佔了上風，中國無法課等值美國貨的關稅，並非手下留情，而是中美貿易長期「不對稱」，等於說中國進口的美國貨「不夠」其課稅；中方會否以限制美商如「蘋果」在內地的經營補此缺口，筆者認為因為「太危險」而不大可能，以若這樣做傷及美國股市，華爾街對美國政治影響力不容小覷，為息投資者怒火，白宮必會「另闢熱戰場」，這應是現階段中國要亟力避免發生的事。

可是，美國既然「旗開得勝」，何以又會拋出「橄欖枝」，言詞懇切，邀請中方派員赴美「貿談」？答案很簡單，這絕非特朗普總統回心轉意，而是為了平息商怨，不得不做這齣戲。本月上旬，美國貿易代表辦公室就「經濟制裁」中國召開「聽證會」，聽取業商對與中國打貿易戰的看法。這是民主國家最無行政效率卻不得不上演的公關戲；出席此「聽證會」的八十二間大企業負責人的發言紀錄，整理成六百多頁報告，可見其與北京一樣，力保多邊自由貿易，滔滔雄辯、發言熱烈；由於這些企業代表都是自由貿易環球化的既得利益者，他們一面倒反對（只有六間企業支持）向中國貨徵取關稅，是「合理的預期」。

徵詢業者的意見之外，美國國際貿易委員會將於美東時間今天（21日）至27日舉行「公聽會」（Public Hearings），邀請三百七十多位「各界代表」（Witnesses）赴會發表「向中國徵收二千億進口25%關稅」的意見，其結果不問可知（最樂觀的預期是降低一點稅率）。人民幣今年來兑美元雖然貶了約10%，但關稅加幅更大，因此實施後相關物價必漲，對消費者不利，大部份「各界代表」反對，不難理解。不過，和業商「聽證」一樣，「公聽」亦是戲碼的一部份，是民主政制「必要之惡」，那意味當局既不會照資本家的吩咐辦事，亦不會聽群眾的話照做。「公聽」的結果成不了中方「貿談」的彈藥！

顯而易見，企業家和「各界代表」的看法與政府的決策相違背，惟當局為了「美國優先」的「國家利益」，理直氣壯，當然不會在這類反對聲音之前屈服，遑論收回成命。雖然這種結果早在大家預料之中，但執政共和黨為了日後籌措「競選經費」及贏取選票，不得不以行動表示對商界及公眾的尊重。對中方發出邀請函，便是最佳表態。

中方在這場貿易戰中雖處處被動，但北京決策層頭腦清醒，早已看穿美國的真正意圖，沉着應付，因此對與美國「貿談」作冷處理，只派副部長級的幹員率團赴美。在炮聲隆隆中談判代表降級，足證北京深刻明白美國急於「貿談」是甚麼一回事！非常明顯，中方若不正面回應美方的「邀約」，日後美方出重拳便有藉口；在明知談不出積極結果的情形下，北京的做法足顯決策者胸有成竹，並未亂了章法。當然，中方雖然答應合演，卻不會落力演出。

一句話，美國主動邀請中方「貿談」，假情虛意，不必認真看待；中方的應對走對了路，因此不應對今次「貿談」以至今年稍後習近平主席與特朗普總統的「會晤」，寄予任何期望。美國對中國不懷好意，筆者早有剖析，經過這些月來的「過招」，美國之意愈決，彰彰明甚；事實顯示，白宮決策層早已為清一色「仇中派」（Hawkish on China），如貿易代表萊特希澤（R. Lighthizer）、貿委主席兼總統助理納瓦羅（P. Navarro）及國安顧問博爾頓（J. Bolton）所壟斷；力主與中國「和平共處」各牟其利的前經濟顧問科恩（G. Cohn，高盛前總裁）3月間便被辭退，而被懷疑可能無法抵受北京利誘的女婿、總統高級顧問庫什納（Jared Kushner），則於6月間被禁與聞國家機密（等於被排擠出決策圈）。特朗普打壓中國的決心，豈不明顯！

在這種客觀條件下，不應對中美今次「貿談」作樂觀的揣測。

二、

有關民族黨召集人陳浩天要求美國根據《香港關係法》（《美國—香港政策法》）褫奪中國及香港的世貿成員資格的「建議」，雖然引起諸如「非常愚蠢」及「應受譴責」這類虛無飄渺有點形而上的反應，但有關當局還是小心應對為妙（最好仿效當年鄧小平規定哪些官員議員有發言權）。由於特朗普政府對中國的「不友善」態度，看京官和特區政府在處理陳浩天外國記者會演說的言文，「喊打喊殺」，難免會引起民族黨同路人、來自民主國家的傳媒人及一般懼共港人對失去言論及其他自由的憂慮與恐懼，而免除回歸後港人的這種心態，正是美國立此法案的目的。特朗普「癲癲地」，特區官員（及行政會議成員）因此不可以為「政治正確」便輕率回應。

除了《香港關係法》，為了保障香港人應享的自由「五十年不變」，美國國會還於2017年特朗普上台後不數月重提被擱置數年的《香港人權與民主法案》，主催此事的共和黨參議員魯比奧（M. Rubio），2016年11月於華盛頓和當時「香港眾志秘書長」黃之鋒會面後，「進一步堅定他推動此法案的決心」；而此法案之被提出，目的在「重申美國對香港自由民主的歷史性承諾」。看來美國保守派已準備了不少彈藥，在中國乖離其對香港的承諾時動用。

2017年2月21日，作者專欄（收《兩制休矣》）有這段話：「中國全方位崛起了，但軍事上尚不足以號令天下，因此外交身段應該放軟一點，才不會有下不了台的尷尬……在對付香港人的民主訴求上，北京實在不必那麼『強硬』，香港已是籠中鳥，何以還要在鳥籠中加鐵閘、間劏房，進一步限制港人應享的自由（《基本法》賦予的）。北京應從不認同中國人身份的港人持續增加上汲收教訓，進而改變治港策略。如果有一天北京對香港的過份干預令美國重啟、通過一度被國會擱置的《香港人權與民主法案》（HK Human Rights and Democracy Act），除了『外來勢力』，沒有人可從中受惠的！」

還是這幾句老話，願當局好自為之，不要為示「政治正確」而唇槍舌劍、口出火爆之言，壞了香港以至大灣區甚且中國的大事！

2018年8月21日

美元強勁債仔內傷！中東突危遠東緩和？

一、

土耳其危機「不得不寫」，但是拜讀《信報》去週六的「里拉風暴」專輯，數篇資料詳盡、言之有物的短論，便有不知如何落筆的躊躇；拉闊一點，便從十年前華爾街引爆的世界金融危機（GFC）說起罷——一句話，世界經濟就此失去「內生」動力，經濟增長全靠借貸支撐，在美國聯儲局帶動下，環球利率「近零」甚至出現實質負利率，利息似有若無，令舉債刺激經濟的做法，「如魚得水」，結果各國政府與企業，齊齊舉債，大興土木、大肆擴張，導致此危機過後各國經濟欣欣向榮「盛況」的根本元素，可從下列的簡單數字見之。2008年年底，世界負債七十萬億（美元・下同），到去年底，負債已達二百四十七萬億，為當時環球國民毛產值（GDP）的318%！

二百四十七萬億，是比天文數字還「勁」的數碼，「外行人」一看，嚇得面無人色，擔心債仔——全球都是——會被債務壓死；不過，見慣世面的港人特別是中環人，對此莫不漠然置之，因為多宗「歷史事故」告訴大家，以債養債，只要貸借成本「合理」，是行之有效的辦法；雖然負債因此日重，但「重」不等於不能解決。解決的「王道」方法，不外二途。其一是通貨膨脹，惡性通脹肆虐，等於貨幣大貶值，如此這般，還債非常輕鬆，債務問題遂於貨幣購買力大幅萎縮之間紓解。其一是負債隨債務人無法還債令大量法人和個人倒閉而消逝。在這兩種古已有之且可說行之有效的「滅債」渠道之外，還有「非王道」一途。據美國科學家聯盟（Federation of American Scientists）的數據，迄今年4月底，全球共有形形色色的核彈一萬四千九百二十三枚（美俄合佔九成以上），如今有大國針鋒相對，有人擔心可能爆發毀滅性戰爭，不足為奇；所謂「毀滅」，指的是世界文明，即核彈一旦亂擲，產生「互相摧毀」效應，一切煙消雲散，債務隨核而終，是正常而非反常。不必諱言，在這場世界末日大悲劇後的倖存者，是最大的得益者！

二、

經過多次「修憲」和「釋法」之後，土耳其民選總統埃爾多安的權勢已與真獨裁者無異，而造成該國貨幣大貶值的成因，除了一些「普世做法」，還有若干土耳其「特產」，那是——

甲、土耳其是典型回教國家，九成八以上的國民「被確認」為回教徒；埃爾多安總統當然是其中一員，他借故闡釋《可蘭經》時，不只一次公開說「利息是萬惡之源」（Interest rate is the mother and father of all evil），在其鐵腕統治下（始於2014年中期），該國一方面大肆建設、人工製造繁榮；一方面壓低利率（土耳其通脹率長期在10%至12%之間，但利率似固定於八厘水平；今年7月初才調升至十八厘而此時的通脹率已近16%）！經濟資源浪費造成的「內傷」，已損及肌理。

乙、在埃爾多安的擺佈下，國會年初通過法令，賦予總統獨力負起委任央行行長的重任，結果埃爾多安挑出一名「世姪」、今年42歲的財經界「青年才俊」（Murat Cetinkaya, 1976-）當央行行長，而財政部長則由今年才40歲的女婿（Berat Albayrak, 1978-）出掌。這兩位七十後，肯定精明能幹，善於觀顏察色，因此才能討總統（丈人）的歡心；「更肯定」的是，他們必然按照埃爾多安的話（暗示、明示、眼色或手勢）辦事。年紀輕輕、前途無限，與行將退休的老油條不同，斷然不會逆「上」意而斷送未來數十年的仕途！

去年年底，新興市場的美元負債一共三萬六千億美元，據國際清算銀行的統計，比金融海嘯後的2009年，增幅一倍強。新興市場借入美元，本來「進度」平穩，惟去年初市場主流看法是美元頹勢已成，人民幣則隨中國全方位崛興而進入長期上升軌，成為市場新寵兒。不過，「市場看法」與實際情況背馳，結果外匯炒家有賺有蝕，但弱勢貨幣國家的官商莫不大舉借入美元，以為美元一路貶值，未來還債時便會產生匯價「甜頭」，哪知特朗普不但減稅還發動他認為「必勝」的貿易戰，美元遂突轉強勁，且已形成上升趨勢，負上纍纍美元債務的「債仔」有難，不難理解。土耳其所欠美元外債去年底已近三千六百億，以其GDP在八千五百億元看，美債比例不算太高，問題是里拉大幅貶值，在與美國交惡之下，貶值恐會持續、深化，這令其還外債的能力相應大幅削弱。撇開國內窘迫的經濟現狀，僅在償還美元債務上，土耳其已陷入如印尼、阿根廷、巴西、南非和墨西哥這些同樣因美債山積本國貨幣貶值引致的困境！

土耳其里拉今年內兑美元跌去40%強，等於還美元債所需的里拉增四成，賺里拉的美元債務人的苦況，盲人可見；這種「慘情」，清楚從該國最大銀行土耳其實業銀行（Turkiye IS Bankasi，股市稱ISBANK）股價今年以七點七一里拉開市而去週五跌至三點九五里拉可見。

三、

對於土耳其來說，最不幸的是特朗普政府以強徵「對手國」進口貨的關稅，作為達致外交政策（國家安全）的手段……中國勉強有還手之力，土耳其肯定有心無力。美國於里拉貶值之際加徵關稅，無疑是對土耳其落井下石，把她殺個措手不及；不過，因此把此軍力在北約之中僅次於美國的「盟友」推進俄羅斯懷抱，恐有損美國在中東的利益（土耳其的軍力一度足以抗衡俄羅斯，見北京安邦集團《策略研究》今年七月號的譯文〈俄土在黑海和南高加索地區的博弈〉）。值得一提的是，美國在土耳其的空軍基地（Incirlik Air Base），二戰後不久便建成，1963年甘迺迪總統指令基地司令，一旦與蘇聯就古巴飛彈危機談判破裂，便「就近」派機轟炸莫斯科！如今盛傳（widely speculated）該基地「庫存」五十多枚短期內可發射的核子導彈，在當前美土關係日趨惡化而俄羅斯渾水摸魚之意甚切的情形下，中東已成為地緣政治高危區……。

中東進入高危，但願可稍紓遠東的緊張！

2018年8月28日

撐起民主自由招牌
鳥籠政客有地容身

一、

明天是「佔領（中環）運動」四週年，據報有二十六個團體的代表將於金鐘添美道「連儂牆」前集會紀念，呼籲市民「毋忘初衷」；「黃傘運動」對香港社會的影響深遠，人所共知，但有甚麼積極成果，現在言之尚早，惟其負面衝擊則彰彰明甚，此為受命於北京的香港特區政府，可以堂堂正正地打出「維護國家安全和香港法治」之大纛，有理有據且依法地取締一切「從事分裂國家活動」的團體及個人！

根據《社團條例》，保安局於本週一頒令刊憲禁止「香港民族黨」繼續運作，為回歸後首度有政黨被「吊銷牌照」。雖然反對當局這種做法的言文聲勢不弱，惟形勢比人強，加以保安局「跟足程序」，斷了「司法覆核」之路。政府為打壓「港獨」，以該黨祭旗，是不能扭轉的事實；不過，港府「淨化」香港「政壇」雖不遺餘力，但看透港府不能蠻幹以免壞了國家大事的局限，

「挑戰」港府的活動，必然陸續有來。幾乎與「民族黨」被正式取締的同時，「青年新政」要角、被DQ立法會議員身份的梁頌恆，宣佈加入主張香港獨立的「香港民族陣綫」並出任其發言人；更具戲劇性的是，「香港共產黨」（仿毛澤東書法的題字精彩悅目）同日成立，揚言將「積極嘗試建立武裝，不排除武力起義」，正面挑戰特區政府，並擬派員參加11月的九西補選；該黨的成員，迄截稿時似未公開，但已知該黨「正考慮邀請『香港民族黨』召集人陳浩天出任第一總書記」……

取締「民族黨」的新聞，舉世關注（西媒均說保安局局長為李約翰，看來局長最好仿當年李光耀棄英名就中名以示與英國劃清界線），昨天連美國國務卿蓬佩奧亦對事件作反應（其他西方國家如英法德加的反對有「抽水」之嫌），表示美國支持言論、集會和結社自由，雖是泛泛之談無新意，卻為稍後在與中國交手中把香港拉落水的伏筆（香港非自願地成為中美貿易戰美方的籌碼）！香港反對保安局有關做法的團體和個人不少，當中以港大學生會法律學會批評政府「將國際法律原則徹底置之不顧、恣意妄為剝奪公民基本權利、玩弄法律條文以作政治工具，妄將莫須有的罪名加諸民族黨員身上，開下極壞先例」。義正詞嚴，擊中要害，大快人心。不過，想想在北京幕後操盤下，立法會的所謂建制派議員已有足夠票數通過任何有利建制管治的法例，這些在反建制者眼中的「惡法」，法律界亦得守護……

想到此處，未知法律系學生有何感想？

二、

綜觀內外形勢，香港「政壇」肯定不會是一潭死水，這是當局不致採取霹靂手段趕絕殺盡的必然後果。香港畢竟未被西方社會除名，自由和法治仍是核心價值，而為保此「令譽」，令港府對溫哥華費沙學社把香港捧上「世界最自由經濟體」寶座後的稍事批評（擔憂中國的介入會影響香港法治），亦要第一時間作出反應。也許保持香港的自由外觀，是北京交給特區政府的任務，那令本地的政治運作還得披上民主的外衣！眾所周知，「中美利加」不再，兩個大國正為經濟利益（骨子裏是政治掛帥）大打出手，由於香港對中國尚有不少有用的「剩餘價值」，因此應盡量避免做出一些令美國右傾（仇中）政客有藉口通過目的在保障香港具有國際標準的人權與民主，亦即英殖香港不變形不走樣的《香港人權與民主法案》。此法案一旦通過，香港政府若做出任何美國認為有違民主人權的事，美國便可依法「制裁」香港，等於香港會喪失可為中國利用的價值，那可是現階段北京政府（尤其是達官巨賈）所不願見的發展。

如果上述的剖析不致遠離現實，那麼，在牢牢地掌握立法會的大多數可為我用之後，於實際政治上已無作為的民主（甚至自決）派便有存在價值，因為他們活躍

「政壇」，等於表明香港仍有民主，試想想，如果黃之鋒輩在「民主選舉」中勝出，世界媒體必會爭相報道，那正足以表示香港仍是民主社會！

無論如何，連串被建制認為有分裂國家之嫌的政治活動，對香港政治民主化，已起不了任何積極作用，卻有助二十三條立法的催生；因為連「不排除武力起義」這種無聊大膽不顧現實的話都寫入「黨章」，其危害國家安全，彰彰明甚，那還有不馬上立法予以制裁之理？看情形二十三條立法已如箭上弦。

二十三條立法後，「武力起義」之類的話當然說不得（因為有人認為說得多了會成事實!?）有關政治活動式微，勢所必然（當中有的政治團體亦會因為挑起為二十三條立法的「任務完成」而解散），而受衝擊的還有法律界！受李柱銘、何俊仁和吳靄儀等人的影響，在一般市民心目中，以為法律是人權自由的保護神，哪知法律界要誓死捍衛法律，包括被大多數人視為惡法卻為立法會通過的二十三條！在這種情形下，法律界頂上的光環便會黯然無光。

有人會說，看如今不少法律界人士為生民請命、為不平事發聲，未來不與現行法律妥協的「維權」律師不會少。筆者則以為長期受殖民地教育熏陶，逆權的法律界人士不會多——在比例上，肯定不比內地的多！

2018年9月27日

貿赤有傷一國元氣
基辛格早知不得了

一、

美國特朗普總統主導的中美貿易戰，「正式開打」迄今雖未足三個月，但從「熱炒」的新聞報道和評論中，世人均知道這場無硝煙的戰爭不易善了，不但如此，燃起硝煙才能定勝負的可能性不容抹殺。

經濟學家，不論古今中外、不計所宗學派，絕大多數都是贊成、鼓吹環球貿易自由化；他們真是理直氣壯、義正詞嚴，以所有的統計數據，均顯示多邊自由的經貿關係是「合作共贏」、人人受惠，絕非零和博弈。戰後環球經濟持續增長，「經濟餅愈做愈大」，正是各國漸次加入環球一體化的自由貿易體系有以致之。

正當世人為自由化帶來經濟繁榮而「歡欣鼓舞」並認為自由貿易是唯一對全人類最有利的貿易政策之際，特朗普發起被中國斥為「貿易霸凌主義」的單邊保護貿易政策，卻有燎原之勢。特朗普打擊的主要對象中國，不甘示弱、奮力反擊，其所持理據完全符合源自英國的自由貿易理論；不過，理論與實踐有落差，並不罕見。美籍日裔歷史學家法蘭西斯．福山（F. Fukuyama）根據其寫於1989年的論文衍化於1992年出版的《歷史的終結》（End of History）一書，以充份的史實，歸納出自由市場民主政制是「最終的政府形式」；在蘇聯於1991年解體的背景下，沒有世人不認同福山的判斷。可是，曾幾何時，與福山「預言」背馳的政治制度紛紛抬頭，伊斯蘭原教旨主義、非自由主義民主（俄羅斯及東歐數國），以至「高科技威權監控國家」如中國，皆屬此類；換句話說，歷史並未終結，多元的政制依然存在。世界貿易的發展形勢亦「沿此路進」，在大家以為自由化妙不可言絕不可取代已成為世界唯一貿易形式的時候，保護主義卻強勢高調「回歸」！

二、

眾所周知，特朗普發動以強徵關稅為手段的貿易戰，理據是自從1976年以來，美國年年出現貿赤，期初是日本佔了便宜，稍後則是急起直追的中國、取代日本成為美國最大的貿盈國。外貿逆差對一國經濟是利是害，不同學派的論者各自表述，俱言之成理，特朗普和他的經濟團隊顯然是持消極看法，認為貿赤有害，他因此要向對美貿易長期出現盈餘（用他的話：「佔盡美國便宜」）的國家特別是中國「討回公道」……不過，隱藏在這種表面理由下面的，是互通有無的自由貿易，最終會傷害貿赤國的「國家安全」！

顯而易見，自由貿易令發達國家如美國流失了大量基礎工業的工作崗位，「動搖美國國本」，而貿盈國如中國則從貿易盈餘中慢慢令工業、科技行業尤其是軍事工業茁長壯大。白宮兩位負責貿易政策的官員，貿易顧問、總統特別助理納瓦羅及貿談代表萊特海澤（R. Lighthizer），在訪談中不止一次表明貿易赤字並非向中國（及其他國家）徵收關稅的唯一理由，那意味真正理由是為了抑壓貿盈國特別是「不同道」的中國的工業科技及軍工發展。共和黨政府提出保護主義期初，幾乎是「全民反對」，但數月下來，眼見政治意念和世界觀完全相反的中國，確有與美國在世界事務上一爭雄長的打算，不僅民主黨甚至工會亦認同共和黨主張。這正是這場「貿易戰」長期化而且極可能惡化的「民意基礎」。

事實上，經濟學家雖然視自由貿易為「人類大救星」，但老謀深算（看得更遠更深更透徹更壞心眼）的政治家別有看法，被斥為「戰爭販子」、尼克遜的國安顧問及國務卿基辛格（他開了一間有中文招牌的政治顧問公司），一早便看出環球化會傷及美國政經元氣，於2008年5月29日，在《紐約時報》撰題為〈環球化及其不良後遺〉（Globalization and Its Discontents；按2001年諾經獎得主史特格里茲〔E. Stiglitz〕2002年出版同名著作，惟主要議論在環球化下國際貨幣基金作出不少不利發展中國家的決策）特稿，反覆闡釋、強調指出環球化令那些股東利益掛帥的企業（工業及金融業）競相在低成本國家設工廠、開分支，最終會損害高成本美國的「國家安全」（National Security；這是「發動戰爭能力」〔Capacity to Wage War〕的委婉詞）……基辛格因此建議政府成立一個「高層次」的委員會，評估、釐定哪些行業與「國家安全」有關並作出應否讓它們赴外設廠的規限。

基辛格不愧老於權謀，可惜此文發表後翌年，民主黨的奧巴馬上台（2009至2017年在位），他的智囊另有見識，不會照共和黨元老的話辦事！特朗普甫上任便在「國家安全」藉口下對中國連珠發炮，「中國的老朋友」基辛格「餘威」猶在，彰彰明甚。迄今為止，美中貿易糾纏，僅止於言文（文鬥而非武鬥），但看環球化真的已令中國全方位崛起且威脅到美國在亞洲的政經利益（於南海島礁造地建軍事設施是導火線），在特朗普已不再視習近平為「好朋友」的不友善氣氛下，中美之間甚麼事都可能發生！

2018年10月2日

美墨加協議劍指中國 對手強橫避戰為首務

一、

經過十三個月「驚險百出」的談判，美國、加拿大和墨西哥終於在中國國慶日前夕，簽署了《美墨加協議》（USMCA），取代了行之約四分之一世紀的《北美自由貿易協定》（NAFTA）。「協議」詳情已見新聞報道，不贅；筆者要指出的是，此「協議」將成為美國與歐盟、日本及南韓等國貿談的「範本」。

有待總統批准及國會通過的《美墨加協議》，意義重大。第一、這是單邊主義的勝利，以多邊為目標的世界性貿易協定及組織（如世貿）的重要性將相應下降；第二、「協議」的補充文件指明，加拿大和墨西哥若與「非市場經濟國家」商談「自由貿易事項」，美國有反對權（veto power），矛頭直指「入世」十七年仍被指屬「非市場經濟」體系的中國是顯而易見的！

《美墨加協議》的達成，加上特朗普在記招上的態度囂張，以至稍後《華爾街日報》報道此協議的簽署

「給予美國在經濟及國安方面更多彈藥對付中國」，令筆者不期然想起上世紀30年代因華爾街金融危機肇禍、最後釀成二次大戰的貿易戰。貿易戰固然可能釀成大災難——尤其是擁有大殺傷力武器十分普遍的現在——更令筆者感到不安的是美國那比天文數字還大的財赤。美國的貿赤，在特朗普不按牌理（多邊協定）出牌之下，「不久後」應趨「平衡」；但是在9月30日告終的18年財政年度（2019年財政年度始於2018年10月1日），財赤已達新高的二十一萬五千二百餘億（美元．下同），比17年度大增一萬二千七百一十億！以美國的立場，貿赤走上「平衡」之途，指日可待；但財赤仍在惡化的軌道上運行……解決貿赤可能最終要動用武力，紓解財赤的手段只有更甚。這令「正常人」忐忑不安。

二、

非常諷刺的是，美元雖然因「大豪客」政府面不改容地「先使未來沒有的錢」，令財赤激增、美元氾濫，但它仍是世上最搶手、最多人希望持有的通貨。國際貨幣基金組織（IMF）的《官方外匯儲備貨幣構成》（COFER）剛發表迄今年6月底全球官方外儲（把所有貨幣折成美元）為十一萬四千八百億，比去年同季增3.2%；其中美元為六萬五千五百億，佔總外儲62.5%。70年代以還，美元在官方外儲中曾多年高踞八成以上，1999年歐羅成為「合法」外儲並佔總外儲約二成後，美元的份額便跌至六成至七成之間。目前美元加歐羅佔總外儲82.5%，依次主要為英鎊、日圓、加元及澳元……瑞士法郎只佔「幾不可見」的0.2%。

值得注意是，2016年10月被IMF接納為特別提款權（SDR，「紙黃金」）成分貨幣即人民幣成為外儲之一後，在外儲中所佔份額，以其作為世界第二大經濟體的實力，可說大大偏低，只在2%以下沉浮，不過，走勢向好，其佔總外儲份額穩定上升——去年第四季1.2%、今年第一季1.3%，而第二季跳升至1.84%。這種趨勢，相信與拓展「一帶一路」的決心盲人可見——是否有成稍後才見端倪——有關。

三、

「一帶一路」的負面新聞，時有所聞，然而，大體而言，成績不錯。中國在這些國家的基建，效果差強人意，因為「窮國政府負擔不起巨額投資」（其人民則負擔不起高速鐵路的車資），加以沿途各國不少官場烏煙瘴氣、貪腐成風、缺乏可茲遵循的制度且政權經常換人，接任者見前任腰纏萬貫，都要和中國「再談條件」，既麻煩又乏效率，成效因而難定。不過，與此同時，中國與這些國家「互補不足」的經貿，則大有可觀。據商業部的數據，今年首八個月，「一帶一路」沿途六十餘國進口的中國商品增12%，比去年同期多六點六個百分點；在過去五年，中國與「一帶一路」諸國的雙邊貿易額達五萬餘億（美元），同期與美國的雙邊貿易額只及三萬億。這種情勢，令人揣想在被迫削減對美貿盈之下，中國也許可從增加與沿途諸國的貿易，以補不足。這種想當然的看法不一定會成為事實，但中國大力拓展此一市場，是必然的。

全力拓展「一帶一路」諸國市場，除了增加貿易量，當然還有提高人民幣市場佔有率的盤算，因為以人民幣為結算貨幣，不難慢慢為這些有求於中國的國家接受，加上上海期交所今年3月推出人民幣定價的原油期貨合約，成交額已從是月佔世界成交量5%增至7月的14%——同期紐期的同類成交量則從佔70%跌至57%——中國加入競爭，不論在哪方面，都分薄了美國的利益。

雖然中國經貿發展前景不錯，不過，還是那句老話，由於美國雄霸世界的地位受挑戰卻未動搖，因此，在可見的將來，美元仍是世間最受歡迎的鈔票——即使美國政府全年無休地開動印鈔機——如今進入加息期，新興市場國家的資金競相流入美國市場，既安全又有息可圖，何樂不為。這種趨向支持美匯上升，惟欠落巨額美債的後進國債務人，不論官方或私人，可能又會面臨一場新災難。說到底，美國不僅孔武有力，其現任話事人又有隨時動武的打算，那意味美國作為最佳資金避難所地位不變。

中國在與美國對抗及拓展經貿以至設法令市場接受

人民幣上，都做了不少努力，而且成果不錯；可惜，她如今面對的是一個強橫有力且咄咄逼人的對手，因此不易取得上風……衡估情勢，筆者仍然以為中國宜採「君子報仇」之策，目前最要全力避免的是不讓美國有動武的藉口！

2018年10月3日

美國步步進逼　港不應成負累

一、

今年是中國建國六十九週年，又是改革開放四十週年，在這個值得騰歡慶祝的年頭，卻招來「前度」美國不留餘地連珠炮發的攻訐。國慶前夕，美國與墨西哥和加拿大達成「有孤立中國意涵」的《美墨加貿易協議》（USMCA），不准締約國和「非市場經濟國家」達成「自貿協定」），顯然是對中國「下毒」；10月4日，副總統彭斯在華盛頓赫德森研究所發表《對華政策演說》，針對中國的「軍事擴張及現代化、經濟掠奪策略、操縱貨幣匯價、強制性技術轉移、盜竊知識產權，以至工業補貼等，作出無情抨擊；不但如此，還直接干預中國內政，對中國拓展「一帶一路」（以「債務外交」擴大影響力）和「説服三個拉丁美洲國家與台灣斷交」等，表示強烈不滿；而令共和黨政府咬牙切齒的是，據彭斯的説法，是「中國發起前所未有的行動，試圖影響美國民意、左右11月的中期選舉及2020年總統選舉」。

6日《信報》社評引述「中國問題專家」的話，

指彭斯的演說為「特朗普政府版本的『邪惡帝國』演說」，可見美國已撕破臉皮，對中國不再是以「與人為善」的態度出之！值得為讀者推介的，還有昨天《信報》投資版的數篇時評，習廣思的〈降準大手筆　未必止得咳〉、林日彥的〈如同宣戰的演詞〉及方卓如的〈並非生活在和平時期〉，道盡當前世務，精悍短小，言簡意賅。讀者不應錯過。

雖然中國斥彭斯的指責「無中生有」並「敦促美國停止詆毀」，但美方置若罔聞，連串配合彭斯不滿中國言論的活動，相繼公佈。國防部宣佈美國太平洋艦隊將於「11月一週間」在南海及台海進行「向世界展示實力（Global Show of Force）」、真正目的在「向北京發出威懾」訊號的大規模軍事演習；國防部還發表報告，指出「中國對美國防工業構成重大威脅」，因為中國操控了「可能影響美軍關鍵材料供應……」。事實上，美國絕非向中國「啟動」新冷戰，彭斯的演說，在筆者看來，是宣佈結束特朗普上台後與中國的冷戰（特朗普與習近平主席「老友鬼鬼」，但特朗普無時無刻不對中國放射明槍暗箭）。

彭斯獲特朗普指示，正式吹響準備與中國「熱戰」的號角！

二、

筆者常說應對咄咄逼人的「美帝」，以中國過去數十年來全力發展經濟、改善低端人口生活而疏於研究有力懾伏敵人令敵軍聞風喪膽的先進武器的現狀，宜採取「君子」動口不動手及報仇N年未為晚之策。如此說法，很易被定性為「長敵人志氣」的喪氣話。持這種看法的人當然不無道理，認為美國少爺兵貪生怕死、打不了硬戰的看法，向來深入民間，但如今少爺兵已不必上戰場。不過，少爺兵現在卻有軍備不足之虞，10月4日華盛頓傳統基金（Heritage Foundation）發佈的《2019年美國軍事實力報告》（2019 Index of U.S. Military Strength），便力陳過去數屆政府未能強化軍事建設，在國防上「蹉跎歲月」，說多於做，令美國軍備已成「大落後」，因此「無法同時應付兩場大戰（Major Wars）」。這份由一位海軍陸戰隊退休校官撰寫的報告（可於同名網站下載），指出目前海軍只有艦隻二百八十四艘，遠離目標（Projected）的三百五十五艘；空軍則有太多需要經常維修的「陳年舊貨」，維修費昂貴且缺乏技術人員。當今武備大多已數碼化，惟使用仍需人手，美軍員額不足，是「動武」的一大困擾；《實力報告》指出雖然國防部為招納新兵，撥備二億美元作為「新兵花紅」，但由於經濟上行加速、就業機會提升，加上出生率下降，就謀生角度，從軍誘因不足，現年度遂缺少六千五百多名新兵。美軍的現況，在和平時期看不出問題所在，一旦爆發戰爭，軍事人員捉襟見肘的缺失便現形且對戰爭有負面影響……

不過，軍費龐大且在海外五國部署核彈的美國，傳媒經常有美軍軍備滯後及中國又獲先進武備的大幅報道，是真是假，外人當然不知道，可以理解的是，這類「新聞」，也許是「五角大樓軍工綜合體」要求國會增加軍費的最佳設計！無論如何，彭斯言文發炮後，繼之而來的是展示實力的南海台海「實彈演習」！

三、

美國人在門前耀武揚威、大壯台獨聲勢，北京當然大發雷霆，但其抗議止於言文還是以明刀明槍對撼，將取決於決策者對赫德森及《實力報告》有關陳述的判斷……和絕大多數人一樣，筆者知道「美帝」一旦下定鐵心要壓制對手，那些有效性可怖性已在中東戰場「驗證」的先進武器，肯定會帶來重大傷亡。畢竟戰爭便在自家門外，還是採取「君子之策」為佳。不過，看有仇中DNA的特朗普團隊的策略，北京的忍讓不可能改變其欲致中國於死地的陽謀。這正是今日中國處境艱難處！

北京如今能有效着力的，台灣愈走愈遠之後，也許只有「國境之南」的港澳。澳門馴如處子，香港則噪音清晰可聞，這種足以彰顯香港自由氣息尚存的民間活動，本應小心呵護、收為己用，但心急謀求「篡位」的老左，卻欲全面搏殺。以當前嚴峻的國際情勢，老左在香港的活動，應以不會加重國際間對北京的壓力為主軸，以一旦做得「過火」，美國便可制訂種種不利香港作為自由世界一分子的立法，那只有存心在香港奪權的老左所樂見！這幾天「熱炒」的新聞是「簽證風波」，穩重、正派的《金融時報》駐港亞洲編輯馬凱（Victor Mallet），疑因邀請稍後被當局取締的民族黨召集人陳浩天在他任第一副主席的「外國記者會」（FCC）談港獨而被港府拒絕工作簽證續期申請。不論此舉是否與打擊新聞自由有關，肯定香港因此在國際間尤其金融圈留下不良形象……，金融界特別是投資銀行從業員見錢開眼，絕不會為一名新聞工作者被留難、打壓而少做香港生意，但在當前對中國不友善的氣氛下，外國投資者是可以迫使金融機構退出香港市場的！

2018年10月9日

強調創新中國不為諾獎得主建言建港

一、

今年第五十屆的諾貝爾經濟學獎，落在兩位美國經濟學家身上，他們是62歲的保羅．羅馬（Paul Romer）和72歲的威廉．諾德豪斯（W. Nordhaus）。前者曾多年任教於史丹福大學，現職為紐約大學史端學院教授；至於諾德豪斯，涉獵經濟學的人，莫不知其名，以森穆遜那本學子必備、寫於1948年的教科書《經濟學》，1985年第十二版便加上這個名字；此書大約十年前出第十九版，每版銷量達二、三十萬冊，諾德豪斯因這本暢銷書而名揚象牙塔內外。

羅馬和諾德豪斯得獎，據瑞典皇家科學院的「讚詞」，是他們分頭研究卻殊途同歸：「就市場經濟為何與自然和知識互動建立了研究模型，擴大了經濟學的範疇，對科技創新和氣候變化的因果，提供了基本看法。」非常巧合，聯合國的「氣候變化委員會」（IPCC）同日發出警告，提示各國必須及時採取積極行動，應對大變的氣候，彰顯了兩位經濟學家的研究成果當時得令的重要！和以往多屆不同，這次的得主，學界似無微言，有人甚至把他們與《原富》、博弈論及資訊經濟學的貢獻相提並論。其受業界重視與讚賞，顯而易見。

羅馬（出身政治世家，乃父曾任科羅拉多州州長及民主黨黨主席）是筆者最有興趣的經濟學家之一，90年代末至2016年底，在專欄介紹其學說文章，少說亦有十篇；不過，談的均與如何「改善人類與自然的關係」無關。在筆者看來，羅馬的學術研究，範圍寬廣，見解新銳、精闢、實用。其經濟理論與中國經濟發展掛鈎，掛鈎人是筆者而非作者；其所創的「特設城市」（Charter Cities）與香港拉上關係，則是作者原創，筆者只是加以闡釋並指出其謬誤罷了。

1997年1月下旬，作者專欄的「中國經濟發展要有突破」系列（共四篇），第二篇〈吸納新理論　走自己的路〉及第三篇〈保護產權　容許獨佔〉（收《破英立舊》），主要便是向讀者推介羅馬的「新（經濟）成長理論」（New Growth Theory）。

以當年的經濟發展勢頭，筆者認為中國應汲取羅馬理論的精髓，以其有利中國「走自己的路」。當時筆者這樣寫道：「依照目前經改的勢頭，中國經濟日趨蓬勃，是可以肯定的；不過，由於主觀條件有別、客觀環境已變，因此中國必須走自己的路，不能依循這些亞洲經濟先進的足跡。在五、六十年代，日本和亞洲四小龍都屬於生產成本低廉的落後地區，她們的產品剛好迎合世界最大消費市場美國的需求，出口暢旺終於成就了這些地區的經濟繁榮。

「通過大量出口，確是經濟落後地區『致富』捷徑，可是，和二、三十年前不同，貿易赤字以至失業問題，令先進國不知所措，雖然經濟學家一再指出貿易逆差不足懼，自由市場最終會紓解失業率高企的困擾（美國是一個現成例子），但為了迎合短視選民的訴求，民選政府的經濟策略，從經濟學角度看，幾乎都是短期有利長期有害的倒行逆施，結果本世紀初期大行其道的貿易保護主義在80年代初期死灰復燃，到了90年代變本加厲，配額、關税甚至把貿易與政治掛鈎的保護手段層出不窮，令憑出口製造巨額貿易順差，長期而言，已非可靠的致富之道。

「由於80年代以來社會主義國家在經濟上全線崩潰，不得不走資求存，數以億計廉價勞工於是投入出口市場，令國際競爭白熱化。這種變化，雖不足以對中國的經濟發展構成威脅，但其發展速度放緩以至在出口上遭遇日多的困難，無法避免。」

「其次是，『知識產權』的意念存在已久，惟把之落實為法例條文，是近十年間的事，保護知識產權現在已寫入世貿組織的章程，換句話説，和亞洲其他經濟發達地區不同，中國再不能步他們的後塵，依靠模仿、抄襲甚至翻版先進工業國的名牌產品建立本身的工業基礎。這種變化，意味中國要為經濟發展付出較大的代價。」

「中國具備他國所不具備的條件，最顯著的是本身有一個十三億消費者的龐大內銷市場，這使新產品有個『試銷場』，不但維持了工廠的基本運作，而且令業界有不斷改良產品的機會，對其拓展外銷市場，助力甚大。」

二十年前，筆者似乎「測中」了今日美中貿易糾紛的病源；為了紓解此一死結，筆者當時遂介紹羅馬的新學說：「新（經濟）成長理論」。

筆者的看法是經濟學家向來認為和經濟成長關係重大的兩大要素為資本及人力，羅馬指出「科技」（Technology）似乎更為重要。涉獵經濟學的人都知道技術進步刺激經濟成長是1987年諾獎得主梭羅（R. M. Solow）的「成名作」（有興趣的讀者，請參考史威德《經濟門楣》的〈梭羅聽太太的話入行〉及收在史威德《一脈相成》的〈技術進步推動經濟成長〉兩文）。不過，羅馬的看法，和梭羅的理論有三大原則性分歧。

第一、羅馬認為科技是「內生」（endogenous）的，這與傳統經濟學家以為它是「外生」（exogenous）不同，換句話說，他不以為科技是「從天而降」（用梭羅的話，是「天降甘露」〔Manna from heaven〕）。

第二、科技能提高投資回報，而這種回報不斷增加，推翻了傳統經濟學認為科技亦受「邊際效用遞減定律」約束的說法。

第三、投資與科技有良性循環關係，投資愈多科技愈進步，科技愈進步投資回報愈大。

非常顯然，內地在科技應用上，由於有龐大消費市場，因此獨步天下；但她似不了解羅馬的「新經濟成長理論」有關科技創新的論述（或了解卻因應用成為「宇宙最強」而不以為然），以至種下今日被「美帝」擊中要害難以自拔的困境！

二、

2009年7月辭去史丹福教授職的羅馬，在牛津大學一個研討會上，第一次公開有關「特設城市」的意念。值得大書特書的是，羅馬說其設想的「靈感」來自香港！是年8月12日，作者專欄便以〈特設城市以港為鏡〉（收《股旺樓熱》）為題。

羅馬的意念很簡單，他認為「擁有有待開發土地的國家，應採取香港特別行政區的模式，經營新市鎮」。他有此想法，皆因「英國遙控香港一百五十年，極之成功，寫下經濟發展成功史」。羅馬認為內地四個經濟特區均欣欣向榮，是中國「照辦煮碗」，模仿「英人治港模式」有成。當時筆者已指出羅馬「眼大睇過龍」，因為他心目中的「模範城市」是英國治下而非中國轄下的香港（傳媒應派員訪問他，聽聽他對北京口中的「不變質不走樣」的特區香港的看法）。

羅馬心目中「特設城市」的最大賣點是擺脱任何政府的干預（貫徹真．自由放任），即以實事求是甚且可説在商言商的方法進行管治（佛利民的嫡孫柏德利〔Patri. F.〕創立的「海上家園研究所」〔Seasteading Institute〕便是「特設城市」的變奏）。此事筆者在2011年底的「興建桃花源」系列説之甚詳，不贅。

沒想到今屆諾獎得主之一的學説與內地和香港拉上關係！

有一點小事可以一提。當年筆者找不到羅馬的「新經濟發展理論」（論文，未成書），着在柏克萊讀博士曾聽過他的課的小輩「就近」向羅馬索取；羅馬欣然OK，但他向來人索取筆者地址，自己寄來並附數句盡顯其謙遜的話。待找出這張便條，「諾獎得主的手跡」，拍賣行也許有興趣!?

2018年10月10日

有大智慧填大愚島
有大謀略填大疆土

一、

以〈堅定前行　燃點希望〉為主題的《行政長官2018年施政報告》（下稱《報告》），是今屆政府的第二份「施政綱領」，行政長官（筆者以為是特區市長的誤用〔misnomer〕）在「總序」開宗明義，強調「會繼續發揮政府作為『促成者』和『推廣者』的角色」。政府肩上的重擔，份量不輕，因為「促成者」和「推廣者」雙重身份，令政府除了要繼續「鞏固」和提升傳統產業及專業服務的優勢，同時還得積極推動創新及科技，為經濟注入新動力。不僅如此，由於「廣深港高速鐵路香港段在2018年9月22日開通，香港已連接上國家高效暢達的交通網絡，與『粵港澳大灣區』其他城市靠得更近」。為了「抓緊機遇，為香港經濟、民生及青年人發展尋求突破」，《報告》開列了共二百四十四項新措施和四百七十項持續推行的措施。新舊措施一共七百一十四項，林鄭市長領導下特區政府工作之繁重、責任之艱巨，盲人可見！

最近幾天，説「坊間」議論《報告》的言文甚至行動（如「守護大嶼聯盟」發起的反對明日大嶼山填海計劃約萬人的遊行），「鋪天蓋地」，是最接近現實的形容；而《報告》當中以「加快土地開拓發展宜居城市」為標的「明日大嶼願景」最為聳動，以為此「願意」須填海一千七百公頃（「打造」一個在交椅洲、喜靈洲附近的「人工島」），足可興建二十六萬至四十萬個可供七十萬至一百一十萬人居住、其中70%為「公營房屋」的住宅單位，盡顯林鄭市長的膽識和魄力及解決低下層港人居住問題的決心。不過，她也許心中有媲美於回歸前不久衛奕信政府啟動的「玫瑰園計劃」的鴻圖，只是茫茫然未見具體規劃，那可從她對填海成本以至對何以填地面積從一千公頃增至一千七百公頃毫無頭緒可見。據《立場新聞》，當局僅透過「政府消息人士」放風，指出填此「明日大嶼」的成本「四、五千億走唔甩」（最少四、五千億）。考慮這類大規模政府工程超預算已成慣例（此為世界通病非僅香港為然），「超支」加上相關的基建及社區設施（如道路、醫院、學校以至其他政府部門），整項填海工程耗資在萬億以上，是相當保守的估計。

二、

由於政府只有理念而無具體細節，此時進行深入討論，事倍功無，不如就「宏觀」視角，看看林鄭政府大而有當的施政方略。事實上，從其「大有所為」的取向，不難看出在這位從資深公務員搖身變為政治任命官員的管治下，新香港與舊香港，就市政建設而言，已愈走愈遠！

林鄭管治下的新香港，有如下三項管治特色——

甲、用人愈來愈多。稱職公務員莫不熟讀《柏金遜定律》（Parkinson's Law；《信報》月刊在第一卷第五期〔1977年七、八月號〕開始全面介紹），其中最「實用」的是「人多（不）好辦事」。柏金遜教授從英國海外殖民地日少而有關官員日增（殖民地部〔1768年成立1966年解散併入外交部〕1935年有公務員三百七十二人、1954年增長一千六百六十一人）及海軍艦隻大幅減少而海軍官員大幅增加上，得出公務員最擅長「為同僚製造工作」，進而增聘人手，最終令各級部門主管無所事事（只批核下屬的彙報或建議）；換句話說，公僕人數愈多上司愈清閒！按照常理，由於「人工智能」機械取代了許多人力的工作，公務員人數隨着政府的科網化而萎縮，才是正道；可是，特區走的是另一條路。7月中旬政務司張建宗司長表示，2018/19年度公務員編制「預計會增加六千七百個職位」，增幅3.7%，為回歸後最高紀錄；林鄭市長2017年7月1日上任，翌年公務員「編制數據」比2017年增1.9%，為十八萬一千七百零五人，2019年的預期增幅不少於3%，總數達十八萬七千一百五十六人……公務員人數大幅增長，等於各級首長的份內工作由多名下屬分擔代勞，主管的工作量下降而薪津有增無減，各部門主管對市長感恩令其管治順暢，自不待言。

乙、用錢愈來愈多。港府的政費長期在佔GDP 20%水平徘徊，據財政司陳茂波司長今年2月底在預算案的預測，現年度將增至21%以上。這種支出，比起美國的近38%，小巫而已，但實際上屬極高水平，以香港的「競爭對手」新加坡為例，其開支現年度為GDP 18.5%（2020年預期增至19.78%），便知香港政府用度之大，這是公務員編制擴大及增加各類社福預算以「收買」政治權利被矮化甚至褫奪令不滿現實的人心的結果。新加坡不但有國防預算，且有架構齊備的外交部，有這兩個香港所無部門（香港的駐外辦事處聊備一格，開支有限）的支出，總開支比例與香港在伯仲之間，反證了港府大有節省開支之餘地，但當局從不作此想，因為削減政費等如削權，要向哪個部門下手？官僚系統中的「內部矛盾」不易擺平。

丙、計劃愈來愈遠。遠的不說，只是此次的填海計劃，「前期工程」將於七年後的2025年展開，2032年才有「首批居民入伙」。未來這些年主客觀環境有甚麼變化，俱不可測，因此，此計劃之成敗，望天打卦。

這樣大規模而且很久後才可能成事的計劃，對倡此計劃的官員而言，有百利而無半害，以拋出如此宏偉且紙上人人受惠的願景，成敗雖是未定之天，但此事是為大家好，「反對無效」自屬必然。從另一角度着眼，香港工程界也許認為這麼大規模填海，技術上有難度，然而，放眼看看在南海島礁填海造地又快又好的盛況，只要北京肯幫忙，區區一千多公頃新填地，小事一樁。退一步看，萬一填海造地後因種種原因無法建成可容百萬人的新城，新填地成一片荒原，沒有經濟價值，「埃及妖后的嫁妝」亦因此被耗盡，根據「廢墟價值論」（A Theory of Ruin Value）這一大幅土地，不管是否「有用」，肯定可令獨力作出此決定的林鄭市長名垂史冊——無論是青史還是臭史，林鄭之名與此新增國土並存，應無懸念！

當然，不少市民擔憂「明日大嶼」會令庫房「見底」，絕非無的放矢，不過，正如財政司司長所言：「可發債建明日大嶼」（不認購者便不愛港不愛國）!?除此之外，為了向內地（大灣區）靠攏、看齊（2047年前必要的舉措），本地稅率大有提升之必要。事實上，只要令港人對前途有所憧憬，堅信「麵包貴過麵粉」的「真理」，定期拍賣撥為興建私樓的新填地，亦會財源廣進。

正如凱恩斯所說：「長期而言，我們都一命嗚呼」，在下屆市長誰屬有待北京決定的現在，那麼遙遠的事，除了有切膚之痛的小市民，誰會放在心上！

三、

未待已作廣泛諮詢及「大辯論」的「土地供應專責小組」（下稱「專責小組」）報告之公佈，《報告》便提出千七公頃的填海計劃，其引起「專責小組」的不滿，合理之至；「專責小組」成員曾鈺成公開表示對當局提出「明日大嶼」的詫異與失望，並不出奇。

《報告》與「專責小組」填海的選地與面積，孰優孰劣，筆者外行，無由置喙。筆者所知的是，「專責小組」的功能有若興起於20世紀初葉的商業（稍後加入政府）諮詢（顧問）公司。當政府或私企要擴充、收縮或改組時，為免既得利益分子反對、拖延進度，負責人便會尋求諮詢公司的意見，然後按照其所提報告辦事，以杜悠悠眾口。值得注意的是，公司如要裁員，會向諮詢公司陳明目的，後者若原則上同意，便會獲聘（收費不菲，以美國為例，2016年這類諮詢費達二百億美元水平）並派出專人，循此方向深入研究，結論當然是裁員對公司最有利……「專責小組」是上屆政府的遺澤（周永新教授領導的另一個研究項目亦然），雖然成員俱為業界精英，但領導人與現屆政府溝通不足（也許現屆領導人對之「不重視」也許授權另有其人因此「專責小組」對現屆領導人尊重不足），不了解當局意欲何為，只遵照上屆政府的旨意辦事，結果所作報告，便不一定「合用」。從已公開的資料，林鄭市長對「專責小組」

的研究方向以至會達成何種結論，已瞭如指掌，可能覺得「不合用」，因而未待「報告」出爐，便提出自己委任顧問呈上的報告……「專責小組」沒有跟足資本主義社會的規矩辦事，《報告》即使非常中肯，因不中「老細」意，被束之高閣存諸倉底，是意料中事。

2018年10月16日

兩強對決陰霾密佈
習主席言為心聲？

一、

去週《經濟學人》以「危機四伏的中美對抗」（China vs America: A dangerous rivalry）為主題，封面圖像以美國「國鳥」禿（白頭）鷹嵌入龍首，非常生動切題且彰顯了龍的威猛！自從特朗普政府「主催」啟動這場中美貿易戰之後，這本週刊多有評論，其主調似可分為兩點。其一是自由貿易才是世界經濟繁榮的正道；其一是中美爆發「熱戰」的可能性不容抹殺。那與西方主流媒體的觀點沒太大差別。去週的兩篇重頭文章，主旨在分析「中美分手」（The end of engagement）後的形勢，俱言之有物，惟已乏新聞衝擊性（這是定期刊物的通病），比如說，10月18日才說「中美分手」，落後於形勢（彭斯已於10月4日發表「離婚宣言」），並非先見。

一反過去二三十年力圖與中國「攜手發財」（engagement，用費格遜「中美利加」〔Chimerica〕

的隱喻，可譯「訂婚」）的政策，特朗普甫上台便放棄多位前任希望「利誘」中國成為世界事務「有承擔的持份者」（responsible stakeholder）。可惜，這種努力，在中國一再申明要行馬克思主義特色社會主義並因為國力已全方位崛起、對本身制度充滿自信因而激發起領引世界雄圖的前提下，特朗普的艾·蘭德團隊心有所危，早就撕破臉皮，想盡辦法遏制中國；強徵中國產品關稅之外，還定下系列「制華」的策略，如禁止中資涉足美國的「敏感性行業」、偵查搜捕中方派出的商業間諜，同時窮兵黷武向中國亮劍！

數據顯示，中國的經濟增長速度（即使今年已放緩）兩倍於美國，加上中國以一國之力在新科技上的巨額投資，絕非政府財政捉襟見肘而私企各有各以股東優先為主軸的盤算，最終可能因投資不足而落於中國之後。長此以往，中國的崛興更快更有力，屆時美國要規限中國新科技發展以至挑戰中國在南海的領土擴張，便恐無能為力。這是中美因政治制度南轅北轍自然產生的深層矛盾！

可是，站在為人類持續發展努力的道德高地，《經人》仍然希望中美能夠「和平共處」，而此標的的達致，取決於美國停止在中國門前耀武揚威，同時應全力宣揚美國的普世價值及團結（bolster）盟友而不是處處擺出不友善的姿態。《經人》與人為善祈求世界和平及為人類前途着想而力求「避戰」的取態，值得支持，然而，事態的發展，似乎把世局推至中美的衝突已不易在談判桌上解決的危險境地；以筆者之見，Dangerous Rivalry改為Lethal Rivalry才接近現實！

同期的短論〈強敵對峙〉（The Heavyweight Rivals），指出從特朗普對中國的手段，可看出美國共和及民主（左右兩極）對中國的態度已有根本性變化且趨一致，認為中國有在國際事務上排擠美國（比如把美國趕出亞洲）的策略性部署，因此，即使沒有「美國優先」的說法，為了「國家安全」以至世人免受共產黨的支配，美國亦應集結國力予以強力回應。事實上，美國的「抗中」政策，不僅令在多方面鬥個你死我活的共和民主兩黨取得罕見的共識，社會中堅如基督教右派（保守分子）、維護人權組織、工會，以及傳統貿易保護分子，均紛紛表態支持。

美國朝野對抗中國的決心，可於對引致環球化大倒退的強徵進口美國的外國產品的關稅毫無異議（精確點說，是反對之聲幾不可聞）上看出。

二、

今天通車的港珠澳大橋，象徵大灣區和香港安定繁榮會進一步向前，然而外部形勢的變化，令人無法不有「遠慮」。去週末台灣獨派組織「喜樂島聯盟」高呼「今日新疆明日台灣」的萬人大遊行（活動組織者稱十二萬人但警方「估計只有一萬人」〔比港警更「保守」〕），要求政府舉行「公投」以決定台灣應否「獨立建國」。民進黨雖然沒有直接參與此次活動，但如果傾向台獨的政黨、政客在稍後的地方選舉中佔上風，民進黨「俯順民意」來一次公投，不足為奇。

在「大是大非」問題上，台灣政府和北京政府已無商談空間，現在「主獨」的台灣民意高揚之外，還有「外部勢力」的煽風點火，比如美台關係升級、美艦（科學研究船）駛進高雄港以至不顧北京高調反對繼續對台軍售等，都令台海危局深化；不過，最關鍵的也許是美國國防部長辦公室中國事務前主任博斯科（J. Bosco）在12日《國會山》（The Hill）網誌發表的〈撕毀美中第三個公報　維持對台六項保證〉（詳情見安裕的〈美國終於有人要打「台灣牌」〉，刊20日《眾新聞》），白宮若言聽計從，意味美國將名正言順地直接介入台灣事務。說來有點不可思議，美國政府指俄羅斯長期不遵守《蘇聯和美國消除兩國中程和中短程導彈條約》（「中導條約」），美國因此決定退出；博斯科提議「撕毀公報」，主要理由則是過去多年中國不信守三個公報的核心內容，即「台灣前途須和平解決」……都是人家廢約在先美國才採取行動，實情是否如此，有待專家評鑑。不過，當前的形勢因此進入高危期，似難避免。

當然，令東亞局勢緊張的，還有美機美艦不斷進入中國領土的南海，甚且快要在此海域舉行美國「主辦」

的多國示威性海上「演練」；昨天更有消息指「美擬再派多艘軍艦通過台海」，等於說去週中美防長新加坡會談毫無成效……美國所以對中國步步進逼，除了中國全方位崛起及在南海填地擴島展示軍力，還在數年前習主席一席話引致的「後遺」。2015年9月下旬習主席訪問美國，於西雅圖答記者問時，強調「中美不會陷入『修昔底德陷阱』」（見2017年4月11日作者專欄，收《炮艦貿易》），表面上，這表示中國不會（或不準備）和美國開戰，但心思綿密的美國論者，指出這是習主席的「下意識洩秘」（Freudian Slip），即北京有此圖謀，才有此衝口而出的「口誤」。「仇中派」的謀士因此認定中國早有與美國大打一場的計謀，其欲在中國未成軍事強權之前把中國壓下去，便理直氣壯且獲有「大美國」根性的朝野無條件支持！

2018年10月23日

一橋飛架港珠澳
三地圓夢行不行

一、

昨天《信報》的〈超級港珠澳大橋通車舉世矚目〉（下稱大橋），以整整兩版篇幅，圖文並茂解構大橋從計劃展開到工程正式動工的細節，涵蓋了這座港方耗資一千二百億港元（大橋由港珠〔中央及廣東政府〕澳政府共同出資興建）、主橋全長二十九點六公里、被外國傳媒譽為「新世界七大奇蹟」之一的跨海大橋種切。大橋於昨天上午十時許在珠海舉行開通儀式（2009年12月15日副總理李克強在珠海主持大橋開工典禮），國家主席習近平出席儀式並宣佈大橋正式開通（有點像宣佈球賽開始了），言簡意賅。

大橋正式啟用（大橋將於今天九時正式營運），築橋目的能否達致，要看世局包括港珠（內地）澳經濟發展是否一如預期，以至大橋配套的周邊設施是否得當，管理是否得宜，有待用家和傳媒評定。出席大橋通車儀式的廣東省委書記李希形容大橋為「自信橋」、「同心橋」及「圓夢橋」（稍後習主席乘車巡覽大橋，再加上「復興橋」之名），前兩者充份反映了內地政治現實及參與築橋三地政府的通力協作；至於能否「圓夢」，內地和香港人的看法肯定不盡相同——內地也許眼見此橋落成通車而認為美夢已圓，但香港人（和澳門人？）則要看其是否有經濟效益！韓正副總理稱此橋為「民生橋」，遠為「貼地」，以他認為此橋營運上要堅持人民為中心的發展思想、充份尊重溝通協作精神以達「為三地居民提供優良營運服務」即令「民生」受惠。不過，以當前的情況，要大橋周邊通車暢順，使用能量充份發揮，看來還得花上不少心血。

陪同習主席出席「開通儀式」的，當然是「共同出資」的三地領導人——廣東省委書記李希、香港行政長官林鄭月娥（她的普通話大有進步）、澳門行政長官崔世安（他的普通話不說也罷），他們與習主席並肩進入會場，體現了「三地合作」的精神，並不是位極人臣卻在追「電兔」的特區政務司張建宗司長所說的「反映了中央特別支持香港」！當然，陪同習主席的還有主管港澳事務的副總理韓正等黨國要人。「三地官員」發表的簡短談話，不涉時弊、善頌善禱。副總理則強調大橋開通，「體現黨中央高度重視大灣區建設」，大灣區是習主席「親自規劃、部署和推動」，而大橋是「三地首次合作共建共管的工程」，其落成「有利人員交流、提升珠三角地區的綜合發展，對推動粵港澳三地互利合利有重大意義」。林鄭和崔氏的「致詞」亦「言之有物」。崔氏說大橋開通，「豐富了『一國兩制』方針和實踐，經濟方面亦有彌補過往交通短板，對推動經濟發展有重要戰略意義，進一步探索新的通關模式」，典型的內地八股官腔；林鄭則為參與此橋建設感到自豪，且「今年國家改革開放四十週年，香港在此過程中既是貢獻者亦是受惠者，與國家同發展、同繁榮」，雖然有點詞不達意，其心跡卻不難明白。

經過近十年的努力，大橋開通，此時此刻，難免有港人惦記着為此事出過力、排過難的落難行政長官曾蔭權……

二、

有點出乎投機成性中環人的意外，由於中央剛剛大擲人民幣「救民企」，不少人因而憧憬中央會「注資救股市」。在這種熱切盼望的氣氛下，昨天香港股市竟然「打回原形」，急挫八百多點！

在一般股民想像中，為歡迎習主席出席「展現新時代中國建造偉大成就」的大橋開通儀典，乘着內地「四大財金天王」去週五聯手「給力救市」令股市升得「熒焓焓」的餘溫，再炒上一千數百點以示投資者對習主席治國的信心，是「政治正確」之舉。哪知恒生指數竟然掉頭直插，雖與內地股市同步，但何以擅長討好領導的內地官員，不營造主席南巡股市飆升等如帶旺當地經濟的「奇蹟」。以內地官員的權勢，這本是舉手之勞，他們的「不作為」，體現的是以內地的政經制度，政府支持的是「實體經濟」而非炒上炒落的股市，在北京領導層眼中，股市（美其名曰資本市場）不過是一個供投機分子炒作的「賭場」，領導層根本看不起那批為「私己」可以出盡騙術的股市操弄者。換句話説，領導人根本不當股市是一回事，其升其降，除非影響及金融穩定性（不能配合國家的政策），是不必理會的。

事實上，落成、開通的大橋，確是中央重視、成功完成的一大硬件，它不僅貫通南北，大有利於經濟發展，且讓我國成為「世界橋樑強國」。但大橋能否發揮其應有的功能，成為牽動港珠澳以至大灣區的經濟紐帶，外媒顯然不看好，據昨午《852郵報》的報道，美國媒體如《外交家》、《財富》以至有線新聞電視，均有負面評論……無論如何，大橋是「一國兩制」下最實用且對區內經濟確有促進功能的建設，與那些意義重大卻與民生關係不大的政治議題不同，因此，三地政府應齊心合力，投放大量人力資源、合作或新設一個由三地共商然後組成分工的部門，以對大橋作有效管理和利用，進而造福區內人民！

港珠澳大橋是香港、珠海和澳門三地參與的一項屬於全國性的大型建設，行政長官林鄭女士於致詞中恭賀中央領導是得體的禮貌和尊重。大橋的作用，亦當以全國性視角為先，而這肯定大有利於中國的形象；然而，大橋能否惠及港珠澳民生以至帶旺區內的產業工貿及旅遊等，看來還要等上好一段時間。

2018年10月24日

一早籌謀規限民主
選票貶值以港為最

一、

溫哥華列治文市市長選舉，結果大出筆者意料，那位紅當當的郭紅女士，在六名候選人中排第四席，得票二千九百四十多，只及成功競逐連任的馬保定（Malcolm Brodie, 1949-）三萬零四百五十二票的「零頭」。「老馬」2001年首度當選，歷屆競逐連任均勝出，足顯這位紐約出生的律師，政績極佳、甚孚民望。

列治文人口二十萬左右，當中主要為中港兩地的亞裔人，佔約71%，正如11日作者專欄所說，憑目測耳聞，這些人中以說非閩南腔普通話者佔大多數，筆者因此斷定以郭紅律師北大出身的背景及其令多心人聯想到紅色娘子軍的競選排場和陣勢，中選機會不低，哪知全盤落索！與郭女士同聲同氣的同胞竟然不投她一票，說明有了自由，人們多半會按自己的意願作選擇。

以加拿大的政情民風，誰人當上地方首長，都很難甚且可說無法改變社會常態，因此，地方首長對「民生」也許有點影響，但早已溶入DNA的價值觀，肯定不會受動搖。列治文市長選舉活動已告一段落，令筆者再度為文的原因，是有感於此小城選民的取態，多少反映了華裔外籍人士（不然沒有資格投票）對內地的政治取向。

自從中國全方位崛興，硬實力令世人增廣見識、軟實力開始從四方八面滲透西方社會，加上銳實力讓人提心吊膽之後，非黑非黃的非我族類莫不對中國處處提防，以免被中共的意識形態牽着鼻子走。這種情況絕非出於種族歧視或文化疏離，而是帶有強烈的道不同不相為謀的意氣。社會主義和資本主義在政治意識和體制上各走極端，各有各的優缺點，就是無法融和，因此，也許各地經濟上從與中國交往中獲益匪淺、大有進賬（盲人可見的例子是遊客湧入帶旺了「大街及暗角（如賭場、妓寨）經濟」），但為防患於未然，仍多方（有官式有民間自發）設法排拒中國潤物無聲式「入侵」。有紅色政治背景的人從政，十之八九被選民否決，有的甚至被褫奪參選權利（例子見諸澳洲和紐西蘭），自我上色染紅如郭紅女士的敗選，正好看出「人民的眼睛是雪亮的」這句老話，有一定道理。

二、

列治文的選情，讓筆者不期然想到香港的議會選舉。以當前的人口政策，在「可見的將來」，來自內地的新港人成為「大多數」的可能性甚高（那要看有多少香港土著移民和再移民的速度），這些人來港滿七年成為選民之後，會否按照京意（本地親共傳媒和政團的明示、暗示及物質誘因）投票？在一般人的想像中，聞京樂起舞、照京意投票也許是獲准持單程證來港的隱形條件之一，因此，新港人佔人口大多數建制候選人必勝!?不過，當人有選擇的自由時，便傾向憑自己的意願投票。換句話説，要控制香港選情，在仍然須於世人面前維持香港自由面貌的顧慮下，並不容易。

假設有部份新移民「忘恩負義」，渾忘黨養育栽培之恩，在物質上享受香港福利和精神上吸飽自由空氣後，認為投票給與站在所謂建制派對立面的候選人一票，才是減少香港受內地政治污染的保障，因此令建制派選情失色，但這對大局起不了絲毫作用！所以如此，不得不歸功於80年代在本地政壇「叱吒風雲」的政治變色龍羅德丞（1935-2006），他提出成功規範、箝制立法局（會）內民主力量的「分組點票制」，奠下民主派（也許説反建制派比較精確）無法成為議會內主流力量的基礎。自此之後，香港政制發展尤其是雙普選的貫徹，便在這條崎嶇難行的路上，「循序漸退」，經過多次「微調」，如今民主派已「鑄定」成為無法力挽狂瀾、有議事空間而不能左右遑論否決當局的施政綱領及制定「惡法」的少數派。這種局限，令身為港人選出的代議士，他（她）們可以在議會義憤填膺激昂陳詞或擇善固執不辭風雨不避催淚彈走上街頭抗爭，即使他們摒棄門戶成見、黨團偏頗，團結一致、「槍口對建制」，充其量只能成為香港尚存一點民主氣息的點綴，起不了扭轉大局的作用！滿腦子老左思想的新移民，在獲得自由之後按自由意志不投親共候選人一票，即香港選舉出現「郭紅事件」，亦無關宏旨，影響不了大局，以議會的結構令非建制議員成為有口無牙的少數派！北京是政治大玩家，其調控政治的技巧，本已高人一等（高在港英治下百餘年不知政治為何物的港人數等），加上有槍在手，令香港「反對派」注定成為徒勞無功族群。北京玩政治的超高造詣，在把立法會「打造」成如今模樣上，充份顯露！

香港「政壇」現在已進入新境界，那些仍據理力爭多方反對建制施政的政客，雖無法否決當局的施政，卻仍有生存空間（發展空間則極有限），其在「政壇」上活躍，不僅僅有為民請命的正義感、正當性，更重要的是彰顯了香港仍是有別於內地的自由民主的另一制！在這種情形下，那些經常站在公義一方反對建制的政客（相信不久後會成為受保護的稀有動物），只要不觸及北京的政治「底線」（經常變形走樣的「紅線」），肯定仍能與建制派「平起平坐」以至有在某些利益議題上分得一點餅屑殘羹的機會！

2018年10月31日

物超所值搞選舉
打壓中國不鬆懈

一、

於去週三的美國中期選舉，雖然佛羅里達州參議員落入誰手仍有待「最後點算」，但共和黨與民主黨在參議院及眾議院「各擅勝場」的佈局對美國政局的影響，正如去週四報上的指陳：「民主黨奪眾議院難撼動特（朗普）路線」，扼要說明此次選舉後，美國內政許因眾院落入在野黨之手而發揮重大的「制衡」作用，令有關議案通過需時，外交政策無須經眾院討論，意味「特朗普（單邊霸權）主義」將如舊貫！

部份地區首長（州長）及若干兩院議員選舉，擾攘多月經年（特朗普甫上台便開始醞釀）且耗資約五十億（美元．下同），加上相當部份用於選舉活動的游說開支（Lobbying Spending），一場號稱民主公正不涉金錢交易的選舉，竟用去六十多億元（按今年的游說總開支二十五億九千萬，註冊的「說客」〔Lobbyist〕一萬一千二百七十二名；開支與人數均為2008年以來最低），人人說貴，但在美國（及其他一人一票國家），這是常態；從另一角度看，在年GDP二十多萬億元的國家，區區六十億元算是甚麼？何況商業品牌的廣告費，動輒四、五十億（2017年康卡斯特〔Comcast〕及寶潔的廣告支出依次為五十七億及四十四億）。商品必須登廣告以吸引顧客，同理，在民主社會，政客亦得用盡種種方法以廣周知吸引選票……。不必諱言，虛實媒體成為這類商業及政治廣告的最大受惠者，這些資金為媒體增添能源，令商業持續運行而社會看起來充滿活力、蓬勃興盛。

民主制度的優點之一是選民可憑選票「去惡揚善」。遠的不說，60年代後期共和黨的尼克遜因越戰及水門醜聞為民主黨的卡達所取代，80年代共和黨列根和喬治布殊的所謂「朝氣勃勃的保守主義」，雖令其在外交上有重大突破、經濟上大有起色，選民卻不想美國變成共和黨的「世襲王國」，克林頓便脫穎勝出，八年政績不差，但選民思變，捧出共和黨小布殊；之後是民主黨的奧巴馬和共和黨的特朗普……。定期進行的民主選舉，最大好處是不會出現一黨獨大，受過一點「西方文明」影響的人，都知道並深信「權力令人腐敗絕對權力令人絕對腐敗」是放諸今古中外皆準的至理名言，定期「洗牌」，雖然「勞民傷財」，卻是長治久安之本！

這次選舉，民主黨頗有「進賬」，卻未獲得足以扭轉特朗普施政的絕大多數，與事前大部份主流傳媒論者的預期有落差，適足以說明言詞輕薄態度輕佻且許多時故弄玄虛前言不對後語戲（愚）弄對手的特朗普，令「高端人士」反感、厭惡而欲除之而後快；可是，作此想的選民不太多，換句話說，特朗普近兩年來顛倒乾坤的「路線」，仍會成為他在兩年後爭取連任的政綱！

二、

對美國政治有入門常識的人都知道，失去眾議院控制權（淪為少數黨），令總統（政府）的國內政策可能要大事周章才能在議會通過；但外交政策則無此缺失。眾議院握有贊成或否決經貿交易及條約之權，然而，那些被特朗普視為「大愛主義」（Globalism，筆者試譯；一般譯為「環球主義」或「全球化」）濫殤的多邊貿易事務，他早已一一摧毀，那即是說，未待交給議會討論，特朗普一紙行政命令，便等同廢了議會的「武功」。眾議院還有決定宣戰權，但一如大家所見，特朗普認為狂炸敍利亞不是「宣戰」，因此轟炸機回航後才通知國會（及到訪的習主席）。

昨午《信報》網站消息指主管經濟事務的副總理劉鶴，去週與美財長努欽通電話，雖然中美元首「同意兩國經濟團隊要加強接觸，就雙方關切的問題展開磋商，推動中美經貿問題達成一個雙方均能接受的方案」，但劉副總理「訪美貿談」仍未有期，看情形在短期內亦不會成行（美方寸步不讓談之何益），因為特朗普「單邊主義」的貿易政策，肯定不因失利於眾議院而有絲毫改變。中期選舉的情勢顯示，美國左派已有向貿易保護主義靠攏之勢，民主黨最有希望角逐下屆總統寶座的桑德斯（B. Sanders），去屆與特朗普角逐時已表明反對《跨太平洋夥伴全面進展協定》（TPP），足為明證，這種立場，迄今未變（一度支持此協定的克林頓夫人亦改變立場認同桑德斯的有關看法）；而「仇中」（Hostility towards China）已成為共和民主兩黨的共識。共和黨「仇中」固不待言，民主黨在奧巴馬任內已因中國的南海政策而有派海軍保護南中國海自由航行的決定；值得注意的是，奧巴馬政府負責亞洲事務的助理國務卿金寶（K. Campbell）最近不只一次指出，若不加強南中國海巡邏，該區很快成為中國的「內海」，那當然是美國及其現在大都表示反對「單邊主義」的「盟友」所不願見。說到底，所有唯物的西方國家在危機爆發時，不管平時如何聲嘶力竭主張「多邊共贏」即表明與特朗普劃清界線，一旦「有事」，便會馬上「歸隊」投入美國陣容。這是政制與價值觀的問題，當然亦與美國仍然「武功最強」有關。

最近以來，北京展示了不少本屬「最高機密」的新聞，如成功研發可擊沉航母的飛彈及吸收數十名18歲以下的「天才兒童」進入北京理工大學的「智能武器系統實驗計劃」，專業研發人工智能軍事武器。這些本屬「絕密」的事公諸於世，除了可以振奮人心令愛國情緒高漲之外，對外的影響可能無有……。人工智能武器研發需時，美國、日本和歐盟亦不落後；而如果航母真的中彈沉沒，滿口核子牙的美國會怎樣反應?!近日美國傳媒認為中國已進入「第四次工業革命」即人工智能研發大有所成，如今還刻意培養青少年成為AI武器專家，美國急起直追，自不待言。至於可致航母於死地的飛彈，是否真的如此厲害，美國情報當局才知道，筆者知道的是，美國軍工企業必會要求政府增撥研究經費，其賣給台灣的「防禦性武器」亦會升級！中美軍事比併，令亞洲局勢升溫，盲人可見。

美國副總統彭斯及國安顧問博爾頓代表特朗普出席東盟及亞太經合組織峰會，與他們同去的是「戰意高揚」的好戰精神。博爾頓這位首席「仇中派」口出狂言，可以預期；據昨天《852郵報》引述《澳洲金融評論》的消息，彭斯的演說將以「延續特朗普對中國的強硬態度」為主軸……。中期選舉塵埃落定，特朗普正為兩年後爭取連任施展渾身解數，而打壓中國的主張只會強化不會軟化，因為壓制中國崛起已是美國朝野的共識！

2018年11月14日

政經正確填大海
金融新城在「明大」

10月中旬，林鄭市長在她的第二份《施政報告》中，提出填海闢地一千七百公頃、打造一個令人憧憬的「明日大嶼」（下稱「明大」）之後，滿城爭說此「宏大願景」，足顯港人「熱愛我城」、「守護香港」，不是虛言。對於增闢住宅土地以紓無殼蝸牛之困，在「明大」之前，城中KOL已各自表述，上屆政府還因此委任一個由專業人士組成、既做研調又進行「大辯論」以聽取民意的「土地供應專責小組」。筆者亦趁熱鬧，數度為文，認為「填海造地望天打卦」，最佳莫如「回收」粉嶺高爾夫球場建屋；筆者同時建議球場可北遷大灣區最近香港的某地，那對肯定有車代步的「球迷」不會造成太大困擾，且可提高大灣區居民生活質素。此議現在雖成「絕響」，但未來成事的機會尚存，以此確為「多邊受益」之議——政府收回球場，必須對這數十年來投下巨資及心血的球會付出合理代價（有關「收回」球場的拙文見報後，收到球會一高層詳細述說該會對球場的貢獻的來函，料均為事實；當局若「收地建屋」，應作等值的賠償）。球場闢為住宅新城，造福港人，又可提高大灣區的吸引力。各方受惠，何樂不為！

「牢騷太盛防腸斷」，回說「明大」。

瀏覽月來對「明大」的論說和民調反映的民意，即使有數十經濟學者聯署支持，反對之聲之理仍佔上風；不過，「上風」只是筆者的「偏見」，當局肯定不作此想。事實上，林鄭市長強調造地三原則為刻不容緩、多管齊下及未雨綢繆，有如高呼「世界和平、經濟繁榮」，肯定沒人會不同意，問題是，何以要在大嶼填海造地？對此筆者有些「非正統」的想法，寫下供大家參詳——

甲、

大規模（有專業人士認為規模太小）填海造地，意味暫時毋須徵收農地棕地，那讓筆者聯想到2011年林鄭月娥女士任發展局局長時公佈的《處理新界村屋僭建物方案》。顧「方案」思義，政府有拆除新界滿目皆是僭建物業的決策，等於政府「劍指」在新界有物業的業主，「既得利益階層」起而反對，情理中事。當年有村民甚至焚燒林鄭司長的紙紮公仔和紙棺材以宣洩滿肚怒氣。由於新界原居民有一定政治影響力，而當年當局需要借助其力打壓泛民，政府遂俯順村民之意，未如預期展開執法取締（清拆）新界僭建物業的行動，此事拖拉數月，不了了之。作為這項決策的最高負責人，林鄭即使感情不若內地人脆弱，亦會大受傷害……「明大」計劃一出，等於新界在可見的將來會保存原來郊野鄉村特色，受創的當然是期盼政府高價收地的地主——原居民及囤地的物業發展商！林鄭女士會否因而有揚眉吐氣之感？大家不妨自由想像。

乙、

「明大」的投資不少，而且「超支」似屬必然，公共工程的建造成本超出預算，是國際常態甚且可說是慣例，港人無法亦無力阻止。填海的原料之一海沙，原來早已供不應求，其價在上升軌爬升已久，近讀美國名記者貝沙的《一粒沙看世界》（V. Beiser: The World in a Grain），方知除了水和空氣，沙是人類消耗最多的天然資源；基建工程雖然不可能建在沙堆上，但其原材料中沙不可缺，加上電腦晶片無沙不成，因此，經濟愈發達基建工程愈多電腦手機愈暢銷，沙的消耗量亦愈大，如今已有供不應求之隱患！9月8日，美國史密遜寧（Smithsonian）學會更有《沙有耗盡之勢》（The World is Running Out of Sand）的長文，縷列事實，顯示沙供不應求之勢已極嚴重。準此，沙價升勢，似不可遏。僅此一端，已埋下「超支」的伏筆。

不過，為了「擴大疆土、紓解屋荒」，用盡「埃及妖后的嫁妝」又如何?!只要用得其所，花光才是道理。試想，2047年「合體」或此前併入粵港澳大灣區，香港成為國內或區內唯一一個有巨額儲備的市政府，那將成何體統？一來有人會因此對英國殖民地的「遺澤」念念不忘；一來其他城市相形見絀，足顯北京領導無方？有念及此，香港多年累積的盈餘，在大規模基建如「明大」中耗光用盡，豈不多全其美！

丙、

筆者認為填造「明大」，是「有大智慧有大謀略」的決策（10月16日作者專欄），月來反覆思量，益證此說不會遠離事實。對此大幅新增土地，根據現有的計劃，會建設成一個盡顯公平社會（公私住宅「七三比」）的社區，而四千萬方呎商業樓面土地，約為中環八成，與倫敦金融城（The City）及紐約曼哈頓中心（Downtown Manhattan）不相伯仲。由於可以「度地訂造」，此地也許最宜打造為特區的新金融中心。這樣做的好處有二。第一是，因為地緣關係，此地在「觀感」上更易成為大灣區金融中心，而事實上，建設與大灣區直通的交通網路，只是舉手之勞；第二是，可有序地取代令人很難不懷念英國的中環……，由於硬軟設施一流，「明大」金融城肯定有取代中環的實力（數十年後，中環也許會變成現今的直布羅陀）！

「明大」還有一項令人還未「領悟」的妙處，此為此地的地名街名及中資背景的商住大廈名稱皆可與內地看齊。該取甚麼名（應該具中國土特產特色），專家自有主張，但那些帶着殖民地色彩的名字不復見，則可肯定。

丁、

「明大」在大海填地，對多年來專注於起高樓的香港建築界，也許有困難，但對能於南中國海「造地」的中國建築界，小菜一碟而已。事實上，此間的專業人士對「明大」的工程難度，提出不少有見地的質疑，然而，你以為這種種困難，擅長興建大規模高難度基建的內地工程人沒有考慮和無法解決嗎？香港畢竟是小地方，像「明大」這類大建設，有內地專家協助（他們當然不會收取「雷鋒式」的費用），成功指日可待！

「明大」有這麼多政經優點，加上一個結構上令反對派「鑄定」反對無效的議會，動腦筋看看能否從「明大」的開拓和建設上得益（當然，有機會及「合價」便要賣出中區的物業儲錢準備標投「明大」土地），更有建設性吧！

2018年11月15日

內有惡犬香港質變
起死回生還看京意

一、

對真正關心特區香港的人來說，去週最震撼的消息，莫過於「美中經濟與安全審查委員會」（USCC，下稱「委員會」）在上呈國會的年度報告中，指出近年北京政府不斷侵蝕香港的自治地位及言論自由，與對香港的承諾背馳，因此，「委員會」建議商務部「重新審視及評估美國軍民兩用技術出口管制政策中，把香港與中國視為兩個不同關稅區的做法是否正確」。其欲抵制、打壓香港之意，顯然不過。「委員會」經過數度「公開聽證」及一次「公開討論」，聽取了來自公營及私營部門、學術界、智囊組織等五十六名熟識中港事務者的意見後，達成上述的決定。

當然，美國國會會否接納「委員會」的建議，是未知之數；而國會的決議總統會否批准，現在亦說不準——如果稍後在阿根廷的G20峰會期間，「習特會」談出對雙方有利的積極結果，意味中美即使不能「和好如初」，惟互利互惠的生意照做，不難預期；在這種情形下，商務部便不會再為中美關係添煩添亂，「委員會」的有關提議相信會胎死腹中。應該強調指出，香港雖然經濟生機勃發，畢竟是小地方，對國際事務缺乏影響力（政府根本沒有發言權），因此，在大國博弈間，香港利益隨時被犧牲。過去筆者常說英國不可靠（她會為了一張經濟訂單而改變對香港的取態），其實美國何嘗可靠。如果中美達成雙方互惠的交易，香港問題便乏人問津。換句話說，在中美交惡的現在，「委員會」的報告人人關注，但當中美「重拾舊歡」時，美國便不會眷顧香港！

二、

客觀地看時局，筆者對中美關係的前景，不敢樂觀。去週日傳來出席巴布亞新畿內亞「亞太經濟合作組織」（APEC）領導人非正式會議的數名中方代表，企圖影響峰會公報內容而試圖闖入該國外長辦公室不果，而公報（宣言）最後難產，為APEC成立近三十年的首次，中美矛盾尖銳化，於此事中盡顯；加上習近平主席與彭斯副總統在會上的發言，針鋒相對，以至彭斯高調與台灣代表張忠謀「相談甚歡」近一個半小時（注意，直接交談毋須舌人翻譯），在在均非中美「言歸於好」的佳兆。

事實上，白宮的人事更迭雖然頻仍，但決策層仍受

「自私的快樂」哲學所影響，意味打擊中國以「自肥」仍然是白宮貿易政策的主旋律。看來中美的紛爭，除非北京作出重大讓步，短期內並無紓解的跡象。筆者有點擔心，繼「委員會」建議「把香港和中國視為同一關稅區」即不再視香港為可享有一切關稅優惠的自由港之後，曾提名「佔中三子」角逐諾和獎的共和黨參議員魯比奧（Marco Rubio）已於8月中旬聯同民主黨參議員波爾雲（T. Baldwin），把目的在禁售敏感性科技及IP給中國企業，以至中資投資美企設上限等的《強制中國落實公平貿易法案》交給國會辯論……「草案」能否成為「法案」，很大程度取決於中美的外交關係，目前「測不準」，但是前景陰霾密佈，幾可肯定。

三、

特區香港所以弄到美國準備出手壓制的田地，除非目的在找「代罪羔羊」，不然，請別再把矛頭指向林鄭市長和她領導的決策班子！非常明顯，種種諸如在民主進程上「循序漸退」、綁架不聽話的書商「坐洗頭艇」北上、DQ議員及參選人資格，以至港人失去表達政治自由及外國記者因維護言論自由被逐等等，這類違背香港核心價值、與西方民主精神自由意志違背的事，如果沒有更高層「有力人士」在幕後「發功」，受過數十年英國教車師傅指點教誨的特區政府高官，是不會亦不敢做的，因為他們必然知道，這種遠離「一國兩制」

的事，也許可逞一時威權，但遲早會招惹「外來勢力」反擊，以致影響香港作為中國「南風窗」（不管中國多麼強大、崛起如何嚇人，此「窗」作用猶存）的曖昧地位，讓中國失去種種「方便」，這項「罪名」，特區官員怎能承受!? 一句話，筆者認為所有破壞香港高度自治及在民主政制上大倒退的舉措，林鄭市長不過是受擺佈、支使的枱面人物。

特區高層對此事的反應，反映了他們對北京的忠誠，然而做得十分拙劣、不得體、「冇料到」甚至不知所謂，完全沒有處理國際事務的經驗、底氣和識見（北京不讓港官插手外交事務，是有其道理的）。說「委員會」的報告「結論偏頗、指控失實」，這類北京官腔，出自港官之口，真是貽笑大方。

四、

香港目前的處境，約三十五年前筆者已有「預言」，1984年7月23日，作者專欄（當年稱「政經短評」）題為〈鸚鵡救火　犬惡酒酸〉（收《賦歸風雨》及《香港前途問題的設想與事實》，有「中英對照」興趣的讀者，請讀“Conjecturing Hong Kong's Future” P.435〔英譯簡潔流暢易明〕），當中引述《韓非子．外儲．說右上．宋人酤（沽）酒》：「宋人有酤（沽．賣）酒者，升概甚平，遇客甚謹，為酒甚美，懸幟甚高，然不售，酒酸。怪其故，問其所知長者楊倩。

倩曰：『汝狗猛邪？』曰：『狗猛則酒何故不售？』曰：『人畏焉。或令孺子懷錢，挈壺甕而往酤（買），而狗迓而齕之，此酒所以酸而不售也。』」這個故事說一家經營得法、童叟無欺、禮貌待客、宣傳十足、價錢相宜且出售一流美酒的酒舖，生意不前，以致酒發酵而變酸。店主問其所知的老前輩何以會如此，老前輩一針見血地問，店裏養的狗隻是否兇猛？店主非常奇怪，他不明「內有惡犬」與門堪羅雀何關；老前輩解釋說，「內有惡犬」，必然「生人勿近」，結果顧客就不敢上門，比如有人着子女來買酒，店裏的狗狂吠不歇、張牙舞爪，甚至咬他一口，惡狗趕客，你的酒如何賣得出呢？這則故事，亦稱「不殺其狗則酒酸」。要令酒不變酸的唯一方法，就是將惡犬宰而烹之。

韓非子是法家，《宋人酤酒》自然與法治有關，其原義喻惡犬是為非作歹之徒，客人是正人君子，而酒舖主人是執法者，酒酸則比喻社會風氣的敗壞。我們可將之套入「現代意義」，惡犬是恃勢淩人的官員或幹部，顧客是奉公守法的市民，店主是立法當局，酒酸則是政府不獲人民信任擁護，由於內有惡犬，使政府與人民之間隔了一大鴻溝。這則故事生動地告訴大家，我們不但要有合理的公平的照顧民情的立法，執行法例人員的辦事手法和態度更為重要……如果中英簽下了大家認為滿意的協議，但將來由隻手遮天、狐假虎威的「惡犬」治港，協議又有何用呢？

經過這些年的操控，中英協議早已大變形、大走樣，香港已變質，「外來勢力」有意收回對香港的優惠，不能說沒有道理……。解鈴還須繫鈴人，要為香港紓困，保持香港的「有用性」，還待京官表態、出手！

2018年11月20日

備戰中俄兩黨共識 民意主戰當局為難

一、

美國布朗大學的屈臣學社（Watson Institute）去週三（14日）公佈題為《九一一後美國對外戰爭截至2019年度軍事開支》的年度報告，清楚列明2001年迄今十七年間，主要用於中東和南亞戰場，美國的軍事開支達五萬九千億（美元．下同），以美國的國民毛產值在二十萬億水平看，這筆軍費不算太多，但這些錢從何來？本來，政府應從提高稅率增加稅入上獲取，但歷屆政府不作此圖以免失民心，特朗普政府且行減稅之策，令稅收不增反減，這筆近六萬億的反恐軍費，便只能向市場貸借（發債券籌款）。

這筆近六萬億的軍費，據屈臣學社蒐集的數據，用於伊拉克和阿富汗戰場的約一萬八千億，用於敍利亞、巴基斯坦及其他地區的開支，超過二萬億；加上行政費用及「其他支出」，一共便近六萬億。如果一如軍事專家在報告中的估計，上述地區的戰爭應於2023年結束，那麼，從現年到那一年，軍費當在八千億至一萬億之譜，意味「九一一悲劇」引致的反恐經費在七萬億水平，美國每年的額外軍費開支便在二、三千億之數。當然，這只是「本金」，並未把債券應付的孳息計算在內。

發債集資打仗，等於說把戰爭的經濟成本讓未來世代承擔，這已構成對後代的經濟負擔，如果未來爆發新戰爭，軍費再增，將來的市場或納稅人能否擔當，那是個無人能解答的問題；不過，有關部門的負責人不必為此而煩惱，因為凱恩斯那句「長期而言我們都一命嗚呼」的至理名言，顛撲不破、人人拜服。未來的事誰管得，因此，債務媲美天文數字，亦等閒視之！

二、

屈臣學社年度報告公佈後兩日，國會委任的「兩黨委員會」發表報告，支持國防部準備與俄羅斯或（和）中國大打一場（great-power war）的計劃。換句話說，做好與中、俄兵戎相見（這是傳統說法，未來戰爭敵我雙方肯定不會戰場相見）已是共和民主兩黨的共識。從五角大樓的角度，那意味籌謀與中、俄一戰已有民意支持，在這種情形下，國防部積極備戰便出師有名。

筆者未讀國會的「報告」，從媒體引述，「報告」戰意甚濃且似作了最壞打算，比方說，它指出未來之戰不易取勝（國防部肯定因此要求更多軍費）且有前所未見的傷亡（按屈臣的報告指反恐戰期間敵我雙方死亡人數在四十八萬至五十萬零七千人之間；美軍戰死人數近一萬五千名）；為避免人命傷亡及經濟損耗，美國要打有把握的仗，而美軍應謹記福克蘭戰爭時軍備大落後的阿根廷竟能以一枚導彈擊沉英國現代化戰艦，此一「慘痛」經驗，時刻警惕美國，一旦爆發熱戰，必然要以無所不用其極的新進武器在第一時間把對手壓下去。顯而易見，未來戰爭不會以逸待勞、按兵不動，而是不計後果精鋭盡出以收先下手為強、憑迅雷不及掩耳的霹靂戰術摧毀敵人！

令筆者不勝駭異的是，國會的報告假設2023年因台灣宣佈獨立而引來中國重擊。中國以全國之力攻打台灣，將是一場持久且會導致雙方損失慘重的戰爭……報告因此建議增加軍費，令軍方有財力添購更多大殺傷力的先進軍備。看口氣，美國已把防衛台灣的責任攬上身！

數天前中國外交事務最高負責人楊潔篪赴美會見國務卿蓬佩奧，結果似是「不歡而散」，以美國不肯在被中國視為「核心利益」的台灣問題上稍作讓步，等於白宮接受報告的看法。保護民主台灣是美國朝野的共識。無論在南海或台灣問題，美國已擺出不會退讓的姿態，美媒報道副總統彭斯在剛成過去的亞太經濟合作組織上的表現有如「敲響戰鼓」（Beat war drums），美國已毫不掩飾其敵視中國的國策！

三、

很多年前，在凱恩斯學說被主流經濟學界批得體無完膚、視為垃圾的年代，筆者為文論說其先使未來（很快便是未來沒有）錢的財政政策，令擁有世界最強通貨的美國政府，可以無限量（當然受國會所限但突破上限已成常態）印刷鈔票及借據（債券），向市場注入資金或吸納市場資金作為其窮兵黷武環球駐軍的本錢，這種無中生有的能力，雖然不斷受挑戰（過去的油元和今日的人民幣），但至今美元作為世界市場「最搶手」通貨的地位未變，利用此一他國不能及的優勢，令美國這個自詡武功最強的大國，同時亦是負債纍纍的窮國。

這種人所共見但未必知其竅妙的情況，令美國有本事（財力）任性而為，不過，負債太重，難免對國內基建投資以至派發福利有所不足，特朗普總統因此要其盟友分攤「世界維穩費」……對此中國當然置身事外，然而，為了保衛如南海如台灣這些疆土（釣魚台暫且按照鄧小平「留給後代處理」的話辦事），中國的國防開支雖然長期（自1990年迄今）維持在國民毛產值2%以下的低水平，惟具體數字因GDP高速增長而相應大增，今年比去年增8.1%、達一萬一千一百多億人民幣（約合一千七百五十多億美元）……不過，由於過度熱愛和平，中國在軍工技術上比歐美日這類「帝國」，頗有不如，如今要急起直追，志氣可嘉，但不僅需假以時日，且「假想敵」不會坐以待斃，那可能意味武備精良度的差距不易縮窄。這正是筆者老說面對咄咄逼人的美帝，北京應行君子報復之策的底因。

可是，這種暫不作為之策，在國內似乎沒甚麼市場。領導層的想法，是國家絕密，外人不得而知；不過，據康奈爾大學副教授陳女士（Jessica Chen Weiss）在行將出版（已上網可免費下載）的《當代中國（學報）》（Journal of Contemporary China）發表的論文〈中國民眾戰意有多高揚？〉（How hawkish is the Chinese public?），顯示內地同胞「主戰」的比「主和」的多。陳．魏斯教授指出，從毛澤東到習近平，中國領導人都很重視民意且盡力爭取群眾對決策的支持，因此，研究分析內地的「民調」，有助了解中國的施政路向。

和自由社會的「民調」不同，內地「民調」的對象比較狹窄、被徵詢意見的人數相當有限。她提及的五項「民調」，分別於2012年、2013年、2015年及2016年進行，「調查」對象在三四百人至五千多人之間，當中一次且是對政府官員、軍方及民間學者、商界領袖和傳媒工作者的「民調」。「民調」的主題以「你認為中國為達外交目的所用的軍力（Military Strength）太多、太少或恰到好處」最為矚目，而「與日本、越南和菲律賓有海島主權爭紛，你是贊成即使冒戰爭或經濟損耗的風險，亦要派兵維護國土？」亦很吸引「眼球」。諸如此類的「民調」，結果均顯示大多數被「調查」者「主戰」（Hawkish），究竟這是出自真心或是為「不滅自己威風」的民族主義情緒所左右，筆者不能估計，惟照表面數據，北京領導層要費很大氣力才能定出「求和」的決策。這正是今日中國危險處！

2018年11月21日

台灣應向東盟取經
民主演員北京調教

一、

台灣「九合一」地方選舉於去週日凌晨落幕，〈藍天豁亮綠地淪陷〉，一題道盡了選舉結果，在二十二個縣市中，國民黨候選人得十五席、民進黨僅保住六個縣市，餘下的台北市由無黨籍的柯文哲連任，由於初步點算只比國民黨候選人丁守中多三千餘票，後者要求複核，本文見報時也許已有定論。無論如何，綠營慘敗，已成定局，反映台灣選民對民進黨蔡英文政府的不滿；為示負責，蔡女士於週日深宵宣佈辭去民進黨主席職（明天將選出代理主席），而為選舉操盤的行政院院長賴清德及總統府秘書長陳菊，亦相繼請辭，惟他們均接受總統「慰留」，以「共渡時艱」。

政治版圖逆變，論者不免聯想到2014年在同類選舉中大敗的國民黨、於兩年後連總統寶座亦保不住的舊事。沿此路進的想法，當然是兩年後蔡英文會否成為民選制度下第一位無法連任的總統？雖然民進黨依然「猛將如雲」（賴清德及此次高票蟬聯桃園縣的鄭文燦以至今次敗選但「鬥志高揚」的蘇貞昌等），但支持民進黨的台獨分子，由於經濟頹態畢呈、切身利益受損，短視、自利（只顧眼前經濟利益）的天性發作，民進黨步國民黨後塵在一年多後總統大選中落台的可能性不能低估。

站在台灣土著的立場，民進黨的政治取態，肯定有堅實的民意基礎，然而，蔡英文政府在打拚經濟（如「五大產業政策」及「年金改革方案）未見成效之下的「硬台獨」，不與大陸「虛與委蛇」，自斷溝通渠道，確是一大失策。一句話，北京這個新發財大金主一不高興便關水喉，思財的台灣民心即變！由於現在距離下屆總統大選不足十四個月，即使痛定思痛，蔡英文政府的大陸政策大轉彎，亦恐難收效。一來蔡英文倒台是北京樂見的事，中國因此不會因為民進黨政府改變策略而「放水」；二來經濟政策很難即時生效，台灣經濟不易馬上蓬勃興盛。就此角度，蔡英文連任機會不高；至於民進黨能否扭轉劣勢繼續當權，要看新主席的施為才見端倪。

事到如今，只要民進黨在改善島內經濟上有點作為（請謹記凱恩斯的教誨，別為不可知的「未來」而犧牲人民的眼前利益），民間的支持度仍有挽回之望。作為旁觀者，民進黨兩年多任內的最大成就是成功拉攏（或積極配合）美國的遠東政策，讓台灣成為圍堵中國的海上堡壘，那等於說在蔡英文苦心經營下，台灣被內地武力統一的機會短期內並不存在！

不論誰主未來浮沉，筆者以為台灣執政者應學當前亞洲諸國「敷衍」中國的策略，此為經濟層面不妨多方合作、互惠互利，而政治線上互不相干、保持距離。

這次台灣地方舉戰中，最成功最矚目的當然是高票當選高雄市長的韓國瑜，這位根本不是高雄土著、近年屢受黨內排擠的「非典型國民黨黨員」，能夠取下民進黨執政二十年的台獨發源地高雄市，適足以說明高雄人強烈不滿現狀，韓氏的政治伎倆應記大功。韓國瑜予人以「賣菜郎」的苦幹實幹形象，實際上是個道地的高端「識字分子」，他曾就讀陸軍軍校，畢業於東吳大學英語系、獲國立政治大學碩士學位；事業上曾任台北農產運銷公司總經理（「賣菜郎」!?），又曾創辦維多利亞中英雙語中小學；在政治上他兩度（1993-2002）當選立法委員，上任伊始便因「語言誤會」在議會痛擊民進黨議員陳水扁（這位未來總統因此「受傷留院三天」），又與和竹聯幫抗衡的黑社會（台內政部定性為「罪惡集團」（Violent Criminal Group）「天道盟」及反台獨的國民黨死硬派「黃復興」（國軍退除役人員組織）有千絲萬縷的關係……。韓國瑜的背景絕不單純，與他在競選過程中給人以「貼地」、和民眾打成一片的淳樸政治素人形象，大相逕庭，可見此君厲害處。昨天報上報道此事有〈柯韓「非典型」　惹合璧憧憬〉

之題，指出非國民黨圍內人韓國瑜與無黨籍的柯文哲這兩位有私交的政治玩家，也許會結盟闖出新局。不過，無論誰掌台灣政權，在美軍庇護下行多與內地經濟往來而政治上則行與內地絕緣的策略，肯定可獲多數民意支持。

在2020年大選前，台灣政壇的變幻，值得細心玩味。

二、

前議員劉小麗被裁定「宣誓無效」而出缺的立法會九龍西議席的補選，已由當選後自言是建制派的陳凱欣勝出，代表民主派的「政壇老將」李卓人敗選，原因既非馮檢基「鎅票」（李馮二人得票總和尚不及陳凱欣），亦不是甚麼「年輕選民嚴重流失」，而是在北京鐵腕打造下，民主派在香港政壇上難有作為，「事無可為」，非盲目政治狂熱分子的選民，遂因天雨而不出門投票！經過這次選舉，建制議員在地區直選的比例，由十七席增至十八席，令泛民的十六席更無法重奪分組點票的否決權，等於泛民在議會的「話語權」進一步倒退，建制可在無後顧之憂的情形下，肆意修改《議事規則》，令泛民成為被規範甚至被壓制的一群。這種「宿命」，看在選民眼裏，日後（如2019年及2020年的兩場選戰）投票意慾更低，不難預期。

李卓人的「落選感言」，大方得體、令人動容，然而，北大人虎視眈眈，不管民主派人士如何努力，亦將無補於事（建制長居大多數的事實不會變）。李氏呼籲「各政黨重新檢視民主派要改善的地方，用我們的誠意，去打動對香港失去信心的人，重拾希望」。頗動聽然而在現行制度下卻難收成效。

對香港的政制改革，由於北京的介入，筆者非常悲觀，此際忽發「奇想」，如果和選民一樣，有志於政治（視從政為「志業」!?）者眼見政治鳥籠日窄，進入議會難有作為而意興闌珊，日後的選舉只有極少甚至沒有代表泛民的候選人，屆時北京也許得暗中扶植民主派，因為沒有這類人從政進入議事堂說幾句「反話」，等於「民主已死」，議會成陳列塑膠花的「一言堂」，香港便會淪為西方民主國家心目中的異類，給香港種種優惠的條約法案便可能被取消。其不利於香港和中國，還用說嗎？為了避免這種不利情況的出現，北京便不得不出錢出手培養香港民主人士！這種看似荒謬其實已見諸內地「政壇」的趨向，筆者相信在「合體」前會出現。

2018年11月27日

政經掛帥記者冤死
特朗普淺陋無人性

一、

《華盛頓郵報》引述「內幕消息」指中情局偵查後，「估計」沙地王儲穆罕默德（MbS）下令殺死沙地著名異見記者賈邁勒‧卡舒吉，引起環球公憤，制裁沙地、要求沙地王另選王儲之聲四起；然而，胸懷世局眼中只見政經利益的特朗普總統不以為然，他雖沒申斥中情局散佈「假新聞」，但態度曖昧，由其「死忠」蓬佩奧掌政的國務院，旋即發表聲明，指出中情局不應在仍有許多未有真確答案的疑問解決前，作此結論。無論如何，特朗普說不管殺害卡舒吉的幕後黑手是誰，都不會影響美國與沙地阿拉伯的關係。有關這宗驚天動地明目張膽慘無人道的謀殺案如何「落幕」，10月18日筆者的「猜想」，頗近現實，以美沙政經利益交纏，且兩國的金錢交易如軍事利益以至油價去從等，均對美國的經濟盛衰、政治佈局以至中東安亂有直接影響，因此，特朗普為公為私都不會為一名記者被非法手段殺害而不顧一切為死者「伸張正義」。說「記者被殺小事一樁」，雖有點誇張，然而與實情相去不太遠。

特朗普與卡舒吉家族的關係，可追溯至上世紀80年代特朗普與賈邁勒的叔父安南（Adnan Khashoggi, 1935-2017）的生意往來、特朗普炒賣物業與經營賭場，和「主打」軍火交易的安南氣味相投、惺惺相惜……80年代末，特朗普從汶萊國王手上購進原屬安南（時安南涉非法買賣軍火被美國起訴）所有的「世界最豪華遊艇」，把之改名「特朗普公主號」（Trump Princess，「公主號」）；可惜，不旋踵，特朗普的生意（賭場及地產）危機暗湧，他聲言要訂造一艘更大更現代化的遊艇，實際上是力謀把這艘遊艇套現應急，在訂造新遊艇未有期的時候，「公主號」於1990年3月初展開「環球之旅」，尋覓買家；是年4月上旬，「公主號」抵達香港，上船參觀的準買家數十人，但做不成交易。當時傳媒如何報道此事，已不復憶，惟筆者在1990年五月號《《信報》月刊》那篇記特朗普家事和事業的長文〈家不和不傷心　業不興最傷神〉（收《閒讀閒筆》），曾略提此事。

在安南穿針引線之下，「公主號」最終落入有「中東股神」之稱的沙地王子瓦利德（Al-waleed bin Talal）之手，瓦利德還購入特朗普的「廣場酒店」（Plaza Hotel），再於90年代末期以他的名義代沙地政府購進整層「特朗普世界大廈」（Trump World Tower）。這種淵源，令「特婿」庫什納（Jared Kushner）與沙地眾王子一拍即合，他多次尋求沙地王公貴胄合作投資美國物業，均有斬獲；在此過程中，庫什納與王儲穆罕默德王子建立了密切（cosy）關係，特朗普上任後首度外訪地是沙地阿拉伯，雖然彰顯了美國要與其「鞏固邦誼」有利打壓伊朗、也門及插手敍利亞內戰的中東政策，但若非庫什納在幕後發功，特朗普首度外訪應有較佳的選擇。

二、

撇開特朗普家族與沙地王室千絲萬縷的關係，「宏觀」地看，美國能否保住在中東的政經利益，與沙地牢不可缺的盟友關係會否變卦，是為關鍵。自從攻打伊拉克以至在「阿拉伯之春」時背棄埃及穆巴拉克政權之後，美國在中東的支持度大降；2015年也（葉）門爆發內戰，美國支持沙地介入這場「屠殺也門人」的戰爭，其在中東盡失民心，不難理解。事實上，美國要在中東站穩陣腳、重塑霸業，非有中東「地膽」沙地的全力支撐不可。正因為這種錯綜複雜的關係，特朗普只好對「世姪」賈邁勒．卡舒吉被殺眼開眼閉，以如此方能獲得權勢傾天的王儲穆罕默德的「合作」，而「合作」之一的具體表現是沙地大增油產，此舉固可壓低油價，還化解了因為退出《伊朗核問題全面協議》、對伊朗實行禁運令油價因伊朗原油輸出量驟降而上升的石油危機！

換句話説，在此事與美國共同進退的國家如英法等國，因此不致在油價漲升上受損。

在依然牢牢控制大局的王儲穆罕默德的指令下，沙地油產有增無已，令認為油價將見百元的市場「共識」大大失準。每桶布蘭特石油美元價，從9月19日對伊朗實施禁運日的七十三元左右，反覆挫至昨天的六十元水平。油價下行，這不能不説是特朗普之功，對此他自己當然「感覺良好」，這是他在推特上自誇之餘尚要人感謝他的原因（此人之淺陋浮誇，於茲可見）。當然，特朗普遏油價於上升軌，因油國尤其是在美國淫威下不得不對伊朗實施經濟制裁的盟國，莫不大鬆一口氣。不過，特朗普為達政經目的放過殘殺卡舒吉的幕後黑手，難免招來不道德無人性的譴責！

特朗普不追究穆罕默德的責任，是為了國家利益，然而，美國民意並不認同。世界救援委員會（International Rescue Committee, IRC）剛剛（紐約時間26日下午）公佈的民調，顯示75%受訪者反對美國對沙地（及聯合酋長國）售武、82%受訪者同意國會應否決向沙地出售先進導彈……。在也門濫殺無辜以至卡舒吉慘死，令向來與沙地友善的美國人（自由派及保守派），對沙地阿拉伯及其統治者的態度大變。特朗普總統如何處理這份及時而至的「民調」，可見於本週五他與穆罕默德相會於阿根廷首都布宜諾斯艾利斯的二十國峰會上的表現（昔前盛傳穆罕默德「被貶」、沙地王另立王儲，絕非事實，以他已在赴阿根廷途中，目前正在突尼斯進行「國事訪問」）！

2018年11月28日

憂懼中國軍事崛起
習特會難有好結果

一、

11月，是對中美貿易前景起決定性的月份。習近平主席和特朗普總統在這個月高調地通了一次電話。據後者在「推特」中透露，兩人談了不少問題，於聚焦的貿易事務上，「作了有益的長談」，並敲定月底出席二十國集團阿根廷會議時，續談未了的事；中方對這通電話亦持「非常正面」的態度。自此之後，中美就有關問題，各自表述。事實顯示，中方利用一切機會，對美國「釋出善意」，為本週六的「習特會」營造良好氣氛。王岐山副主席6日在博彭主辦的新加坡「新經濟論壇」上發言，指出中方已作好和特朗普討論雙方關注的問題並達致原則性互利解決貿易問題的準備，他私下和與會的基辛格和保爾森（前財長，2009年離任後寫了兩本可讀性甚高的書，其一關於處理金融風暴的《峭壁邊緣》〔On the Brink〕；其一名為《和中國交手》〔Dealing with China〕，均極具參考價值）「交換意見、相談甚歡」；9日，「北京經濟大腦」劉鶴副總理和美國財長努欽通電話，為本週末的「習特會」做好具體籌備工作。

可是，昨天《信報》消息指出，特朗普突然利用美媒，「隔空向中方施壓」，他說美國「極不可能」（Highly unlikely）不落實明年起對二千億美元中國進口貨徵收25%關稅，暗示他不接納中國有關暫緩追加關稅的反建議；消息還指如果中國不就範，特朗普威脅要徵收另外二千六百七十億美元中國進口貨的關稅……。不僅如此「囂張」，白宮「仇中派」祖師博爾頓（J. Bolton）昨天更指出習特二人雖然已建立了「非常正面」的私人關係，卻預言「習特會」不易達成「實質協議」，當然，領袖在閉門會議上不歡而散，不等於有關官員不能後續商談；不過，近來表現比較「中立」（如指出極度「仇中」的白宮貿易顧問納瓦羅不能代表總統發言）的白宮經濟顧問庫德洛，認為特朗普「樂於捍衛關稅政策」，等於說習特若話不投機，後者便會貫徹徵收中國進口貨的高關稅！

上述種種，雖然可能是談判前的「拋浪頭」或製造「豬欄效應」的小詭計，但由於美國志不在平衡貿易而在壓制中國崛起，因此，不論中方作出甚麼讓步，只要仍有不合意處，特朗普便可能「翻盤」，令貿易戰升級！迄今為止，美國要求中國開放市場的闊度和深度，從未公開，大家所見的只是中方不斷說要繼續行開放市場之策……市場傳聞是中國對全方位開放金融市場甚有保留，以內地的「國情」，這種堅持是正確的，因為華爾街大鱷一旦可以「自由活動」，內地金融市場難免捲進西方經濟循環，這可是並未完全市場化的內地市場所能應付。若干年前（應在80年代中期），筆者曾在此為文，指出對內地市場興趣日增的西方強國，「昔有堅船利炮　今有投資銀行」，可知後者的殺傷力不比大殺傷力武器遜色。為了私利，投資銀行家會鑽一切空子、漏洞甚至以欺詐手法賺錢（他們僱用了最精明的律師和會計師），飽食遠颺後留下一個爛攤子……。這種「循環」，以目前的政經結構，是內地無法承受的痛！

對於香港人來說，大家關心的也許是「習特會」若無法達成可行協議，股市何去何從？純從經濟角度，世界股市必然「下行」，因為正如內地專家的分析（真想不到，近月內地學者及官員說自由貿易，十分精彩、非常到家，可收為教材），貿易戰無人得益，企業利潤萎縮，股價欲升乏力；如果「習特會」達成協議，則內地股市揚升可期，以企業因貿易順暢而利潤可觀之外，那批湧美避難的資金，可能回流，成為升市的生力軍……

不過，面對這個「無人性」、善變且對爭取連任茲茲在念的特朗普，台海或南海在他有需要時「擦槍走火」，不足為奇。果如是，上面的猜度便完全落空以至朝反向而行。

二、

在今年年初的醞釀期以至5月下旬「正式開戰」，筆者數度為文，認為貿易戰不過是美國的虛招，其真正意圖在打壓中國的崛興！中國行與美國（及其西方盟友）完全相反的政經制度，美國不願見中國成為軍力財力能夠與其「平起平坐」的大國，情理中事。事實上，美國對付中國的部署，在奧巴馬任內已具體化，不過，一切仍披上「合情合理」的外衣；到了特朗普這名「老粗」上台，他便拋棄外交面紗，出以赤裸裸的橫蠻手法！由於中國愈來愈富強，在白宮那班由「蘭德粉絲」進化為「仇中派」謀臣的慫恿下，特朗普便撕破臉孔，亂拳出擊。

現在不少論者仍以為北京提出「中國製造2025」的主張，令美國憂慮在經濟上落於中國之後而啟貿易戰，這固是實情，但更令美國統治層憂心忡忡的是，種種事實令他們擔心至2050年，中國的軍力能與美國比肩！美國國會委任的「國防戰略委員會」（NDS）去週六發表的報告《美國必須大舉擴軍以打敗俄國或中國》（America Needs a Massive Military Build-up to Make Sure it Can Win a War Against Russia or China），俄國部份姑且勿提，有關中國的軍事建設如三軍的武備、軍事人工智能武器的開發以至建設海外軍事基地等，報告如數家珍，結論是如無意外，至2050年，中國的軍力將與美國看齊（Peer Military Status with U.S. by 2050），意味中國會逐步「挑戰美國的超級軍事力量——特別在亞太地區」（按：不稱「印太」?!）。「報告」的目的在促使國會增撥軍費（別阻撓國防部提出的國防開支在國會通過同時為稍後建立「太空軍團」籌措經費做好心理準備）。當然，「報告」有「國會、軍工綜合體」合謀從擴軍中發財的陰影；不過，更重要的是道不同的中國的崛起，令美國這個不希望與政治意氣不相投的國家分享國際權勢的老大軍事帝國坐臥難安，遂決心在美元仍可以隨意印刷而中國未真正挺直身子站起來的現在，多方打壓。在這種大環境下，即使阿根廷之會以無協議但「握手言歡」收場，中美前景仍然陰霾密佈！

2018年11月29日

仇中三煞排排坐
中美貿談路崎嶇

一、

阿根廷二十國集團峰會「喜訊頻傳」。經過兩天會議，與會二十國領袖簽署一份「措詞中立」的聯合聲明（下稱《聲明》），令今年6月在多倫多舉行的七國峰會（七國領袖簽署了聯合聲明，但特朗普不滿加總理杜魯多會後記招會的發言，宣佈美國退出而報廢）及11月新加坡的「亞太經合組織」會議亦無法達成共識、因而令人對這類國際組織的「有用性」存疑的憂慮，一掃而空；更大的「喜訊」是，「習特會」竟然達成令雙方代表「熱烈鼓掌」以示貿易戰暫時休兵的協議，予人以中美貿易戰就此停戰的錯覺！事實上，美國同意「暫停」（Suspend）於明年1月1日起把二千億（美元．下同）中國進口貨的新徵稅率由10%提升至25%，而中國則同意為縮減對美貿易盈餘，大購（very substantral amount）「美國農場、能源及工業產品」及「降低和撤銷關稅」；而特朗普的「推特」，中國還降低及撤銷（Reduce and Remove）進口中國的美國汽車40%關稅。看來美國收穫甚大，不過，有關購買美國貨的承諾，早於今年5月副總理劉鶴與美商務部長羅斯會談時提出，現在的問題是中國答應「大購」的數額美國是否滿意？一般相信在九十天的「休戰」期間，中國會盡購美農庫存農作物特別是大豆，果如是，必然令美農大喜過望，進而牢牢穩住特朗普在農業州份的「票倉」——明年期中大選戰情開始升溫，民望對極望連任的特朗普極之重要。

「喜訊頻傳」之後，審視中美關係，令人聯想起的是「好事多磨」。《聲明》的簽署，是在美國國安顧問博爾頓的堅持下，刪除「抵制保護主義」（Resist Protectionism）及「多邊主義」二詞才達成；它承認「多邊主義」對促進經濟交往的積極作用，然而，不忘指出此制度早已出現漏洞，「大有改進餘地」；因此，大會一致贊成在「適當時候」（如明年的峰會）討論世貿組織的改組和改革。顯而易見，在美國主催下，雙邊貿易的所謂「保護主義」將成世貿主流，而重新「打造」WTO必然會引起連場爭論。說「好事多磨」，原因在此。

二、

表面上看，中美同意在明年起的九十天內進行貿易談判，若成功，當然世界大同、關稅全免，反之則可能提高關稅率及擴大徵稅範圍；在談判期間，美國不會收回已加徵的10%關稅。中方對此表示雀躍，那一方面固然是阿Q基因作祟，一方面可見美國略施小計，「豬欄效應」便發生作用。本來定期提高關稅，令中國跳腳，如今關稅不提高但仍徵收10%，中方便興高采烈，這不是「豬欄效應」是甚麼？當然，10%關稅很易以人民幣貶值來抵消，但若中美在九十天談判期間愈談愈僵，中方便難免被對手指控或定性為「操控匯價國」。

姑勿提作者專欄去週四提及那份為打敗俄國或中國、美國必須大事擴軍的報告，僅就中美貿易糾紛而言，中美若要「和平相處，共同發財」，以當前的情勢，中方非作出更大讓步不可（這是行君子報仇之計應有的部署），看出席「習特晚餐懇談會」的美方代表，三名「仇中派」健者「中國殺手」貿易顧問（兼白宮行走）納瓦羅、反華急先鋒國安顧問博爾頓及貿易巨鵰貿談代表萊特海澤（R. Lighthizer）排排坐，便知「後事」不妙。果不其然，雙方雖達成「暫時休兵」協議，可是由萊特海澤撰寫並於峰會前約十天呈交特朗普的五十三頁「談判要點」，主要包括譴責中國繼續組織「富國家背景竊賊（State-backed theft）」盜取美國的智識產品、在開放外國投資上故意拖延以至在致力完成「中國製造2025」規劃上並無放鬆跡象等等，這些美國誓要取締的項目，即使中方有意改善改進，亦不可能在九十天內有具體成效。在這種情形下，以當前美國的政治氣氛，特朗普會在對中國行保護政策上「加辣」。值得注意的是，美國兩會雖從共和黨一統天下，於中期選舉後變為兩黨分掌，但大家不可忽視兩會的反華仇中立場一致（兩位議長對中國均不友善），那意味「九十天磋商期」若談不出「雙方有利」（事實是「美國接受」）的結果，特朗普的對華政策肯定會變本加厲，這不僅僅是受白宮「仇中派」的影響，事實上亦是為了俯順代表「民意」的兩會！

環顧形勢，九十天休兵的磋商期，相信愈來愈多私（股東）利掛帥的廠商和貿易商，會如熱窩上螞蟻，積極部署撤離中國，以免成為中美貿易戰的「炮灰」。不過，在內地生產成本不斷揚升之下（有自然的〔無形之手〕如直接成本上漲，亦有非自然的〔有形之手〕如政府年年指令廠商加薪提高福利等），仍沒有把工廠向西南尤其是緬甸、越南等勞力充足工錢比較低廉且沒有那麼多福利需索的國家遷移，已失先機；現在見硝煙才作此圖，不僅有不知何去何處之痛，且肯定會被冠上未能與國家共患難的惡名，絕了日後在內地發財之路。

對於股市去從，筆者「密切留意」卻有不知如何下筆之苦。國際貨幣基金組織去月的報告預測環球經濟增長進一步放緩，這固然受「單邊主義」的打擊，亦是世界經濟已處「下行」循環的必然現象；新興市場，當然無法不受影響，然而，資金流向更堪注意，按照「常理」（天下太平一切向錢看的道理），中美這兩個經濟巨無霸捲入貿易糾紛，「禍及無辜」，為免受害，「遊資」會湧進最安全最自由的美國；貿易糾紛和緩即貿易戰打不成時，則資金會回流新興市場（特別是內地）以牟取較高回報。但若聞槍聲，一切便改觀，資金不論回報，會流入不會為戰火蔓延所傷且絕對保障私有產權的美國！換句話說，如果爆發戰事，不論規模大小，美國必是資金最終避難所。美國作為資金安全港地位未變，不過，看特朗普的經濟佈局，美元成為弱勢貨幣的可能性不容抹殺——以為資金流入美元匯價必漲，是不易實現的理性推測。

筆者常說無錢人非常苦惱、有錢人則極其煩惱。這種情況，如今更為彰顯。

2018年12月4日

作好忍讓部署
放棄冷戰思維

一、

由於沒有聯合公報，因此，「習特晚餐懇談會」的成效，傳媒僅能從會後密室傳出熱烈鼓掌聲作出會談成功的揣測；這種揣測是正確的，因為美方同意押後調高關稅而中國承諾大購美國貨物，雙方互利互惠；不過，這種「成果」無法確認美方何所得及中方何所失，因為具體條款至今未見公佈。

令論者感到困惑的是，中美會後各自表述，大方向同調但細則並不調協。大體而言，特朗普總統（能否代替「美方」，執筆時未敢肯定）在「推特」及答記者問時，指出此會美方「高度（highly）成功」，而中方則說「非常（very）成功」，那意味雙方各有所得，至於「所得」是甚麼？由於用字輕重頗有分別，預示稍後的談判，爭拗不會少；昨天作者專欄指出「仇中三煞（子）排排坐」、貿易前途多艱險，今早傳來特朗普已委任三煞之一、在貿易上打壓中國不遺餘力的白宮貿易代表萊特海澤，負責這場「加時」的貿談，想來這九十天休戰期，必會齟齬不絕；而看美國囂張的氣焰，中國將承受要求其作出「不合理」讓步的壓力！

中方最高決策人已「親炙」美方咄咄逼人（欺人太甚!?）的勢態，而且已作出了不少讓步，這樣做等於屈服於美方的壓力，說得嚴重點，便是「喪權辱國」，怎能向人民坦白交代？那是何以官媒《環球時報》前天的兩篇社評分別以〈中國該做的事，有沒有貿易戰都要做〉及〈中美九十天「停火」，信號與意義〉為題。顯而易見，前者是要讓內地讀者感覺良好，不因對美國作出讓步而責備政府，因此它說「……在當今全球化世界，誰又能做到絕對不讓步，把把都贏，說一不二呢？美方在談判前表示，不會改變1月1日將中國產品10%的加徵稅率提高到25%的計劃，雙方一見面態度就變了」。它沒說出的，當然是中方作了不少讓步，才能換來美方押後貫徹加徵關稅計劃，在《環時》看來，那等於美國作了讓步，印證了「誰又能做到絕不讓步」的真確性……。換句話說，中美各有讓步，打成平手!?

不過，雖然北京不會對若干關鍵性「讓步」（或美國加諸中國的條件）告知內地人民，但美方絕不會因之當它們不存在！那即是說，如果在九十天限期內雙方不能達成彼此可以接受的協議，比如中方「大購」美農作物的數額美方認為與very substantial amount有落差；又如在此九十天內中方無法在經濟上作「結構改變」（structural changes），便可能應了《環時》社評中「這次停火就沒有意義」這句話。「大購」和「結構性改變」都很難「量化」，雙方能否達致同一結論，要看談判技巧，但更重要的是雙方的關係期間有否改善而定。

二、

自從3月以來的中美貿易戰，不少論者認為中美冷戰會由此衍生；筆者不作此想，理由只是，以中國的實力，無法與美國來一場如當年美蘇對峙的冷戰！

上世紀那場冷戰（1947-1991），美蘇為期間世上僅有的兩大軍事強國，意識形態即資本主義與共產主義之爭，針鋒相對，且美蘇各有「信徒」，形成了立場鮮明的兩個敵對陣營。由於美蘇的核武「各擅勝場」，且因「互不信任」，為免「揿錯掣」引發核戰，雙方簽署《確保同歸於盡》（MAD；以香港母語出之更妙：「保證大家攬住一齊死」）條約，雙方互相提防，無人敢行「先下手為強」之計，因此數十年相安無事（當然，打了多場所謂「代理人」戰爭造成過百萬人死亡）……。這場冷戰因美國經濟崛興蘇聯經濟頹敗，最終導致後者解體而告終！蘇聯經濟所以一團糟，一句話，排拒市場制度及人民缺乏基本自由是死因。中國要汲取這種教訓，在制度上作出調節。如今中國決定改變「國進民退」的策略，只要賦予人民一點自由，長此下去，不出十年，中國經濟必現新顏；而與此同時，配合在人工智能武備的開發，稍有所成，則美國便不能在國際事務上指手畫腳！

如今中美的情況與冷戰期的美蘇完全不同。首先是，中美的軍事力量絕不對稱（Not symmetric），中國兵員眾多、軍事開支大幅上升，在網絡、太空以至人工智能上的開發，令人目眩；在南海填島的軍事建設，舉世矚目，但均未能震懾敵人；且總體而言，美國的軍力特別是核武的先進性及數量上，遠非中國所能企及（筆者常說中國熱愛和平，疏於武器研發，因此比起美國是「大落後」，不少「網友」指筆者說風涼話。其實非是，試想，如果中國不傾全力於經濟建設和消滅貧困，把更多經濟資源及人力用於軍事上，如今的實力便可能與美國比肩）！其次是，與蘇聯不同，中國在世上並無真正「戰友」（Military allies；有的只是想佔經濟便宜的「傍友」），而美國的「戰友」則遍佈包括在中國四鄰的全世界。至於經濟線上，中國的國民毛產值雖僅次於美國，居世界第二位，然而，以人均GDP計，兩者相差何只以道里計，美國五萬九千五百三十一元（美元．下同），中國八千八百二十七元，看情形這種差距不易拉近；最後當然還有中國的經濟增長已明顯放緩，惟勢頭仍佳，不過，當權者面對的最大「煩惱」為「中等收入」向「高等收入」前進時無法不碰上的社會、經濟甚至政治上的「混亂」，那等於說內政上棘手問題愈來愈多，為經濟層面帶來不少消極影響，甚難避免；更重要的是中國的意識形態無法輸出，其在西方傳播可說是四海碰壁、鎩羽而歸，那與當年相信蘇式共產主義的國家以十計，大為不同……。不必諱言，現階段中美國力懸殊，像美蘇的冷戰是「打」不起的。

為今之計，還是從長計議，與美國在九十天休戰期內好好談判，為上上之策。

2018年12月5日

美加關係深度交纏
引美受審事屬必然

一、

世事便這麼荒謬。11月24日，華為企業創辦人兼主席任正非的20歲次女姚安妮（Annabel Yao）獲邀參加當今「世上十大最豪華晚會之一」、在巴黎香格里拉酒店舉行的「名媛舞會」，首位內地女生（哈佛大學學生）在此舞會亮相，歐美傳媒尤其是娛樂媒體大肆報道，不在話下；圖文並茂的文章，令人自然而然地想到這是中國全方位崛起的副產物！

事隔不足一週，任正非的大女兒華為副主席兼財務總監孟晚舟（Cathy / Sabrina Meng；任氏二女均從母姓），於12月1日在加拿大溫哥華過境時，被加警應美國當局之請加以扣捕，罪名是華為在她知情的情況下「與伊朗進行非法交易」，所謂「非法交易」，是指受「美國制裁」，因此向伊朗出售電腦設備便於「法」不合；華為向伊朗賣出電腦的數額在十億港元（一億三千五百萬多歐羅）以上（坊間有此未經證實的傳言，此事是美伊曾一度秘密溝通，伊朗希望美國取消禁令，為取得後者的信任，伊朗和盤托出期間與其進行電腦交易者的資料）。

顯而易見，孟女士被捕，傳達的訊息與「市場反應」，和其妹大出風頭有天壤之別，因為人們想到的是中美關係（豈僅限於貿易）必進一步惡化。無獨有偶，去年4月上旬，習近平主席與特朗普總統會於佛羅里達特朗普的私人別業「海湖山莊」時，氣氛極佳，習特結為「好友」，可是，在會談未了時，美國卻不動聲色大炸敍利亞；12月1日「習特」會於阿根廷，晚宴上言笑晏晏且達成互惠互利的「休戰條款」，惟與此同時，美國經加拿大之手，逮捕了（「世界社會主義者網站」〔WSWS〕甚至説華為副主席被綁架〔Kidnapping〕）代表中國先進科技產品龍頭企業華為的決策人！這位決策人有兩個英文名、七本護照（當中香港護照三本，保安局局長李家超指出「同時擁有三本有效特區護照是不正常、不應發生」。當局會否徹查何以「不正常不應發生」的事會變成事實），其經營的生意與國家聲譽息息相關，而她一家卻早於2001年取得加拿大永久居留權。其人「長袖善舞」，不難窺見。

華為創辦家族的財富，由於非上市公司，因此無法作接近事實的估計；筆者知道的是，去年該公司收入六千零三十六億人民幣（以結算日匯價計約為九百二十五億美元），比2016年度增16%弱；純利七十三億美元，比2016年度增約百分之二十六強；年度在研發上的投人達一百三十八億美元（過去十年自這方面的總投入六百零四億美元），比上年度增17.4%。華為的智能手機銷量去年已超逾蘋果，僅次於三星而居次席；在4G組（零）件銷售上，華為去年世界市場佔有率26.5%，略遜於諾基亞的32.3%。孟女士被捕後，美國的「死忠」澳洲、紐西蘭、英國和日本（相信更多國家很快「歸隊」）已先後宣佈基於國家安全、非法竊聽及網絡攻擊等功能防不勝防，決定停止採購、禁用華為用極化碼（PolarCode）製成最先進的5G手機。如無意外，對明年華為的營業額當有負面影響。雖然曾任本港「港安」部門首長的黎棟國及葉劉淑儀等大力支持華為產品，但恐難發生一點實際作用。現在值得注意的是本港三大電訊公司會否繼續採用？據昨午《立場新聞》報道，去週美國政府代表團曾拜會多個香港政府部門，「促港府執行伊朗制裁」即香港企業不得私通伊朗。為保《香港政策法》，港府只有聽美國政府的話辦事!?

二、

「華為公主」被捕，驚動環宇，內地人民的憤怒、民族主義情緒高揚，北京政府或為平民憤或為振雄風，不得不採取強硬立場；外交部迅速召見加拿大及美國駐華大使，提出嚴正交涉，要求加拿大「保障當事人合法權益」，加國政府更要承擔一切因此事而衍生的責任；

加國林業代表團亦因此取消北京行，向中國推銷加拿大木材的事只好押後。外交部指扣捕孟女士「於法不顧、於理不合、於情不容，性質極其惡劣」，在盛怒之下還能寫出如此鏗鏘有力琅琅上口的口號，可見外交部人才濟濟。

不過，筆者相信外交部的抗議，不會有具體效果（中國行君子報仇計，因此在現階段不會來真格），以美國情報機構早已掌握大量事實（？，當然要看呈堂的證據才能下定論），而現任加拿大總理在表面上雖與特朗普齟齬頻頻，然而地緣政治令美加不得不「友誼永固」。事實上，加拿大經常為美國「効勞」（為美國當「打手」），近例是2014年6月底在加拿大定居的華商史蒂芬．蘇賓（S. Su Bin的音譯）涉嫌（後證實）當電腦「黑客」，在電腦上竊取美國戰機（包括F32）的敏感資料，於溫哥華被捕並引渡至美國受審（2016年7月被定罪判三年徒刑及罰款十萬美元）。由於加拿大是所謂「五眼同盟（Five Eyes Alliance, FVEY，即美國、英國、加拿大、澳洲和紐西蘭，主要的英語國家）」的成員；此成立於二戰期間的組織，亦稱「環球間諜網絡」（Five Eyes Global Spying Network），成員國在間諜情報上有互通有無的「義務」，當「老大哥」證據確鑿指控的間諜過境時，加拿大便義不容辭（北京把她罵個狗血淋頭甚至不和她做生意亦在所不惜）；更重要的是，今年10月中旬，「仇中」的美國共和黨議員魯比奧

(Marco Rubio）與參院情報委員會副主席、民主黨議員華納（Mark Warner）聯署一份文件，送交加拿大政府，指出其若對中國「國營通訊企業」額外開恩，即不按照美國的指示辦事，其在「五眼同盟」的地位便可能「有問題」。不難想像，加拿大為公為私，都會代美捉孟。順便一提，魯比奧前天在電視上表明會向國會提交新法案，以禁止華為等中企在美國做生意。如果美國這樣做，港府又將如何？看在《香港政策法》份上，林鄭市長應勸勸劉前局長用華為手機別太張揚!?而這法案一旦通過，港府只有「跟之哉」一途。

加拿大為展示「司法獨立」，孟女士的保釋聆訊以至應否引渡至美國受審，會在溫哥華法庭拖延時日，可以數日、數週以至數月才有定案，不足為奇。不過，揆諸目前國際「仇中」氣氛正在升溫，孟女士回華為視事，恐怕「短期內」不會實現！

2018年12月11日

避風港地位不變
香港政策法可變

一、

近日世界主要股市驟升暴瀉，適足以反映世局混亂、人心躁動不安的現實。所以如此，皆因政經前景陰晴不定。熟悉市場運作的專家本來對「測市」非常有信心，可是，如今是「心緒不寧」經常亂出招的特朗普當道，沒人知道他下一步會怎樣做，令政經前景愈不可測，股市遂大起大落、動盪不已。70年代中期，以剖析20年代華爾街大熊市禍延世界經濟大蕭條揚名象牙塔內外及受知於政府的加裔美籍經濟學大家葛爾布萊斯（J.K. Galbraith, 1908-2006），一次出席國會有關投資前景的「聽證會」後，以「股市會不斷波動」答記者問，成為「笑談」，因為股市上下浮動，人人皆知，出諸研究股市大有心得的大學者之口，受者怎肯「收貨」？不過，即使股市進入牛市或熊市，在上升或下降軌跡中運行，市況還是升沉不定，因為投資者絕對不是「人同此心」（此話有「語病」，以大賺一筆是股民的共同願景），看好看淡都有，股市才有成交，因此市況波動不居是常態。現在的走勢當然更是如此，以政經前景矇矇矓矓，政治領袖時而握手言歡、時而劍拔弩張，因此有人看好有人看淡，市況遂如葛爾布萊斯所說的起伏不定。

前天（10日）華爾街股市便出現這種典型走勢，道瓊斯指數一度挫近七百點，但以升三四十點收市。「遠觀」的人，也許會說這是非理性投機情緒下的必然產物；但仔細看市的人，大概不會同意這種推論，因為見政經前景去從未定，入市和出市的決定均非常理性！

這一天，影響華爾街投資者心理的，有「華為公主」孟晚舟在溫哥華「提堂」。孟女士被捕超逾一週，相關消息滿天飛，從中大部份人意識到美國司法部門如此強橫，等於把總統特朗普主導的經濟貿易戰，提升到新的「戰略高度」，因為促使司法部門下命令「越境」捕捉孟晚舟的，是情報及軍事當局，以它們的「實證研究」，顯示華為的產品足以危害美國（及其他使用同類產品的國家）國家安全、控制用戶的行動和左右他們的思想；換句話說，華為的智能手機若深入西方各國，等於中國有機會藉其通訊技術支配世界！沿此路進，不少恐共仇中的論者，在支持扣押孟晚舟上有共識，以華為在5G制式上有領先世界（包括美國）之勢，其所代表的正是西方人最不願見的「中國新民族主義」（New Nationalism of China），因此，即使一如白宮國安顧問博爾頓所說，特朗普事前對「加捉孟」一無所知，但此一行動完全符合其全面遏制打壓中國的「大謀略」！

不必諱言，孟晚舟被捕，大大強化中美貿易談判前景的不確定性；再加上英相突然押後國會對「脫歐方案」的表決，令英國經濟以至英鎊前景「陰霾密佈」，市場波動便相應加劇。

二、

孟晚舟被捕，對於內地先富起來的官商而言，襲上心頭的恐懼是，美國如此「蠻不講理」，會否為了增加貿談的籌碼逼中方大讓步而要挾公開他們在美加（拿大）的財產清單（別以為美國掌握不了這類資訊）。目前美國無跡象這樣做，但有「需要」時必會這樣做。這種隱憂，令在美有「投資」的內地官商，於孟女士「落網」後，為策安全，開始把資金調離美國，而目的地首選是新加坡次選為他們中那些未失勢的仍有「話語權」的香港。這種傳言，也許是昨天香港和新加坡股市均巋然不動的原因。美國對內富絕不手軟，在今次風波過後，會否令他們日後不再當美國為財富避風港？答案是不會；當然，這要視政局發展而定，如果局勢再升溫升級，捨美國之外，哪裏去找安全港？如果你認為這種推理不無道理，便同時可以理解何以美國在「國際事務」上會如此橫行霸道！

香港投資（股票及地產等）市場的內地元素日重，

除非搭通北京天地線、擅長捕捉股蟻心理及知悉大戶動靜，對股價樓價不易作接近現實的預測。對於本地一般投資者，筆者以為他們最應留意的是《美港關係法案》（U.S.-H.K. Policy Act, 1992；通稱《香港政策法》）的有效性會否受威脅。簡而言之，「六四風波」後，由於英國沒有為港人爭取直選落力（「倫敦不可靠」又一例），基於人道精神，為了保障港人的人權與自由，美國國會見義勇為，於1992年8、9月間通過此法案。雖北京嚴詞譴責美國「干預中國內政」，美國國會不為所動，故布殊總統仍於同年10月5日簽署成為法律。此《法案》等於表明美國視香港為一個政治、法治、經濟以至貿易政策與內地完全不同的地區，在對外政策上，則把香港特別行政區與中華人民共和國區別對待；美國還承認特區護照（孟女士擁有三本與香港政府無關的特區護照，未知美國有何話說）；最「實用」的是香港可在美國出口管制下購買敏感技術……《法案》第二〇二條（「美國總統的命令」〔Presidential order〕）寫明「美國總統如認為香港自治情況受損」、或「一國兩制變形、走樣」，總統有權簽署行政命令中止《法案》——如今鍾意動輒簽署「行政命令」的特朗普在位，際此中美關係一日三變、貿戰方興未艾而扣捕「華為公主」令情況惡化之際，中美矛頭日深，香港若做出一些被美國視為和北京同步同調的事，讓美國不快，難保特朗普不會大筆「長」揮，「暫停」《香港政策法》，把香港置於半死不生之地！事情一旦發展至此地步，包括香港新富內地大款在內的香港有錢人便頭大如斗了。

2018年12月12日